製鉄天使

桜庭一樹

東京創元社

目次

製鉄天使

昔、昔の、そのまた昔のお話さ。

ここから、遠《と》ぉく離れた――東海道を西へ、西へ、中国山地を越えて、さらに下ったその先、地の果てみたいな、日本の最果て……鳥取に、すげぇ女たちがいたのを知ってるかい？　え？　どういうやつらかって？　そいつらはエンジンを唸《うな》らせ、鉄の武器を自在に操っては血みどろの戦いを繰りひろげ、そして……アリゾナ砂漠みたいに広かった中国地方の制覇に挑んだものの、ある夜、とつぜん、全員でもってどこかに消えちまってねぇ。そのせいで、族のあいだじゃ、永遠の伝説ってやつになったのさ。

聞きたいかい？　虚実入り交じった、そいつらの、血なまぐさい伝説の……本当の、話を。

それなら、まずは名前からだ。まぁ、名前ぐらいはあんたでも聞いたことがあるかもしれないね。その女たちの通称は、こういったのさ……。


製鉄天使！

一章　鏖《みなごろし》のメロディ

ブンッ……、
と、轟音《ごうおん》を撓《しな》らせて、全員の頭上を一台のオートバイが飛んだ。奈落みたいに真っ黒な夜空に向かって、真っ逆さまに落っこっていく年若い彗星のように。

ひゅうっ、と誰かが短い口笛を吹いた。そのほかの少年少女達は声もなく、微動だにもせず、胸を打つほどうつくしい軌道を描いてゆっくりと地上にもどっていくバイクを、ただただ火傷《やけど》するよな熱視線で凝視《ぎょうし》していた。

遅れて、夜空から、ひらりと一輪の薔薇の花びらが揺れて舞い落ちてきた。老婆の腐った血みたいな、濃すぎる赤。バイクのエンジン音は、運転している痩せた少年の、いかした革ジャンに包まれた背中と一緒に、遥か彼方まで遠ざかっていくところだ。薔薇の花びらがまた一枚、こんどはあまり揺れずにふわっと地面に落ちてきた。

「タ……」

少女が一人、口を開いた。ライオンの鬣《たてがみ》みたいに黄色く染めた髪を、ぞろりと背中まで垂らしたいかれた中坊だ。

「タ……」

声が喉の手前でからんで、それから——。

口中で爆発した。

「タケルゥー！」

「ウォォォォ、タケルー！　タケル、いいゾォー！」

少女の黄色い声に、我にかえったように、少年達も一斉に革ジャン姿の彗星を讃《たた》えた。雄《お》たけびは、彼らが集まる海沿いの夜道に、謎の部族が上げるときの声みたいに響いた。

国道には外灯のひとつもついていない。国道とは名ばかりの、むしろそんな名前がちゃんちゃらおかしい、一車線で歩道さえついていないちんけな舗装道路。アスファルトは焼けてところどころ粉々に砕け、命を燃やすように顔を出した雑草が、夜風にぶるぶると揺れている。

静か、だった。

大人なんて一人もいやしない。

みんな、明日の労働とやらのために、おうちですやすや寝てやがる。

そんな丑《うしみ》三つ時。

日本海からのかすかな潮風も、この時間帯ではまだほんのりと肌寒い。

あぁ、時の説明もするべきか。今は、そう、遙か昔。神様にないしょで、時を刻む時計の中に人差し指をそうっと差しこんで、音を立てないように左に回して、回して、回して、遡《さかのぼ》らせた……なんと前世紀、一九七九年の三月のことだ。

強い風が吹いた。夜の海を撫でて、集まった茶色や黄色や赤の髪をした不良の少年少女達に吹きつけた。髪が一斉に逆立ち、まるで人間じゃない、べつの生き物たちの、夜中の集会みたいに見えた。

大人は知らない。

今夜は、子供達、しかもその中でも不良の世界に身を置く、いかれ頭の与太者だけが知っている、年に一度の祭りの夜だった。

緑ヶ丘中学の生徒達。

明日は、卒業式。

子供の夜の世界を統《す》べる王、通称、総番が卒業してしまう。子供達は、今夜、新たなる王を選ばんとしているのだった。何人かの荒くれ少年が名乗りでたが、この世界では力と勇気と、無茶をやれる、いわゆる狂気ってやつだけが少年の価値を決めた。

だから……。

「総番決めのチキンレースも、わしらはこれで見納めじゃのぅ」

三年生らしき、鬼ゾリにリーゼントでキメた少年が、くわえ煙草でため息をついた。隣のカノジョらしき赤毛の少女が、「今年は、タケルで決まりじゃけん。ほらぁ……」と、眩《まぶ》しそうに、奈落の如く真っ黒な夜空を指差す。

革ジャンがトレードマークの、さきほどから皆の注目を一身に集めている少年が、闇のように真っ黒なバイクとともにもどってきて、夜空を駆けた。ほかのバイクもあるにはあるが、誰もタケルのように自在に国道を飛べやしない。

やがて歓声の中、チキンレースの本番が始まった。数台のバイクは国道をそれて真っ暗な埠頭を目指し、夜に沈む日本海、つまりは死に向かってまっすぐに激走した。

「ウォォォォォ！」

「どりゃあああああ！」

バイクの上で、少年達が雄たけびを上げる。タケルだけが静かだった。ブレーキには手をかけてもいない。やがてバイクは埠頭にぐんぐん近づいていき、激しいブレーキ音と悔しげな怒号とともに、一台、また一台と急停止した。

暗い海に真っ逆さまに落っこちるよりは、手前で止まったほうがいい。

安全なほうが、うっかり死にかけるよりいい。

それで緑ヶ丘中学の影の総番になれなかったとしても、生きてるほうがいい。だって花の命は短いんじゃけん、と、少年達はブレーキ音とともにしょっぱい涙を呑んだ。

タケルだけがどこまでも走り続けた。そして最後の一台が、生きてるほうがいいぜと急停止した音が響いた、つぎの瞬間、優雅にバイクを停めてキュウッとすこぅしかたむけてみせた。

革ジャンの背がしなった。胸に挿した薔薇が壱輪《いちりん》、まるで皮肉に笑ってみせたかのように、かすかに風に揺れた。

海に落っこちる、もう寸前だ。

走りよってきた少年達が確認すると、埠頭の端とタケルのバイクとのあいだは、なんとわずか、十数センチ。

時速は百二十キロ。

つまりは、ゼロ・コンマ・ゼロ数秒の判断が、タケルを死ではなく生、惨めな敗北ではなく静かな勝利に導いた。

「……うぉぉぉぉぉ、タケル！」

「タケル！」

「タケル！　タケルよぉ！」

「さすがだぜ」

「おぉ、伝説の総番、イチさんの血を引くだけのことはあらぁ！」

「うぉぉぉぉ！」

大歓声の中、ゆっくりと、タケルが黒いヘルメットを脱いだ。

魅せ方を心得た、スターそのものの貫禄で。

だけどわずか十数分前までは、タケルはただの、ちんけな不良少年の一人だった。どちらかといえば小柄で、もちろん風貌のせいで目立つことはあったが、知る人ぞ知る、人より無茶な中坊の一人にすぎなかった。今夜、チキンレースの十数分が、タケルを町のスターに変えた。総番という名の、子供たちのフィクションを引き受ける王に選ばれたことが、タケルという少年をぴかぴかに輝かせ始めた。

ヘルメットを小脇に抱え、パンチパーマをかけた黒い髪を、なでつけるような仕草をする。

命をかけて走って、賭けに勝ったというのに、タケルはその日焼けした顔に冷汗ひとつかいていなかった。タケルは生まれもって、あっと人目を引くほど整った顔を持っていた。瞳は初夏の風のように涼やかで、鼻筋はまっすぐで、唇は薔薇の花びらを思わせる濡れた、赤――。その顔が、少年達に名前を呼ばれ、答えるようににやりと笑ったとたん、この世を嘲笑《ちょうしょう》する悪魔の如くぎらりと歪んだ。

今夜からはその顔すら、不良の巣窟《そうくつ》、緑ヶ丘中学の総番、つまりは異形《いぎょう》の王にふさわしい、選ばれし者の強仮面《きょうかめん》と思われた。歓声が夜空に轟《とどろ》き、少年少女達は路肩に停めていたそれぞれのバイクに飛び乗ると、雄たけびを上げながらでたらめに走りだした。

タケルもそれに続こうとした。

だがそのとき、なぜか、革ジャンに飾った鉄の鋲《びょう》が、風もないのにぶつかりあってはカチカチと音を立てた。まるで、喜んで拍手でもし始めたようなおかしな現象だった。タケルは動きを止め、鋲の拍手に導かれるように、顔を上げた。

「……おい」

そこに立っていたほっそりとした人影に、知らず、声をかけた。

「危ねぇぞ、お嬢ちゃん。ガキは、おうちに帰んなよ」

バイクにまたがり、ヘルメットをかぶりなおしながら、タケルは相手の顔をちらっとだけ見た。その声は案外高くて、まだ声変わり前の女の子みたいな響きだった。王といえども、いまだ中二。そういやこのとき、タケルは、わずか十四歳のボーイだったのだ。

ボーイから、お嬢ちゃん、と呼ばれたのは、さっきまで少年少女の脇で、宵闇に隠れるようにしてチキンレースを見ていた、長い三つ編みに真っ赤なリボンを結んだ女子小学生だった。タケルのほかは、レースに夢中で、そんなメスガキが自分たちの祭りに交じっていることに気づいちゃいなかった。タケルは目ざといオトコだった。レース全体を見渡す冷静さもあったし、女の子が、びっくりするほどおおきく目を見開いて自分をみつめていることにも、それが子供らしからぬ奇妙に冷えた双眸《そうぼう》であることにも、そして、ガキといえどもなかなかのシャンであることにも気づいていた。

子供の割には、ずいぶんと背が高かった。すらりとして、それに、切れ長の瞳が特徴の、化粧でもさせりゃかなり年をごまかせそうな、なかなか迫力ある大人びた美形だ。それでも、小学生だな、と一目でわかったのは、背中に使いこんだ真っ赤なランドセルを背負《しょ》っていたからだ。そして片手には、なぜか細い彫刻刀を握りしめていた。美術の授業ででも使ったのだろうか。

薔薇の花びら散らすスターの少年に、とくべつに声をかけてもらったというのに、女の子は喜ぶでもなく、ただ、正体のわからない沈黙だけで答えた。タケルもまた、声をかけておいて返事を待つでもなく、ヘルメットをかぶるとエンジンを吹かし、またたくまに夜のハイウェイを走り去った。

女の子もきびすをかえし、歩道もない真っ暗な夜道を、畏《おそ》れるでもなくひとりで足早に歩きだした。

風が吹き、さっきまでずっとおおきくて真っ黒な雲に隠されていた月が、そうっと遠慮がちに顔を出した。青白い月光が女の子の背中を照らした。

真っ赤なランドセルは、ガキの印。

まだまだ小学生。所詮はママが恋しい、しょんべん垂れだ。

だけど、そのランドセルにはなぜか、子供には難しい漢字が彫りこまれていた。

ずいぶんと物騒な、そうして、やけに謎めいた一文字が……。

〝鏖《みなごろし》〟と。

七〇年代が終わろうとしていた、この年。

大人達が、この国の総番とも言えた巨《きょ》の男、田中角栄の失脚をテレビ中継でもって固唾《かたず》を呑んで見守っていた、このころ。彼らを尻目に、その子供達はというと、親の世代が目指した巨の男を、目指すべきポーズ、中が空洞のフィクションに変えることで奇妙な形で文化として受け入れ始めていた。

少年達は、ブルース・リーがほんとうに強いと信じているふりをしたし、最強の男が活躍する漫画の世界にも没頭した。やがて全国の中学、高校に、〝もっとも強い者〟とみんなで決めた、総番なる男子学生が生まれ始めた。その少年達は必ずしも、ほんとうに無敵だったわけではないだろう。仲間達が互いに、無意識に、そういう物語をつくりあっていたのだ。身近な物語を生き抜く、渇いてからっぽな少年少女達。

後に〈製鉄天使〉を生むことになる、辺境の地、東海道を西へ西へ、山を分け入った先の寂しい土地、鳥取県赤珠村《あかたま》の子供達もまた同じだった。総番選びに、暴走族。鳥取を治《おさ》めているのは、オトコは〈残薔薇壱輪《ザンバライチリン》〉と名乗る老舗《しにせ》の族で、今は十七歳になる四代目のリーダーが幅を利かせていた。昨夜のこと、緑ヶ丘中学の総番に選ばれた十四歳の大和《やまと》タケルもまた、中坊ながらこの族の特攻隊長を務め、つぎのリーダーじゃと噂されているボーイだった。

そうして、オンナはというと、なんとこのころはまだ、鳥取は、あいつら……。

〈エドワード族〉の天下だった。

その昔、彼らの親が若い日々を過ごしたころの赤珠村は、駅前が花形の街だった。駅を出たところからずっと続いてるアーケード街では、朝は魚や野菜の市が出たし、昼は買い物の奥さんが引きも切らず。長いアーケードを抜けたところにはちいさなレストランが集まっていて、洋食でも中華でもなんでも食べることができた。デパートも、五階建ての立派なのが建っていた。

しかしあるときから郊外の時代が始まり、駅前の一等地はあっというまに寂《さび》れた。若い夫婦はローン組んで、郊外につくられたかわいらしいニュータウンに庭付きの家を買い始めた。郊外から街までの国道はぴかぴかの通勤マイカーで朝夕、渋滞し始め、映像を早送りするようにあっというまに駅前は寂れた。

マイカー族が郊外に躍り消えると、駅前は不気味な静寂に包まれた。しかし、その廃墟も同然の街に残された、貧しき灰色の人間もいた。少年少女達だ。

中学も高校も駅前に集まっており、彼らがバスや自転車で学校帰りに屯《たむろ》するには郊外の店は遠すぎた。とはいえ子供達はろくにお金を落とさない。彼らはうようよいるが、店はまったく潤《うるお》わない、奇妙なアーケード街の廃墟が次第にできあがった。大人も、真面目《まじめ》な子供達も怖がって立ち入らない、不良の巣窟。どこまでも続く洞窟のように暗い、彼らのフィクションのための舞台。そこには常識も社会通念もなかった。

その細長い舞台の、駅前とは反対側の端。そこにエドワードはのっそりと建っていた。

エドワードとは、立体駐車場にかつてつけられた洒落《しゃれ》た名前だ。

鉄筋で真っ黒の、五階建ての建物は、とうに潰れた、赤珠村唯一のデパートと空中楼閣でつながっていた。が、いまではコンクリートで適当に塗り固められて封鎖され、エドワードは完全に陸の孤島となっていた。

そこに集まり始めた不良少女をして、彼女らのあまりのえげつなさと極悪非道な戦いぶりから、子供達はいつのまにか、

〝ドブスの集まり、くそのエドワード族〟

と呼んで忌《い》み嫌うようになった。

その名にたがわず、エドワード族のオンナはいずれ劣らぬすさまじい面相だった。黄色い髪に、アイシャドーも口紅もすべてが紫まみれの、通称、鬼メイク。ロンタイひきずり、くわえ煙草で、立体駐車場の各階に常にしゃがみこんでは外を威嚇《いかく》していた。

さて、総番決めのチキンレースの翌朝。

眠気覚ましに、ひび割れたコンクリートの上に花札散らしながら屯するエドワード族の牙城に、

こともあろうに闖入者《ちんにゆうしや》が現れた。

使いこんだランドセル背負った、真っ赤なリボンのしょんべん垂れが。


ぽーん、ぽん、ぽんぽん、ぽん……。

真新しい軟球が力なく転がり、ついで、

「あ、お姉ちゃん、ごめーん」

と緊張感のかけらもない声がした。間延びしたふにゃふにゃの声とともに、路地裏から、恵比《えび》寿《す》様を子供にしたような小太りの少年が現れて、足をもつれさせながらボールを追った。

「……まったく、キャッチボールも満足にできねぇのかよ」

少年とは正反対の、ぴりりと緊張感に満ちた声がした。同じ路地からゆっくりと出てきた少女は、少年よりは年上の、十一、二歳。切れ長のくっきりした瞳と、真っ赤なリボンを飾った長い三つ編みが目印のあの少女だ。

「だってぇ、お姉ちゃん……。ぼく、図鑑がほしいってちゃんと言ったのに、お父さんが……」

「たまには外で遊べってことだろ。ほらっ、受け取れよ」

「うん。……わぁっ！」

姉が放ったボールは確かに弟の手に向かって優しく落ちていったが、弟はびっくりして目を瞑《つむ》り、ボールはころころと転がって……暗闇に消えた。

「あっ、ごめん。お姉ちゃん、取ってきてよぅ」

「むっ……」

少女は、ボールが消えた暗闇を無言で睨《にら》んだ。

なかなか外出しない弟を無理やり連れだして、遊ぶうちに、いつのまにか危険な領域に近づいてしまっていた。もちろん、普段なら油断はしねぇ。この春から緑ヶ丘中学に入学する小学六年生のガキどもは、兄や姉がいるコを情報源に、恐ろしい不良の抗争や一般学生の受ける被害について聞き及び、詳しくなっていた。街のどこが危険で、どこなら安全か。大人は知らない、子供の世界だけの獣じみた勢力地図。よぉくわかっていたのに、今朝ばかりはうっかりしていた。弟のお守りに気を取られてたのだ。

「お姉ちゃん……。いきなりボールなくしたら、僕、お父さんに怒られちゃうよ……」

「ちっ。わかってるって。姉ちゃんに任せとけ！」

言いながら、少女はしかし、密かに顔をしかめた。

昨夜は、年に一度の総番選びのチキンレース。噂を聞いて、猫をも殺す好奇心に突き動かされてこっそり観察しに出掛けたけど――、なかなかおもろい見世物だった。

てぇことは、今朝は不良のお姉さん達だって、まだお家ですやすやおやすみかもしれない。

それに、賭けて、みるか……。

でもよ……生きて、出て、これっかな……。

少女は、べそをかき始めた弟の顔にちらっと目を走らせた。

ポケットから取りだした彫刻刀を、念のためにぐぅっと握りしめる。

それから、弟に「待ってろよ！」とささやくと、だだっと足音を響かせ、よしゃあいいのに立体駐車場エドワードに走りこんだ。

残された少年が、空を見上げ、朝のさわやかな雲が、おいしそうなソフトクリームや、綿菓子や、飛行機に形を変えていくのをにこにこしながら目で追っていると……。

猫の喧嘩のような、甲高い鳴き声と、怒号がどこからか響き……。

びっくりして目をぱちくりさせ、ふりむいたとき、額をカチ割られたのか顔面を血まみれにした姉が、立体駐車場のなぜか三階から、ひらりと身軽に飛び降りてきた。

「お姉、ちゃ……。ねぇっ、小豆《あずき》ちゃんっ、いったいどうしたのさ？」

「シッ、ばか、名前を呼ぶないっ！」

なぜか姉に怒られ、わけもわからないままあわてて口をつぐんだ。

少女は片手にボール、もう片方の手に弟の肉厚の手のひらを握りしめ、野良猫のように路地を駆けて、あっというまに朝靄《あさもや》の向こうに消えた。

つぎの瞬間、一階から、木刀に、チェーンに、喇叭《らっぱ》……。それぞれの武器を手にした鬼メイクのエドワード族が走りでてきて、

「待ちやがれ！　クソガキ！　ここをどこだと思ってんだ！」

「いってぇ！　なにか武器、持ってやがった！」

「おい、テメェ、ほっぺになにか……書かれてるぜ？」

「えっ……」

喇叭をつかんだエドワードが、おそるおそる自分の頬を手の甲で拭いた。

と、そこには彫刻刀で瞬時に刻まれたらしい漢字が真っ赤に浮かびあがっていた！

〝汚濁〟

「ちっ、畜生、あのメスガキ！」

「ちょっと待てよ。確か……小豆ちゃん、って呼ばれてたぜ。なんだか聞き覚えのある名前じゃねぇか？　小豆、小豆……」

「小豆……？」

「小学生で、その名前で、いかれた、メスガキ。……そうか！」

ドブスどもはうなずきあった。

そして同時に、叫んだ。

「赤緑豆《あかみどりまめ》製鉄の、バカお嬢の名前じゃねぇかよ！」

赤緑豆製鉄とは、赤珠村に昔からある老舗の製鉄会社だ。中国山地の山肌に吸いつくように建つ巨大溶鉱炉と、工場と、職員用のコンクリートの団地が、まるで空を割って突如、古代から現れた空中浮遊都市のように村の上空に浮かんでいた。戦後、日本海にほど近い盆地に建てられた大型製紙工場〈青色ノ涙〉と共に、屋台骨となって村の経済を支える、地主制度の崩壊以来、ほぼ唯一と言ってもよい名家である。

跡継ぎの長男一家には二男三女がおり、この春から中学生になる赤緑豆小豆は、問題の多いことでつとに知られる長女だった。

その気性の激しさと、荒っぽさは、古参の職員達をして、

「穏やかな旦那さんと優しい奥さんの、どっちのどこに似たのか、皆目わからんわい」

と、幼児のころから首をひねられる始末だった。

赤緑豆製鉄のバカお嬢こと、小豆のことは、中学や高校の不良達の耳にも入ってはいたが、所詮、しょんべん垂れの小学生の話。これまで誰も本気で気にしやしなかった。

だけど、この春から中坊、しかも緑ヶ丘中学の後輩になるなら、話ぁ別だ。

エドワードのドブスどもは顔をしかめ、同時にペッと汚いつばを吐いた。

「四月から、後輩か。さっきのメスガキ」

「こりゃあ、早めにやっちまったほうがいいぜ。だろ？」

「あぁ……。そりゃそうだ」

うなずきあうと、ドブスどもは同時ににやりとした。

立体駐車場の中から、「……さっきから、なんの騒ぎなの」と低い声が聞こえた。ドブスどもはあわてて立ちあがり、気合の入ったうんこ座りでしびれた足を拳で乱暴に叩きながら、

「な、なんでもありやせん」

「……そう？　それなら、いいけどねぇ」

低い声が、かすかに揺れた。するとドブスどもはなぜだか一斉に小鳥の如く震えた。それから一人また一人と立体駐車場の中にもどっていった。

〝汚濁〟と頰に書かれたオンナが、一瞬、恐ろしい顔をして路地をふりむき、ちっと舌打ちした。

かぁぁ……と、鴉《からす》が一羽、よろけるように飛びすぎながら一声、鳴いた。


そこから、時の時計をわずかに進めて、四月。

緑ヶ丘中学の、入学式の朝。

山肌にくっつく赤いお屋敷、赤緑豆家の廊下で、「きゃあっ」と低い悲鳴が上がった。

「どうしたんだが、小豆。そぉんなおかしな恰好をして」

「……おぅ。いや、なんでもねぇから」

「なんでもないわけ、ないだが。今日は、入学式だってのに……」

「子供には子供の事情が、その、あるんだよ。母ちゃん」

「なにをわけのわからんことを！」

言い争う親子の声に、ほかの家族が気づいて、廊下につぎつぎ顔を出す。それを避けるように、背の高い女の子が一人、玄関に向かって駆けて、すばやく外に飛びだしていった……。

「こりゃ、小豆！」

「いってきまーす」

あとには、呆れ顔で立ち尽くす家族が残された。

朝ご飯の味噌汁の匂いが漂う中、「こりゃ、うっかり、波乱の春になってしまっただが……」とつぶやいたのは、誰だったか。おそらく母親だったろう。

春のあたたかな風が吹いて、庭の木々をやわらかく揺らした。

赤緑豆家の広大な敷地を出て、ぷらぷらと歩きだした女の子の足取りは、なにやら重たかった。おニューらしき、ぴっかぴかのコンバースの真っ赤なスニーカーを履き、大股で勢いよく坂道をくだっていったものの、ちょっともどったり、とつぜん止まったりと足取りは心許無い。

（昨日までの、小学生とは、ちがうんだぜよ……）

心のつぶやきが、足取りをさらに重たくした。

（中学ってぇのは恐ろしいところだって聞いてるぜ。目立っちまったら、おっかねぇ先輩に目ぇつけられて地獄行きだって噂だけど、いきなり、あれだもんなぁ）

立体駐車場エドワードでの顚末を思いだすと、せっかくの真っ赤なコンバースもしおれて見える。だいたい、こうやってスニーカーばかりが見えているのは、いつになくしょげて、足元ばっかり睨みながら歩いてるせいだ。

「あーあ！」

　声に出してため息をついた途端、十字路にあったちいさなバイク屋の、くすんだボロいガラス越しに、うぉんっとちいさな音が聞こえた。

「あん？」

　と顔を上げると、そこには立派なナナハンが幾台も並んで、鎌首もたげた蛇みたいにこっちをみつめていた。

「おぉ、バイクか。いいなぁ、バイクってぇやつは。乗りてぇなぁ……」

　うぉんっ。

　返事をするように、またなにか音がした。

　視界の隅で、なにかが動いた、と思ったら、ぴかぴかのナナハンの向こうから、真っ赤な車体いっぱいに埃《ほこり》をかぶった、ほかのよりは一回りちいさなバイクが飛びだしてきた。ナナハンのにーさんたちの頭上を軽々と飛んで、身軽が取り柄のいたずらっ子な末弟とでもいった風情でもって、くすんだガラスを、
　がっしゃーん！

　と、ブチ破り、女の子の真ん前で止まった。

「うぉっ!?」

　頭に飾った真っ赤なリボンを揺らしてのけぞった女の子に向かって、乗れよ、と言うようにエンジン音で語りかける。しばしぽかんとしていた女の子だが、やがて片頬でにやっと笑って、

「なんだかわかんねぇけど、おまえもよぅ、このバイク屋で、立派なにーちゃんやらに囲まれて、不肖のオスガキってやつなのかな。おぉ、こんなに埃がたまってるじゃねぇか。あたしがはらっ

てやるよ」

うぉん……。

「なに？　乗れってか。お、おぅ……。わかったよ。このまま、ガッコなんて行かずに、山を越えてせかいの外に逃げちまおうかって思いつめてたけど……。行って、みっかな。おぅ！」

うぉん！

真っ赤なバイクの埃をはらい、おっかなびっくり座ってみると、バイクは勝手にエンジンを吹かして走りだした。

たちまち遠ざかっていく女の子の細い背中を、バイク屋の二階の窓から顔を出した親爺が、寝ぼけ眼《まなこ》で、

「こらっ、待て、それはうちの商品……！　いや、まぁ、どうせ売れ残りの味噌っかすのマシンだから、いいか……。起きちまった。もう一回寝るべ」

気弱にいちおう呼び止めた。

そうしてバイクに乗った女の子の後ろ姿は、角を曲がってあっというまに消えた。

緑ヶ丘中学という、子供だけの恐ろしい戦場に、向かって。


さて、その同じ朝。

当の緑ヶ丘中学では――。

新しい王を前に、子供の世界がそわそわと落ち着かなかった。

自転車通学の生徒をして、〝心臓破りのあほんだら坂道〟と呼ばれる長いだんだら坂道を上がって、灰色の正門をくぐって、同じぐらい灰色の旧校舎と、ピンクに輝く新校舎。その二つをつ

なぐ空中楼閣みたいな渡り廊下に、新総番たる大和タケルが立ち、自らの王国となった、朝靄に揺れる緑ヶ丘中学を黙って見渡していた。

中庭には淡い色した桜が舞い散って、純朴そうな新入生達の頭上にもやわらかく降り落ちていた。どの子も、オトコは丸刈り、オンナはショートヘアか三つ編みに、短い前髪。校則なんてものを畏れてるわけじゃなく、怖い先輩に目をつけられるのを怖れての苦渋の選択だった。

体育館からは、日教組やらが、君が代を歌うか否かで激しく言い争う声がした。

父兄達はというと、それぞれの子供と桜並木をバックに、はしゃいで記念写真だ。

体育館も、校舎も、窓ガラスは例外なく割れ、罅《ひび》が入り、壁という壁には、真っ赤なスプレーで『爆走天使!』『夜露死苦!』『特攻愚連隊』などと落書きされ、タケルも所属する県内一の族、残薔薇壱輪の幟《のぼり》を掲げたバイクがエンジン音を響かせて廊下や校庭を走りまわっていた。それなのに、それらや、渡り廊下にしゃがみこむ、ボンタン、短ランに鬼ゾリ、竹刀《しない》片手の不良どもの姿が目に見えているのは子供だけのようだった。大人はまったく気にせず、桜を見上げては微笑みあっている。新入生だけが、青い顔をして、校内暴力全盛の荒くれ公立中学を見回しては震えていた。

渡り廊下から王国を見下ろしていたタケルは、ふっ、と、片眉を上げた。

見覚えのある……。あの夜、なぜだか目に焼きついた、かわいらしい真っ赤なリボンが……。ほんの一瞬、新入生の群れの中で、鴉の集団に紛れこんだ赤い羽根したちっちゃな極楽鳥みたいに揺れた気がしたのだ。

それはゼロ・コンマ・一秒ほどのことで、タケルの動体視力をもってしても、残念ながらすぐに見失ってしまった。どうしてだかまだ気になって、黙って目を凝《こ》らしたとき、遠慮がちな

「……総番！」という声がした。

「おぅ」

「エドワード族のやつらが、ちょっと」

「おぅ、こいや。遠慮するない」

渡り廊下にはいつのまにか、新総番に謁見《えっけん》するための不良どもの長い行列ができていた。タケルはうなずいて、誰ぞが校長室から持ってきた豪奢な椅子に、ふんぞりかえるように座った。

チキンレースによって総番に選ばれたのはわずか数週間前のことだったが、いまではタケルには立派な風格と、王者の余裕が生まれていた。左右に鎮座するのは、あの夜のレースでタケルに破れて、しょっぱい涙を呑みながらも忠誠を誓った少年達だった。十四歳にしては小柄なタケルと比べると、頭半分はゆうに背が高い、まさに巨人のような中学生だ。

「総番、一年に、生意気なオンナがいて……。やっちまっていいっすかね」

集団で現れたエドワード族に低い声で問われ、タケルは低く笑った。

ロングスカートに、紫を基調とした鬼メイク、そして人並み外れて醜《みにく》い相貌《そうぼう》が目印の彼女達は、ある者はチェーン、ある者はバット、ある者はなぜか喇叭、そしていちばん後ろに隠れているいかにもオミソなちっちゃいオンナは、これまたなぜかトライアングルを構えていた。

「生意気なオンナ、だと？」

「ええ。赤緑豆製鉄のお嬢で、赤いリボンが目印の、つまんねぇメスガキが……」

「えっ。赤い、リボン……？」

タケルはふと、歳相応の心配顔になった。左右に鎮座する少年が、異変を察したように、おやっと眉をひそめてタケルを窺う。

それに気づくと、タケルはわざと面倒くさそうに「ま、好きにやれや。オンナの世界はおまえらに任せるぜよ」とつぶやいて目をそらした。

「ありがとうございます！　そう言ってもらえると、こっちもやりやすいワ」

「おい。だけど、くれぐれもやりすぎんな。命まではとるんじゃねえぞ。所詮、オンナのやることだ。あぶねぇ渡世はオトコに任せろや」

「……わかりました」

エドワード族はうなずき、一斉に醜い顔をにやつかせた。

体育館で、マイクがびぃぃーんと甲高い音を立てた。

タケルと、エドワード族のドブスどもは同時に振りかえり、開け放された入口から見える体育館の中に目を凝らした。お行儀よく整列した新入生の群れから、また、赤いリボンがちょこっと見えた。

丸坊主と、ショートヘアにオン・ザ・眉毛の新入生の中で、燃える鉄の川みたいに真っ赤なリボンだけが、ここに危険なメスガキがいるぜと敵に教えるかのように、春の陽光を浴びながら右に、左に揺れていた……。

「行くぜ」

「おぅ！」

一斉に渡り廊下から地上に飛び降りたエドワード族は、ちーん、ぱっぱっぱらっぱーとトライアングルと喇叭の音を響かせ、振りまわすチェーンで桜の大木を容赦なく傷つけながら、体育館に向かった。

ぞろぞろと入っていくと、校長の訓示が長々と続く、拷問のような時間を新入生達は漂っているところだった。と、見る間に一人、女生徒が貧血を起こして倒れ、担架で保健室に運ばれていった。

つられたように一人、また一人とぶっ倒れては運ばれていき、ようやく校長の訓示が終わったときには太陽は昇りきって昼になっていた。

整列して体育館を出ていこうとする新入生の中に、赤いリボンがまたふわふわと揺れていた。

エドワード族の周りを避けるように新入生達が道を開ける。

チェーンのドブスが手をのばし、リボンのメスガキをとっつかまえて引っぱった。

と……。

「きゃーっ、イヤン！」

引っぱったほうが鳥肌立つような、あまりにも甘ったるい声がした。あわてて顔を見ると、しゃばいリボンの、ぱっちり垂れ目に童顔の、セイコちゃんカットのオンナが悲鳴を上げておおげさにしゃがみこんだ。

気合の入ったエドワード族とは対極にいる、軟派なフェイス。早々にオトコの先輩に目をつけられて、つきあいだし、硬派もみんな頭の上がらん誰々先輩のオンナ、になるだろう上玉の新入生だった。もちろん、あの生意気なメスガキとは似ても似つかない別人だ。

「だっ、誰だ、おめぇは」

「イヤン！」

セイコちゃんカットの頭上に、いつのまにか赤いリボンがちょこんと結ばれ、春の風に揺れていた。

「おい、赤緑豆のメスガキはどうしたいっ。このリボンはどう見てもあいつだろうがっ。おめぇ、誰なんだよっ」

「知りませんっ、あたしっ、なんにもぉ……うわぁぁん！」

オンナがかわいらしい泣き声を上げるので、エドワード族も次第に決まりが悪くなった。「見逃したか……」とため息をつきながら、綿菓子みたいにふにゃふにゃした軟派なオンナを放す。

辺りを見回すが、どの新入生もあのメスガキとは似ていない、オン・ザ・眉毛のおとなしそうな輩《やから》ばかりだ。エドワード族はちっと舌打ちをし、

「ひとまず引き上げだ……」

「あぁ。ちっ……」

「かったりぃ。帰るべ、今日はもう」

「サテンでインベーダーゲームでもやらね？」

「おぅ……」

チェーンを振りまわし、喇叭を吹き鳴らしながら去っていった。

ちーん、ぱっぱっぱらっぱーとおかしな音を響かせながらエドワード族のドブスどもが去っていくと、しゃがみこんでべそをかいてたセイコちゃんカットのシャンは、こっそり、ぺろっと舌を出してみせた。

遠巻きにしていた女子生徒たちが、口々に「だっ、大丈夫？」「なにかしら、あれ……」「立てるぅ？」と言いながら手を貸そうとした。

女の子の頭上に桜吹雪がはらはらと舞った。

身長は百四十センチ台の半ば。ぱっちりおめめが、子犬みたいによく動く。その目で辺りをきょろきょろっと見回して、ドブスどもが一人もいないのを見て取ると、かわゆいポーズで首をかしげ、もう一回、舌を出し、

「てへっ」

と笑ってみせた。

それから両手を翼みたいに左右に広げて、地面に舞い散る桜の花びらを蹴散らし、ふざけたように「キーン！」と叫びながら、白パンプスを履いた足で、元気よくピンクの新校舎に駆けこんでいった。

階段を上がり、真新しい一年生の教室に一番乗りで飛びこむ。

いや……。

ちがった。

セイコちゃんカットのシャンは一番乗りではなかった。陽光に包まれた教室のいちばん隅。窓際の、カーテンで陰になって唯一、暗い空間に沈みこむようにして、大柄な女生徒が一人座っていた。

いやいや、座っていた、というにはあまりにお行儀が悪い。ぞろりとロングのスカートと、真っ赤なコンバースでキメた長い足を投げだして机にのっけて、椅子をおおきくかたむけ、腕を組んで窓の外を睨みつけていた。長い黒髪は、ポニーテールにすだれ前髪。だけどその服装とは矛盾して、横顔はおどろくほど彫りの深い正統派美人のものだった。ぱっちりおめめのセイコちゃんカットに続いて、二人目の、校則違反にして先輩たちへの挑戦状とも受け取れる、気合の入った洒落者の新入生だった。

剣みたいなポニーテールが、やわらかな髪の毛なのに、まるで鉄でできてるようにつややかに光っている。

教室のそこだけが別の空気を醸《かも》しだしていた。それは王者の風格か。それとも一人ぼっちのストレンジャーのものなのか……。いまはまだどちらともいえない。ともかく、少女は未知の迫力を発散させながら、一人つめたく座っていた。

シャンの足音にもふりむく様子はない。つっぱって窓の外を睨み続けている。

一見して恐ろしげな横顔だったけれど、シャンは気にする様子もなく、なんとスキップしながら窓際の不良少女に近づいた。

もう一回、元気よく、

「てへっ」

と笑うと、美形の不良少女の背後に立って、それから……。

子供とは思えない色っぽい仕草でもって、頭頂部の真っ赤なリボンをさらさらとほどいた。

不良少女は知らんぷりして窓の外をみつめ続けている。

二人の間に言葉はなかった。もしかすると、すでに、必要なかったのかもしれない。

シャンは不良のポニテにリボンをかけて、きゅっと結んでかわいらしくふんわりと広げてやった。そうすると、ついいままで、シャンの頭頂部にあったときはプレゼント包装みたいにぴかぴかしていた同じリボンが、剣のように光る髪と同様、まるで溶けて流れる真っ赤な鉄の川といった様相で、不良の後頭部から背中にかけてぎらぎらと光って流れた。

「返すゾ、キミの大事なリボン」

「……さっきは、サンキューな」

かすかに頬を染めながら、不良少女——中学デビュー初日の、誰あろう赤緑豆小豆——がつぶやいた。聞こえるか聞こえないかの、低くて、ちいさな声。

遅れて一人また一人と教室に入ってきた新入生達の足音も響いたけれど、シャンの耳にはちゃんとお礼が届いたらしく、気絶するほどかわゆい笑みを浮かべて、

「てへっ」

と小首をかしげてみせた。

不良少女——小豆は、かすかに顎《あご》を引いてうなずいた。

「さっそく出席を取るぞー。出席番号表を見て、自分の席に着けー」

入ってきた教師がそう言いながら教壇に立ったけれど、小豆も、セイコちゃんカットも、教室の表の支配者たる大人を気にする様子はなかった。

小豆の前の席に座ったシャンは、後ろを向いて、小豆の机にちっちゃくて形のいい顎を乗っけると、

「いいアイデアだったでしょ。だって、あたし、頭脳派なんだぁ」

「頭脳派ぁ？」

うつくしい顔がちょっと歪んだ。

小豆は丈を短くしたセーラーの胸ポケットから、くしゃくしゃのハイライトの箱を取りだすと、一本くわえて百円ライターで火をつけた。やるよ、というように机に投げだすと、シャンも、サンキュ、とささやいて一本くわえた。

教師も、ほかの生徒も、ちらちらと二人の異分子を気にしてはいるが、怖いので注意することはない。新学期初のホームルームの時間は、二人を遠巻きにしながら平穏に過ぎていった。

――小豆とシャンが、同時にむせた。

ほんとは、タバコ吸うのも、今日が初めて。先月までは小学生のメスガキだった二人だ。だけど二人とも、新しい舞台たる教室で、命がけで意地を張るんだというようにぷかぷかと煙を吐き続けた。

シャンが小首をかしげて、

「校長先生の訓示のときから、赤いリボンのポニテでキメた、いかしたキミのことがとっても気になってたんだ。それにさぁ、遠目だからよく見えなかったけど、今朝、真っ赤なバイクで登校してきた女の子ってキミでしょ。リボンで覚えてたの。だけど、入学式の途中で、エドワード族のきったないのが……」

と言いながら、ほんとにいやそうに顔をしかめた。かわゆい顔が絞った雑巾《ぞうきん》みたいにくしゃくしゃになった。

「……ぞろぞろ入ってきたとたん、キミったら、脂汗流して、足も震えて、途端に挙動不審なティーンになっちゃったんだもの」

「うるせぇって！」

小豆が低い声ですごむと、聞き耳を立てていた生徒達や、教壇に立つ教師までもがびくりと怖気だったが、シャンは気にもせずに話し続けた。

「おやおや、やつらに目をつけられてるのは、この子なのねって、わかんなきゃおばかよ。でもさぁ、あたし、頭脳派だもん」

小豆はいらついたように、うつくしい顔をまた歪めた。

「だから、なんだよその、さっきから、頭脳派、頭脳派って」

「てへっ。あたし、じつは、頭いいんだ」

と、シャンは舌を出してみせた。

「入学早々、なにして目をつけられたのか知らないけどさぁ、あいつらに、顔まで詳しく覚えられてるとは思えないもん。目立つリボンさえ取っちゃえば、キミのことなんてわかんなくなっちゃう。そう思って、キミのリボンをあたしが借りて、キミは貧血起こしたふりで、ばったり倒れて保健室へゴー……。って、いい作戦だったでしょ。てへ……褒めてちょ、赤緑豆さん」

「あれっ。おめぇ、あたしの名前……」

「知ってるヨ。だってさっき、ドブスどもがわめいてたもん。ね、赤緑豆製鉄のバカお嬢って、キミのことでしょ。お噂は、かねがね」

「ちっ。その通り名で、呼ぶないっ」

「えへへ。……あたしは穂高菫《ほだかすみれ》ってゆーの。うちのお父ちゃんも、伯父ちゃんも、キミんとこの職人だよ。うちって代々、製鉄一家なんだぁ。もちろん、だから助けてあげたってわけじゃあないけどね」

「そりゃ、そんなの、子供どうしで関係ねぇよ」

低い声で小豆が言うと、穂高菫はとろけるような微笑で答えた。

「友情、成立だね。赤緑豆さん。あたしのことはスミレって呼んでよね」

「お、おぅ。じゃ、あたしのことは小豆って呼んでも……いいぜ」

「やったぁ」

二人は、吸えもしないのに粋がって吹かすだけの、二本目のハイライトを同時にくわえた。

窓の外では桜がはらはらと舞い続けている。

「ねぇ。ところで小豆ちゃんは、どこのチームに入るかもう決めてるの？」

「チームぅ？」

途端に小豆は、鳩が豆鉄砲くらったような顔をしてみせた。

「族だよ、族。やだぁ、その顔！　キミ、そんなことも知らないで一人でつっぱってるワケ？

中学入ったんだからさ、走るでしょ？　単車もいいけどさぁ、先輩に四輪に乗せてもらって、現役の男の子たちに先導してもらうってのもイカしてるよねぇ。だって四輪は特権階級だし、気分、いいもん。あたし、中学入ったらぜったいハコ乗りするって決めてたんだぁ」

「……べつに、どこも入りたくねぇよ」

「でも、入学早々、よりによって県内最強レディースのエドワード族に目ぇつけられちゃったんでしょ？　そんなの、危ないよ。あたしお兄ちゃんいるからよく知ってんだぁ。エドワード族より強いバックつけりゃ、安心だよ。政治、政治。あたし、そういうの得意なんだ。そこんとこヨロシク」

小豆は、ちょっと前まで小学生だったらしき子供っぽい表情になった。

「だけど、そしたら、そのバックにいろいろ牛耳《ぎゅうじ》られるようになっちまうだろーが。子供の世の中ってぇのには、ただでもらえる安全なんてないんだぜ。自由を買うのに、自由を売り渡しちまうなんて、ほんとの硬派のすることじゃないぜよ。こうなったら、一人きりでいることが自由だし、それを得るためにあいつらと闘うってことじゃないかな。そこんとこヨロシク」

「へぇ……」

スミレはタバコ片手に、珍獣でも見るかのように小豆を眺めた。

しばし、迷ってるような沈黙があった。

大人の男みたいに冷徹で、高速でなにかを計算しているような、つめたい真顔。

「……ふぅーん」

それから、また、てへっと甘く笑ってみせて、

「小豆ちゃんって、かっこいいね。オンナだてらに立派な硬派なんだ」

「ばーろー。さっき会ったばかりのオンナを、気安く評価するない」

小豆は吐き捨てたけれど、その横顔はちょっとだけ照れていた。

「わかるよ。あたしぃ、見た目はこんなだけどぉ……」

ぷっくりしたほっぺたに人差し指をさしてみせて、

「頭、いいんだもん。小学校はずっと、体育以外はオール5だったんだもんね。だから最初はさ、ガリ勉女って陰口たたかれるのがいやで、オシャレ、始めたんだぁ。中学では、内申書に響くような悪いことはせずに、楽しむだけ楽しんで、いい高校に行くんだもんね。だから、頭脳派。なんちゃって」

「へぇ、オール5。そいつはラッキー。おめぇに勉強、教えてもらおかな」

「あは。小豆ちゃん、威勢はいいけど、頭、悪そうだもんね。いいよぉ。……あたしさ、進学校に進んだらきっと毎日灰色でつまんないだろうからさ、中学生のあいだに思いっきり羽目はずして遊ぶんだ。あたしね、族のマスコットになりたいの。ま、オンナの熾烈《しれつ》な争いあるけど。悪いけど、負けない自信、あるのよね。だってあたし、オトコに大事にされるのが三度の飯より好きなんだもん！」

「へぇぇ。さすが頭脳派。……毎日、いろいろ考えてんだなぁ。あたしとは逆だなぁ、おめぇは」

〝マスコット〟とは、暴走族のオトコどもが、かわゆい妹分のオンナを一人選んでみんなで守る

という、フィクションの中の〝姫〟の役割のことだった。これは、と思われるアイドル顔負けのルックスの少女が選ばれたが、二年の任期を全うすると、再び市井《しせい》に下っていった。

そういや小豆も、小学校の帰りに国道4649《ヨロシク》号線で、暴走する不良少年どもの行列を見送ったとき、真ん中の四輪に乗せられた人目を引くシャンの姿に気づいたことがあった。まるで、おかしな大名行列か、姫を嫁ぎ先の隣国に送っていく臣下の列のように、たくさんの真っ黒なオートバイが、一台の四輪を頑固に守りながら激走していた――。

ま、確かにあの四輪は、まるでお姫様を乗っけたガラスの馬車みたいだったぜよ、と思いだしながら、

「しっかし、野望の多いオンナなんだなぁ、おめぇって。……せいぜい、計算に足、取られんなよ」

半ばあきれた声で言った。すると、中学で最初にできた友達、スミレは一瞬だけ、また冷徹すぎる真顔になり、それから、

「うふ。だって、青春だもんね」

ふざけて舌を出してみせた。

入学式が終わり、桜吹雪にまみれた正門を出て、心臓破りのあほんだら坂道を下りながら、小豆は、鉄板入りのつぶした革鞄をぶんぶんと振りまわした。
ちっ……、
と、知らず知らず不機嫌そうな舌打ちをしてしまう。
中学に入ったら、あれもしよ、これもしよ、と、楽しい学園生活ってやつを夢に描かないこと

もなかったが、チキンレース翌朝の無邪気なキャッチボールが運命を変えてしまった。

いや、それとも、どちらにしろ遅かれ早かれエドワード族には目をつけられ、戦う運命にあったのだろうか……？

人並み外れてきれいなその顔を歪めながら、考えこむ小豆の横を、スミレがノーテンキな笑顔でもってスキップ交じりについてきた。

小豆はさすがにあきれて、

「ついて、くんなよな」

「えーっ。なんであたしを追いはらうのよぉ、小豆ちゃん」

スミレがぷうっとふくれてみせた。

うつむきがちに、小豆が、

「だって、あたしと一緒にいたら危ないだろ。なんせ入学式早々……」

「でも、族のマスコットになれたら、バックがつくから、あたしは平気だもんね」

「あのなぁ。まだ、どっこからも、なんの話も、きてないだろーが。ったく、気の早いやつだぜ」

「てへっ」

スミレはご機嫌でスキップを続けながら、

「それに、すでに悪目立ちしてる小豆ちゃんとつるんでたら、あたしもついでに目立つもんネ。あたし、校内のユーメージンになりたいんだぁ。協力してちょ、小豆ちゃ、ん……。あ、でも、とりあえず、また明日ネ」

スミレが急に口をつぐんで、スキップしたまま小豆から離れて坂道をなぜか逆走していった。

「あっ、おい？」と後を追おうとして、小豆も遅れて気配に気づいた。

形のいい顎をぐいっと引いて油断なく辺りを見回す。

ササッ……、
と、春の風が葉を揺らした。

雲が流れて、太陽をみるまに隠していった。

まるでとつぜんの夕刻のように、周囲が薄闇に包まれていく。桜吹雪までもが不気味な薄灰色に染まっていき、風が氷のつめたさを帯びて、小豆の剣みたいなポニーテールを撫であげた。

小豆がきゅっと目を細めた。

風がさらにつめたさを増す。

あほんだら坂道を下ったところにある、三本の桜の巨木。太い枝のそこかしこに、少女達の、白パンプスや鉄板入りローファーを履いた細い足が見えている。

微動だに、せず。

近づいてくる獲物をただ待っている。

舌なめずりするような不吉な気配。

と、かすかに、ちーん……と、トライアングルの音が響いた。

「出たか、エドワード族」

小豆は小声ですごんだ。

胸ポケットから彫刻刀を五本、取りだし、右手に二本、左手に三本、持った。ぞっとするほどうつくしいその顔の前で両手を交差させて、腰を落として構える。すると、ちいさな鉄の刃が、長くて鋭利な怪物の爪のようにてらりと輝いた。

桜並木から一斉に、傷みきった黄色い髪をなびかせ、ドブスどもが飛び降りてきた。

ひらひら、ひらり。

灰色に沈む桜の花びらと一緒に、濁った目を嗜虐的《しぎゃくてき》に輝かせながら。

ひらひら、ひらり。

続いて、坂道のいちばん下に並ぶ、かたむいたボロいパン屋〈ムッタークルン〉から、凄まじい横幅の、まさに横綱級の大女が、両手に持ったシベリアケーキを交互に齧《かじ》りながら登場した。

パン屋の隣にある文房具屋〈紙ヒコーキ〉からも、竹馬に乗ってるのかと思うほど背の高い、物騒な目つきのオンナが三人、ゆらりとからだを揺らしながら出てきた。

「待ち伏せかよ……。ご苦労なこった」

小豆は低く吐き捨てた。

とはいえ、先月までは正真正銘、ランドセルの小学生。不良どもの抗争の噂を、まるで漫画か、外国のお話のように現実感もなく楽しんでいただけのメスガキ一匹だ。腰を落として構えた、その腰から下が、意思に反してがたがたと震え始めた。

多勢に、無勢。

「一年坊主相手に、ずいぶんな騒ぎだな」

他人事《ひとごと》みたいに嘯《うそぶ》いてみるが、涙を無理にこらえたせいで、いまにも鼻水が出そうに鼻の頭がジーンとしびれた。

チェーンが不吉に震えた。

竹刀が、ぴしっと音を立てた。

喇叭が風に答えて、ぴゅうっとかすかに鳴った。

「……命、取ったるワ！」

「うぉぉぉぉぉ！」

女子中学生の集団とは思えない、しわがれて低い叫び声とともに、エドワード族が一斉に飛びかかってきた。小豆はその場でくるっと回転すると、地面を蹴って飛んできた一人目の額を、右手の彫刻刀ですばやく削った。二人目のオンナは、背中を。三人目は、巨体のシベリアケーキ食いがどすどすときたところを、ひらりと避けて、でっかい尻に刃を五本とも突き刺した。三人がほぼ同時に低い悲鳴を上げ、それぞれ、額、背中、尻を押さえた。

「なんだ、こりゃあ……！」

「いかれてるぜ、このメスガキはよぉ」

微妙な時間差で、それぞれの若い玉の肌に、瓢簞《ひょうたん》似のオンナのおでこには、

〝瓢簞〟

と、背中を押さえるオンナの肌には、

〝醜女《しこめ》〟

と、そして尻を押さえる巨体には、

〝横綱〟

と、それぞれ、なかなかに複雑な漢字が意外な達筆でもって、真っ赤な血文字となって浮かびあがった。つぎの瞬間、あふれる若い鮮血によって文字は再び見えなくなった。

「どういう了見じゃぃっ！」

「おいコラ！」

「……うるせぇっ！」

小豆は血と油で危険に光る彫刻刀を構えたまま、低く叫んだ。

血の臭いで獣の記憶を思いだしたというように、さっきまでとは顔つきが、ちがった。たとえるなら、あの夜……総番決めのチキンレースの夜、無茶な少年の一人に過ぎなかった十四歳の大和タケルの顔に浮かんだっきり、強く刻まれ、消えなくなったあれと同じ……、戦うという使命を負った者の顔に浮かぶ、呪いの強仮面だった。

「仕掛けてきたのは、そっちだろーが。間抜けなおねーさん達よぅ」

「ちっ、畜生！」

「援軍だ、おい、援軍を呼べ。大至急だ！」

「何人きたって、怖くねぇよ。だって、こっちには……」

小豆は返り血に染まったうつくしい顔をゆがめて笑った。その顔の前で両手を交差させて、悪魔のようににたりと笑ってみせる。

「こっちには、彫刻刀があるんでぃ！」

「……なんで彫刻刀なんだよ。あぁ、いってぇ……。すっげぇ、いってぇ……」

「これ、消えんのかよ……。尻に、こんな字……とんだ一年坊主だぜよ……」

「もう、ほんとうにやっちまおうぜ。本気を出してかまわねぇ！」

飛びかかってくるドブスどもをひらりと避けて、一年坊主の小豆は、彫刻刀を自在に操っては高笑いした。

一人……。

また、一人……。

いまや宿敵となった、エドワード族の顔や背中や腹に、おかしな漢字を彫りこんでいく……。

その姿はまさに、十二歳の女の子にして、鬼神。いつのまにやら返り血で己の全身も真っ赤に染まり、憤怒《ふんぬ》と、戸惑いと、そして生きるということそのものへの強い意志、さまざまなものがそのか細い姿の上に浮かんでは、幻となって散った。暗く灰色に沈んでいた桜吹雪も、いつのまにやら、血を吸ったかのように赤味を増し、小豆の上に、若い血の雨の如く激しく降りそそいだ。

一人……。

また、一人……。

そうして、敵がもつ武器のうち、チェーンにナイフ、つまり鉄製の武器だけが、なぜだか持ち主の意思に反して動き、小豆の腕に絡めとられたり、突き刺す瞬間に勝手に刃が折れたりし始めた。エドワード族は戸惑い、小声で「おいっ、鉄は使うな。なんだかわからんが……」「角材だ！それと、木刀で殺《や》れ！」とささやきあった。

一人……。

さらに、一人……。

彫刻刀を操り、倒していく！

だが残念ながら、敵たるエドワード族の頭数は、どれだけ倒しても減るどころかかえって増える一方だった。噂に聞く赤緑豆製鉄のバカお嬢との大立ち回りの話が広がり、他校や、はては高校生のエドワード族までもが集まっては、

「どりゃあぁぁ！」

「こいつがバカお嬢かい！　たしかに間抜けな面《つら》をしとるなぁっ！」

「話は、聞いとらんからわからんけど、でもおもしろ半分で加勢するぜい！」

と小豆に群がり、煉瓦《れんが》やブロックなどの飛び道具で無茶苦茶に制してきたのだ。

近づいたら、危ない。

一年坊主が手にした彫刻刀は、残念ながら、伊達《だて》じゃねぇ。

それに、なぜだか、鉄の武器はこいつにゃ使えねぇ。

小豆に倒された戦士からのそういった情報が、参謀役を通じて後続の戦士どもに伝わり、そのため、時間経過につれて飛び道具ばかりが増えた。武器といやぁ、彫刻刀だけ。血を見りゃ命の炎が燃える、負けん気の強さだけが取り柄の小豆は、次第に不利になってきた。鉄の刃も、折れ、血と脂で滑り、ほころび、まともに使えるものが一本一本、減ってきた。鉄の刃を失うたびに、小豆も、髪を切られたサムソンの如く元気をなくした。

弱ったところを、後ろから角材で、

「死ねやぁ！」

「そうじゃ、往生せい！」

殴られ、どうっと倒れたところを煉瓦でタコ殴りにされた。

「……あっ」

「ん？　どげした？」

「やべぇ、忘れとった」

いまさらながら、総番のなぜか心配そうだった顔と、戒《いまし》めの言葉を思いだした緑ヶ丘中学のドブスが、細く叫んだ。

「ボディにしな〜。顔、つぶすと、わしらの総番に殺されるぜよ〜」

しかしその声も、後に残薔薇壱輪の五代目リーダーとして鳥取中を恐怖のどん底に突き落とす新総番、大和タケルの名をまだ知らない、他校や高校生のエドワード族には威力がなかった。小豆は顔もボディもボコボコにつぶされ、中学デビューの、剣そっくりの自慢のポニテを根元からざっくり切られた。すだれ前髪もオン・ザ・眉毛にされて、顔中に油性マジックでおそろしい下ネタを書かれてあざ笑われ、現代版、耳なし芳一といった姿で、桜並木のその下に、壊れたおもちゃみたいに投げだされた。

「畜生っ、畜生っ……」

げらげらと下品な笑い声と、メスガキの小豆にはまだ意味がわからない、謎の下ネタを喚《わめ》く声が、次第に遠ざかっていった。

小豆はがっくりと倒れてそのまま目を瞑ろうとしたが、しかし、

（いや、だめだいっ……）

つぎの瞬間、痛みと屈辱でいまにも気を失いそうな己の心を、見えない鉄パイプでタコ殴りして、むりやり目を開けた。

頭上から桜がひらりと舞い散ってきた。

それがぶわっとピンクに滲《にじ》んだ。

涙が、あふれたのだ。

「畜生っ、畜生っ……」

涙が後から後から流れた。小豆はその涙を意地に変えて、ゆっくりと起きあがった。体中が冗談みたいに痛んだ。

だけど……。

（ここで寝転んだまま、いつまでも泣いてたら、このまま卒業まで、負け犬なんだぜ）

そう思ったから、無理やり立ちあがった。

歩くことはできなくって、桜の巨木にもたれてうめくだけだ。

だけど……。

(負け犬なんだぜ。それだけは、だめなんだぜ。オンナってのは、いつだって、立ちあがってこそ、オンナ、なの、さ……)

未知の痛みにうめいて、日が暮れかけた空を宿敵にするように睨みあげたとき、どこからか、ちーん……

と、かすかに不吉な音がした。

瀕死の小豆は、途端にいかれた獣の目つきにもどって、音がしたほうを見た。

文房具屋〈紙ヒコーキ〉から、見覚えのある……トライアングルを持った陰気な目つきの女が、そうっと出てきて、くじいたらしい足を引きずりながら小豆とは反対のほうに逃げていこうとし……。

振りかえって、血まみれの小豆と目が合うなり、ぎゃっと叫んでトライアングルを落とした。

朦朧《もうろう》とした意識の中でも、小豆は気づいた。

(敵だぜっ！)

自然と右足を振りあげ、コンバースのかかとを女の顔面に振り落とそうとした。女もまた、硬直したまま、おっこってくる靴のかかとを無力に見上げている。

女の顔面が、破裂させられる、もう、寸前……。

しかしし小豆は、数ミリ残して、なぜかぴたりと足を止めた。女は寄り目になって、目前で止まったかかとをみつめ続けている。と、また、ぎゃっと叫んでその場に尻餅をついた。

小豆は足を止めたままで女を見た。

額から流れる血で視界が曇っている。

だけど、

（どう見てもオミソだ。こりゃ、単に仲間とはぐれて、逃げそこなったんだな）

仕掛けてくる相手には牙を剝く。でも、弱いものいじめは大嫌いだった。

足をもどして、短く「行けよ」とささやくと、女はびっくりしたように、震え声で、

「まさか、み、見逃してくれるの？」

「おめぇなんざ、見なかった。だから別に、見逃したとかじゃない。はやく行けよ。……気が変わらないうちに、どこにでも行っちまえってばよ！」

「うっ、うんっ」

女は涙を飲んで、ひくっとしゃくりあげた。

そうして、逃げるかとばかり思ったら、なぜだか足を引きずりながら文房具屋に入っていった。

なにしてるんだと不審に思って横目で見ていると、しばらくして、引きちぎったノートの切れ端を片手に出てきて、地面を机代わりに一生懸命、折り始めた。

「なに、やってんだ。狂ったのかよ？」

「……わたし、みたいな、オミソに、あんた、優しくして、くれるからっ」

女は切れ端を紙ヒコーキの形に折ると、小豆に向かって飛ばした。

ひゅううぅ……

紙ヒコーキは風もないのに、けっこうな距離を器用に飛び続けた。紙でできてるとは思えない謎の強靭さで、小豆が片手にした、刃のほころびた彫刻刀の、鉄の部分にびしっと突き刺さる。

おどろいて、小豆は思わずのけぞった。

「なっ、なんだよ……」

女がうつむいて黙りこむ。

紙ヒコーキを開いてみると、そこには走り書きで地図が書かれていた。まるで宝の地図みたいなものだ。

「これは？」

「武器のお店よ」

「……へぇ。あたしに教えてくれるってのか」

「うん！」

女はうなずいた。

それから急に怖くなったというように、必死の形相で、

「ねぇ、だけど、わたしに教えてもらったって言わないで。殺されちゃう！　ただ、あんたが……わたしなんかに、優しくしてくれたから、さぁ……」

小豆はしばらく食い入るように地図を見ていたが、顔を上げると、少年みたいな気安さでうなずいた。

「わかった。このことは誰にも言わねぇ。女どうしの約束、守るぜよ」

「ありがとう……」

「明日からはまた敵どうしだ。遠慮はいらねぇ。……ありがとよ」

「うんっ」

「じゃあな、トライアングルちゃん。さようならだ」

女は、その声にはっと思いだしたというように、地面から大事なトライアングルを拾いあげると、ぺこりとお辞儀して歩いていった。

それを見送っていると……。

文房具屋から、エプロン姿の小太りのおばちゃんが走りでてきて、女に向かって怒鳴った。

「コラッ。お嬢、売り物のノートを勝手に破って！　さてはまた紙ヒコーキにして飛ばしたねっ。いくら、〈青色ノ涙〉のお嬢ちゃんだって、今度やったら、許さないからねっ。まったく、昔っから陰気ないたずらっ子なんだから！」

その声に、女はあわてて小走りになった。さっきまで足を引きずっていたのに、なぜかもう痛くないというように普通の走り方で、あっというまに角を曲がって消えた。

「へぇ……。あいつ、製紙工場の会社の子なのか」

「そうだよ。昔っからおとなしくっていい子だったけど、最近じゃ、へんな友達ができてすっかり……ぎゃっ！」

おばちゃんがしゃべりながら振りかえった。そこにぬっと立っていた、血まみれで顔中に○○野郎などと下ネタを書かれた、異様な風体の女子中学生の姿に、悲鳴を上げて飛びのく。それから、小声で「まったく、最近の子供は……世も末だねぇ。ナマンダブナマンダブ」とつぶやきながら店の中にもどっていった。

小豆は、大人の評価なんか気にしないぜとつっぱって、フンと鼻を鳴らした。それから、開いた紙ヒコーキをじっとみつめた。

ひらり、と、地図の上にまた桜の花びらが落ちてきた。淡いピンクの花は、地図の上に落ちた途端に、なぜか、不吉な未来を予言するように真っ赤な血の色に染まって、滲んで、ふっと消えた。

どこからか小豆の前に、今朝、学校まで送ってくれた真っ赤なバイクがやってきた。血まみれの小豆におどろいたように、ちいさく、うぉんっとエンジンを響かせる。

（へぇ……）

小豆は地図を片手に、にやっと片頬を歪ませた。

（なるほどなぁ）

地図には、赤珠村の、いわゆる大人の町、雲雨横丁《くもさめよこちょう》の道が書かれていた。入り組んだ路地の、よっぽど詳しく知らなければけっして目的地に到達できなさそうな夜の迷宮の、奥に、とある店があると教えていた。

その名は――。

〈鉄の武器屋　貴婦人と一角獣《La Dame à la licorne》〉！


雲雨横丁は、駅前に広がる子供の楽園たる廃墟、アーケード街や立体駐車場、潰れた五階建てデパートとは、駅をはさんで反対側にひっそりとある大人の遊び場だった。入り組んだ細い道が幾つも連なり、時代がかったボロボロの平屋と、この街で名を上げんと粋がった若い衆がおっ建てた金ピカの娯楽雑居ビル、謎の腐臭が充満するちいさな公園などが混在していた。ネオン瞬《またた》く雑居ビルには夜になると若いオンナの嬌声《きようせい》が響いたが、崩れかけた平屋に残る、和風の飾り窓からは、夜毎、明治の幽霊なのか現実の存在なのかどうも判断のつかない、青白い顔の少女もしくは老女――分厚い白塗りの向こうの素顔はあまりに謎めいている――が顔を出しては、か細いしわがれ声で、外を通りかかる男達を呪うように呼んだ。

子供の楽園とちがって、この街は、寂れるということがなかった。廃墟寸前の荒廃のままでもう何年も、やってくる男達が落とす夜の金でぎりぎり、平穏を保っていた。

「……ここか。いやっ、こっちか？」

夕刻。

鴉と野良猫が、路上に転がる、食いかけのハンバーガー一つを巡って熾烈な争いを続ける、雲雨横丁の、鼻がもげるほど臭い路地裏。

ぷぎゃーっ！

カァァァァ……！

惨めな獣の、一匹と二羽の争いの真ん中を、見えてないかのように大股で小豆が横切った。右足で、半分ほど食い残されたハンバーガーを踏んだが、気づいてないようだ。ついで踏みだした左足で、落っこちていたしおれたレタスを踏んで、滑って、転びかけた。

「おわっと……」

野良猫と、鴉二羽が、同時に小豆を見上げた。

この街には見慣れない、やけに若い人間のメスガキが、貴重な食料を、こともあろうに踏みやがった。

一瞬のアイコンタクトで、猫と鴉は徒党を組むことにし、
ぷぎゃーっ！

カァァァ、カァーッ！

ときの声をあげて、生意気なメスガキに飛びかかろうとした。

が、つぎの瞬間、鴉はあわてて迂回し、猫も、ブレーキをかけたオートバイみたいに小豆のわずか手前で急停止した。

鳴き声に気づいて面倒くさそうに顔を上げた、小豆の浅黒い玉の肌を、赤い夕日がサッ……と

不気味に照らした。

泣く子も黙る下ネタの数々が、太マジックで書きこまれたうつくしい顔。

そこに、割れた額から流れて固まった血が、鉄の川みたいに右に左に散らばって、古代の凶戦《きょうせん》士《し》がほどこした戦化粧《いくさ》のような有様だった。

目つきも尋常ではない。

ぎらぎらと危険に輝いている。

そうして、手にした地図を右にしたり、左にしたり、夕日にすかしてみたりしては、

「うーむ。わかりやすそうで、わかりづれぇ地図だ。……頭、わりぃのかな。書いたやつが」

地図を書いたオンナが聞いたら怒りだしそうな文句を言いながら、足を止めたり、また歩きだしたりを繰りかえしている。

その十メートルぐらい後ろを、誰も乗っていない真っ赤なバイクが、エンジン音をゆるゆると響かせながら遠慮がちについてきている。

メスガキの肩に止まって、地図を覗きこんだ二匹の鴉が、カァァア、と鳴いた。それに耳をかたむけた野良猫が、それってこっちじゃねぇの、と言うように、先頭を切って歩きだした。なんとなく猫についていった小豆は、電飾の消えたネオンに埃がたまる雑居ビルと、婀娜《あだ》っぽい飾り窓が時の経過で半分崩れかけた平屋の間にある、ちいさな掘っ立て小屋みたいな店の前に無事、たどりついた。

「おぉ、ここかよ」

小豆がうれしそうにうなずいた。

店はあきらかに、赤やピンクの蛍光色で飾られたいわゆる大人のおもちゃ屋で、その証拠に、

でかでかと『大人のおもちゃ！　格安！』と赤い看板に書かれていた。だが、その看板の横に、ほんのちいさな……定期券ぐらいのサイズの、見逃してくれと言わんばかりのさりげなさで、

〈鉄の武器屋　貴婦人と一角獣〉

の看板も、いちおう揺れていた。

小豆は「まちがいねぇな……」とつぶやくと、戸惑うでもなく店の扉を開けた。

中はピンクのカーテンで覆われ、おかしなおもちゃが所狭しと置かれていたが、小豆が入っていくと、いけん、子供がきたで、と戸惑うようにざわめき、誰もいないのに自らの意思で動いたかのように、どぎついピンク色した、サテンのカーテンの奥にブンブン、ブンブンと唸りながら隠れた。

小豆が店内をきょろきょろし、

「なんだよぅ。なんにもねぇじゃねえかよぅ」

と嘯いたとき、店の奥から、すらりと上背のある、なかなかいい男が出てきて、おっ客か、と気づいたように足を止めた。

年のころは、二十歳か。

うん、その辺り。

小豆とはるほどきれいな顔した、これまたなかなかシャンな男だが、刃のようなつめたい目つきが、こいつは素人《しろうと》さんじゃない、荒くれ十代を過ごした元戦士の成れの果てだと無言のうちに小豆に警告した。

向こうも、小豆の醸しだす幼いなりの戦意に、警戒するように一瞬、目を細めた。

だがつぎの瞬間、落書きだらけの顔を見て——、

破顔一笑した。

すると途端に、男の面相はすごく人懐っこく崩れたのだった。

「おいおい、キミ、誰だ。それにしても、ひでー顔でやってきたもんだなぁ！」

「赤緑豆小豆。緑ヶ丘中学、一年」

小豆はつっぱって低い声で答えた。

だけど、急に心が折れた。

「……なぁ、ひでぇ顔って？　じつはまだ、鏡、見てないんだ。貸してよ、おにーさん」

「見るな、見るな。キミ、さてはエドワード族のドブスどもにやられたばっかりなんだろう。この純度百パーセントの下品さは、間違いなくあいつらの専売特許だぜ。相変わらずのやつらだな。一年ってことは、今日辺りが入学式じゃねぇのか？　早々にここまでやられるってのは、そうとうだな。……あっ、おい、ラリるなよ」

「……うん」

ベンジンをしみこませた汚い雑巾で、床みたいに大雑把に顔を拭かれながら、小豆はおとなしくうなずいた。

家でもガッコでも、大人の男になつくなんてことはまずない小豆だが、この男には有無を言わせぬ迫力と、奇妙な親しみやすさ……いうなれば、同じ世界の先輩、といった気配があった。

ごしごしと乱暴にされて頭を右に左に、むちうちになりそうなほど揺らされながら、

「なんて書いてあったの？　ねぇ、教えてよ、おにーさん」

「言えるか、ボケ。黙ってろってばよ」

「……？」

「嬢ちゃん、幾つさ」

「十二歳！」

「はは。そんなら、どれも、キミなんかがまだまだ知らない言葉だね。大人の言葉なんて知らなくていいのさ。オンナってのは、ちょいとオボコで、なんにも知らねぇぐらいがちょうどいいんだ」

「そんなことないやい。知ってて、選ぶのが、いいオンナさ」

粋がって言ってみて、それから小豆は、ほんとかな、と半信半疑になって首をかしげた。男は聞こえていたのかいないのか、「ほら、奥で顔、洗ってこいや。中学生」と小豆の桃尻を叩いた。

小豆はおとなしく、指差されたピンクのカーテンの奥に進んだ。

知らない大人に弱音なんて吐きたくないから、黙ってはいたが、ベンジンが沁みて、皮膚の傷口が痛くてたまらなかった。路地裏を走る猫みたいにまっすぐに駆けて洗面台に突っ伏し、頭から水道水をかぶった。だから、店の奥にあるそのちいさな部屋になにがあるのか、小豆はよく見なかった。

と、背後から、ぞくぞくっとするような武器の気配がした。

カチャッ、ガチャガチャッ、と、さざめくような低い金属音。

顔を洗いながら、小豆は耳を澄ました。それは不穏な音、平和や、幸福や、平凡ながら優しく過ぎ去る時間などとは対極にある、恐ろしい音――古代から続く、いわゆる戦いの音色だった。

それらの気配が小豆のまだ未成熟な細いからだを、背中からゆっくりと、誘惑するようによじのぼってきた。

カチャッ、ガチャャチャッ、キーン……。

遅れて、奥の部屋に男が足を踏み入れる音がした。

はっ、と短く息を呑む音。

小豆は水道を止めた。タオルがないので、血まみれのセーラーの袖でぐいぐいと顔を拭く。

「キミ……」

男の声がかすかに揺れていた。

半信半疑の、滲みかたで、

「キミ、誰よ？」

「あん？」

「いったい、誰よ？　どうやってこの店にたどりついた？　キミは、何者なんだ……」

「えっ、なんすか」

「だって……」

男はさらに声を滲ませた。

「――鉄が、騒いでらぁ」

言われて小豆は、切られた髪から水を滴らせながら振りかえった。

そして、あぁっと息を呑んだ。

奥の部屋には、壁という壁に鉄製の武器が飾られていた。天井からも所狭しとぶらさがっていた。神話世界で見るような、西洋風の大斧。忍者が使ったらしきマキビシ。危険そのもののデザインをした鎌。真っ黒な太いチェーンには、敵も、使う者も切り刻まれそうな鉄の針がびっしりと張りついている。

それらがすべて、小豆のほうに伸びてきて、いかにもうれしそうにカチャカチャとさざめいていた。動物が、優しい飼い主をみつけたように。オトコが、運命のオンナをみつけたように。孤独な子供が、親友を得たように。すべての武器が興奮に震えて、歓喜にうめいて、王者たる小豆の来訪を全身全霊をかけて歓迎していた。

「鉄が、喜んでる。こんなのを見たのは俺も初めてだぜ。キミ、いったい誰なんだ。ちょっと待てよ、さっき、なんて名乗った……？　小豆？　たしか……赤緑豆、小豆……そうかっ」

男が急に、愉快そうに笑いだした。弾《はじ》けるような笑い声とともに、手近な鉄球を手にすると、ひょいと小豆のほうに放りながら、

「赤緑豆製鉄の、バカお嬢かよ！」

「お、おぅ……」

宙を飛んだ鉄球が、ふわりと小豆の両手のひらに着地して、ゴロニャンと甘える怠惰な冬の飼い猫みたいに、やわらかくしなった。

小豆は、こんな大人の夜の街でまで、バカお嬢って呼ばれてたのか、と落ちこみながらうなずいた。手の中で甘える鉄球を、生まれながらに持った鉄への愛着で、自然と、撫ぜる。鉄球がうれしそうにまた、鉄とは思えない婀娜っぽさでやわらかくしなった。

「威勢のいいメスガキがいるって評判は、ちょいと前から聞いてたぜ。俺か？　俺は、大和イチ。キミみたいな、今日から現役ってな世代には知られてなくてかまわねぇけど、残薔薇壱輪って族で、現役時代は、頭はってたこともあってよ。十九で引退して、去年からこの店をやってるけど、今でも多少は情報が入ってくるんだ。なるほど、バカお嬢かよ……。それがさっそくエドワード族との一騎打ちか。そんで、見事に負けたってか。そいつはおもしれぇ」

「一対五十だぜ！　狂ってるよ！」

「そりゃあ、威勢がよすぎて、ドブスどもを本気にさせたな。ますますおもしれぇじゃないか。しかし、この鉄の武器の、反応は……。おい、バカお嬢、この怪現象はもしや、昔っからのことなのか」

「うん」

小豆は一瞬、メスガキにもどり、子供そのものの単純さでうなずいた。

――思えば物心ついてから、鉄と小豆はずっと内緒の蜜月を過ごしてきた。あまりにも自然にもった力だったので、とくに意識することはなかったのだが。体育の授業でも、ゴムボールを使った球技や、短距離走や、走り幅跳びなどの成績もよかったが、鉄棒に手のひらを当てた途端に、女子小学生には難しい大車輪などを、からだが勝手にくるくる、くるくる実践し「サーカスみたい！」と友達をおどろかせた。美術の授業も、ゲージュツなんてしゃらくせぇと苦手だったけど、彫刻刀五本セットを用意して木を削る授業になった途端、両手が勝手に自在に動いて、気づけば木の切り株から凄まじい凶相の不動明王を彫りだし、美大出身の女教師を「……きゃーっ！」バターンと卒倒させた。

今日から、危険な中学生活。とりあえずは武器に近いと思える、彫刻刀セットを念のために荷物に入れての登校だったが……。

「キミ、なんなんだ……」

男――知る人ぞ知る残薔薇壱輪初代総長にして、じつは伝説の戦士である大和イチ――は、感心したような、あきれたような、へんちくりんな表情になってつぶやいた。じつはこの男は気難しく、年若い戦士を褒めたり、興味を持つことがめったになかったのだが。イチは、引退してこの一年、自分が退屈してたということにふと気づいたのだった。

うれしそうににやにや笑い、くわえタバコで、売り物の武器を磨きながら、

「オンナだてらに鉄を支配できるのか。それに……キミ、まぁ、不良としちゃあ悪くねぇ目をしてるよ。いまのところはな」

「……」

「ちょっとばかりおもしれぇな。ねぇ、キミ、鉄の武器を使って暴れてみろよ。あん？　小遣いが少ない？　そんなら当分の間は格安で売ってやる。とりあえず、これだ」

鉄球に続いて、鉄製のベストと、真っ黒なチェーンを投げてよこした。

それもまた小豆のからだにくるくると巻きつくと、甘えるように吸いついた。小豆にかかると、鉄はまるで愛嬌たっぷりの生き物みたいだった。

「おもしろくなってきた。なぁ、実はな、オンナで中国地方を統一した不良ってのは、まだ一匹もいねぇんだよ。きっとこのまま出ねぇんだろうと、俺も高をくくってた。だけどな、キミは、俺の見たとこ、とくべつな力を持った未知数のメスガキだ。それに、まだ十二歳。時間はたっぷりあるさ……」

そこまで話したとき、裏口のドアが開いて、はっとするほどうつくしい相貌をした小柄な少年が一人、入ってきた。一見、ボンタン、鬼ゾリの普通のツッパリに見えたが、よく観察するとからだが異常に引き締まり、全身から戦士の緊張感と、強い男特有の、この世への自信をみなぎらせていた。

胸には残薔薇壱輪のメンバーであることを告げる、子供の世界だけの内緒の印、薔薇が壱輪、赤くてちゃちな魂《たましい》みたいに燃えていた。

――緑ヶ丘中学の新総番、大和タケルだ。

まずイチに目礼し、それから、鉄の武器を抱えて立っている小豆に気づくとびっくりしたように目を瞬《しばたた》かせた。朝とはまるで別人の、無残に切られた髪、首にはりつく汚れたリボン、カチ割られた額に気づくとウッと眉をひそめたが、なんにも言わなかった。

小豆のほうも、振りむいて、このとき初めてタケルの目を見た。

これまでは、埠頭で話しかけられたときも、年上のボーイと会話したことなんてなくて、照れとおどろきで返事もしなかったし、顔さえ満足に見やしなかった。タケルの目には、激しさと、熱を秘めた――小豆の胸をキュッと縮ませて切なくさせるなにかがあった。それに気づくと小豆は急に真っ赤になり、意地を張ってぷいと目を背けた。

「おぅ。おかえり」

「……ウス」

タケルが二階に上がるぼろぼろの階段を大股で上がっていくと、店全体が揺れた。イチは、「甥っ子だよ。問題児だってんで、去年から俺が預かってんだ。俺が男にしてやるって約束してな」と短く小豆に説明した。

「あぁ……」

「だけど、あいつも、もう十四だ……」

イチはある実感をこめて、まだ、ではなく、もう、と言った。

とうに物語の外に出た、大人のイチには、過去も未来も、彼らのすべてが見えていたのだろうか……。子供だけの灰色のフィクションの王国では、子供達によって、寿命が十九とあらかじめ決められていた。十九をすぎてもだらだらと、先輩風吹かして走るものは、しゃばい野郎と軽蔑されるのが常だった。愛も、友情も、走ることへの情熱も、魂を焼き尽くすような戦いへの飢えも、ささやかな名誉ってやつも、そして……物語への強大な影響力までも……すべてを完全燃焼させて、生きて、生きて、命の炎を燃やし尽くした後……すべてを捨て去り、なにもかもを子供の国において、身一つで大人になるのが粋だった。そうして迷いもなく、肩で風切り、大人の世界に巣立っていく。

だとすると、赤緑豆製鉄のバカお嬢、小豆の寿命は、この時点であと、七年あった。

二十歳のイチには、わずか七年とうつっただろうか。もっと年上の誰かにとっては、さらに短い……鮮やかな閃光のように一瞬の、輝ける青春、瞬きする間に失われていく幻の時間とうつるのだろうか。

しかし、十二歳の、戦いに燃え、恋さえしたことない小豆にとって、七年といえばえいえんと同じ長さだったのだ。

このとき、少女の七年後は、まるで七十年後の、彼方に、あった——！

「中国地方制覇、かぁ。へぇ！」

「せかい一ってことさ。だろ？」

「おぅ！　そうだな。おにーさん、あたし、あたし……考えとくよッ！」

おいおい、考えてる間にも一年経っちまうんだが、と、イチが思ったかどうか。二十歳のおにーさんは、一瞬の沈黙の後、老賢者みたいに黙って笑って、小豆の頭を撫でた。二階から、タケルがかける大音響のロケンロールが響いてきた。小豆もつられて、その場で軽くステップを踏んだ。

十二歳の戦士、小豆にとっても、二十歳の老賢者、イチにとっても、そうしておそらく、二階で激情にかられて一人、踊り始めた十四歳のタケルにとっても……想像の力で鳥のように飛び、鳥取を出て、中国山地をはるか越えて、見渡した広大な中国地方とは、せかいそのものだった。意識が把握できる限界ぎりぎりの、広い広い土地。せかいはそれほど広大に、夢見る少年少女の足元に綿々とひろがっていた。

　この夕刻、初めて——中学デビューの赤緑豆小豆は、鳥取を出て、心だけ遠く、中国地方という名の、広大なせかいの上空を飛んだのだ。

「で……それで……」

暗い場所だった。

これ以上の闇はないと思えるほどの。まるで真っ黒なヴェールをかけられて、この世の外側からじわじわと締めつけられているような、狭くて、寒々しい闇の奥。

ぴちょん、ぴちょん……。

どこからか沁みだす水の音が、悲しげに響いている。

「どう、なったんだい……？」

「ん？」

しわがれた男の声に、今まで物語を口にしていた相手が、気のない返事をした。

暗闇が、黒い虫の大群が蠢《うごめ》いたかのように、一斉にざわり……と歪む。

その狭くて暗い場所で、質問をしたほうは、じれたように身をよじった。長い時間じっとし続けていたのだと訴えるように、からだのあちこちの関節がバキバキッと鈍い音を立てた。

「そいつら、だよ。アリゾナ砂漠みたいに広い中国地方、つまりは、せかいを相手に大暴れした、恐るべき女の子の話だよ」

「おぉ」

「続きを聞かせてくれよ。どっちにしろ、やることも、考えることも、ねぇんだ……。おめぇのヨタ話を聞くぐらいしかないだろう。おい」

「……ヨタ話なんかじゃねぇ。これは正真正銘、ほんとうに起こった話だ」

「あー、そうですかい」

「そうともよ」

沈黙の中、ぴちょん……とかすかな水音がまた響いた。

ともあれ、話していた相手も、ほかになにもすることがないのは同じのようだ。水をごくりと飲むと、器を地面にもどした。喉がおおきく鳴り、それから、

「なぁ」

と、問いかけた。

「なんだよ。ヨタ話の続きをしてくれるのかよ」

「あぁ、するさ。こっちも退屈してんだ。してやるよ。なぁ、おめぇは知ってるか？〝丙午《ひのえうま》〟って言葉を」

「なんだい、そりゃあ」

「……なんだ、知らねぇのか。そんなら、その説明もしてやるよ。そうしなきゃ、それから起こったこともわかんねぇだろうからな。いいかぁ、おまえ、丙午ってぇのはなぁ……」

ぴちょん……。

暗闇でまた、水がはねた。

二人の人間のシルエットがかすかに蠢く。

ぴちょん……。

そうしてまた再び、昔、昔の、そのまた昔のお話が、再開した。

二章　エドワード族の最後

ぱらりら、ぱらりら。

ぱらりら、ぱらりら。

中国山地から、雪解け水が濁流を作る川と並んで、街並みが広がる盆地、そして灰色の日本海へ……鳥取を一刀両断するかのように延びる、泣く子も黙る国道4649号線を、中坊のメスガキどもがある者は無免許のオートバイで、ある者は蛍光ピンクにペンキを塗ったくった原付で、またある者は旗をおったてたチャリンコで、口でめいっぱい「ぱらりら」と叫びながら……走り始めた。

春の終わりのことだった。

まだ足並みも揃わず、黒髪のショートヘアに三つ折り靴下の、デビュー前の子から、黄色く染めた髪を逆立てた不良スタイルまでばらばらな様相だったが、少女達に共通していたのは、むちゃくちゃに走りてぇ、この世を追い越すぐらいのスピードでどこまでも走りてぇ、という、細いからだの奥底から突きあげる震えるような衝動だった。

初めは、小豆一人で、面白半分、無免許のバイクを乗りまわしていたのだが、そのうち仲間が増えた。五、六人のメスの一年坊主が、製鉄所があるだんだん坂道をじぐざぐに走っては通行人を逃げ惑わせ、赤緑豆家の門の前で、

「明日も、4649ぶっ飛ばして、気合入れるぜよ。ヨロシク！」

「おぉー！」

と、物《もの》の怪《け》にとり憑《つ》かれたように全身を震わせ決起してようやく終わるのが常だった。

国道といえども、4649号線はわずか一車線で道幅も狭く、歩道とてなく、砕けたアスファルトから雑草がにょきにょき首を出し、ガードレールも土埃の色に沈んだ、とてもさびしい田舎道だった。その道が、思い思いのカラフルな乗り物で集まった中坊の少女達が通りすぎたときだけ、山の神様がうっかりおもちゃ箱をひっくり返しちまったんだぜというように原色に輝いた。

風が吹いて草木が揺れると、山まで笑ってるようだった。

「……なんじゃ、ありゃ？」

赤緑豆家の前でぼやいているのは、若草色の作業服を着た壮年の男だった。小柄だが立派な体《たい》躯《く》で、顔も、首も、腕も、長年の職人暮らしのせいで燃える鉄の色に焼けていた。

胸元に、熱に溶けかけた年季の入った名札が斜めについていた。穂高、と読めた。

「わしにも、わからんわ」

職人、穂高にこたえたため息交じりの声は、並んで立っている、赤緑豆家の若奥さん——とはいえもう四十に近くはなっている——のものだった。沈んだ赤色の着物に、小豆とよく似た、見事に真っ黒な髪、日本人離れして感じられるほど彫りの深い顔。中国山地の奥にいまも住むという伝説の、山の民が里に忘れていった子供が育ったもので、人とはちょっとちがう相貌をもっていた。普段はのんびりしたおとなしい奥さんだったが、山歩きには才があった。地図はなくともどこまでもずんずん歩くことができ、街はともかく、山では一度とて迷ったことがなかった。

「あいつら、なにがしたいんかのぅ」

「さて……？」

のんきな若奥さんと、生真面目そうな職人は、同時に首をかしげた。

「先頭をきっとるのは、小豆お嬢ちゃんじゃけど、よく見りゃ、うちの姪のスミレっ子も交ざっとるわ。おとなしい子じゃったのに、山で、狐か狸でも憑いたんじゃろか？」

「うぅむ。しかし……」

若奥さんが、ため息とともに小声で言った。

「うちの子も、あんたんとこの姪っ子も、なんせ丙午じゃからなぁ」

「あぁ、丙午か」

職人も肩を落としながら繰りかえした。

――丙午、とは、六十年に一回やってくる干支《えと》で、この年に生まれる女は気性が荒く天地を揺るがす、とされた。六六年生まれの小豆達はまさにその丙午の女どもだった。そのせいかどの女も、触れなば切れん、という剛の者達で、彼女達が中学に入ったこの年は、全国で、不吉な春一番のようにさまざまな暴力事件が起こり始めていた……。

既存の族に入るのがしゃらくせぇメスガキどもがいつのまにか集まり、先輩の見よう見まねで走っているだけの小豆達だったが、目立つせいか、よく走りを邪魔された。そのたび小豆は、手に入れたばかりの鉄の武器でもって相手を制した。チェーンが生き物のように宙を舞い、彫刻刀が唸った。鉄は血しぶきを浴びてさらに輝いた。

小豆の無免許運転のバイクは、誰のどのマシンよりも身軽で、勇敢だった。喉の奥で小豆が呻《うめ》いただけで勝手にエンジンがかかり、嘶《いなな》くようにうぉんっと音を響かせ、夜を駆けた。

そのバイクの後ろには、一匹のシャン……穂高菫が乗ってる夜が多かった。真っ赤なリボンに、再びのびた髪をポニーテールにして、粋がる小豆っ子と、相変わらずのブリッコファッションでキメたスミレっ子は、どっちも目立った。

ぱらりらぱらりらと蛇行運転して走るたび、田圃《たんぼ》から顔を上げた農作業中のおじさんや、古びた案山子《かかし》や、真っ黒な鴉が、目を細めてあきれたように二人を見送った。

「もっと、飛ばして。小豆ちゃん」

小豆の細い腰に腕を回して、もっと細い腰を風に震わせて、ノーヘルの耳元で叫ぶスミレの声は、なぜだかいつもせつなく澄んでいた。

「今日が、楽しかったら、明日死んだって、かまやしないの。だって、青春なんだもん……。飛ばしてよぅ。飛ばしてよぅ。あの世まで連れてって、小豆ちゃん」

「あの世なんて、縁起でもねぇ。あたしとスミレはえいえんの国まで走るのさぁ！」

「きゃははは、かっこいい。もっとぉ、もっとよ、小豆ちゃん」

二人を乗せた赤いオートバイは、４６４９号線を、小豆の言うえいえんの国に向かって夜毎、飛ばし続けた。しょんべんくさいメスガキ二人を、まるで姫を守る騎士みたいに誇り高く、夜からつぎの夜へと運んだ。

朝は眠くって、叩き起こされて千鳥足で登校した。落書きだらけのぼろぼろの机に突っ伏して、窓から射しこむ陽光を子守唄に、爆睡。休憩時間は女子トイレの鏡の前で、ポニテ直したり、ヘアカットがうまいオンナに前髪を切らせたり。

そうして、放課後こそが子供の時間だった。

しゃらくせぇ梅雨《つゆ》が終わった、夏の初めのある日、小豆はスミレと連れ立ってぶらぶらと駅前に行った。スミレがねだる、三分間のスピード写真を撮りに行ったのだ。

このころから、街のところどころに、証明写真を撮るための、押入れ一つ分ぐらいのおおきさのボックスがあった。中に入ってカーテンを閉め、お金を入れる。すると、ちょっとの時間差で四回、フラッシュが光り、四枚の、縦長の証明写真が出てくる。大人はこれを履歴書に貼るために利用したが、子供は最近、主に遊びに使っていた。
はしゃいで飛びこんだスミレに続いて、小豆もゆっくりとボックスに足を踏み入れた。
スミレが丸椅子に座り、小豆がその傍《かたわ》らに立って、すごむようにカメラのレンズを見下ろす。
二人は顔をくっつけて、
ぱしゃっ、
ぱしゃっ、
ぱしゃっ、
ぱ、しゃっ……。
四回分の、ちょっとずつちがう、いかしたポーズでふざけてみせた。ボックスを出て、三分待つと、自動販売機の取り出し口みたいなところに、四枚の写真が縦につながった状態で出てくる。覗きこむと、小豆はすごんで、スミレはブリッコして微笑んで……二人はずいぶんと仲がよさそうに写っていた。
中一の、夏の初め。
まだまだ始まりの時間。
時を刻む時計を、神さまに内緒で、ここでしばし止めてしまいたいような……。
紛れもなく輝いてた、十三歳の、このとき。
スミレが「てへっ」と笑って、小豆のほっぺたをつっついた。夕刻の駅前を急ぐ大人の通行人達が、強面《こわもて》の不良と軟派なオンナノコの二人組を、関わり合いになるまいと遠巻きにして通りすぎた。日はまだまだ強く照りつけている。このころ、夏の昼間はびっくりするほど長かった。

「楽しいね。毎日、なにやってたって楽しいね。小豆ちゃんと友達になれてほんとうによかったよ。あぁ、ずっとこんなに楽しかったら、いいのにナ……」

スミレがちょっとうつむいた。

それを励ますように、小豆が元気よく、

「なぁ、スミレ。知ってるか」

「ん、なにを」

「友情ってさぁ、えいえんなんだぜ」

「……知ってるよ。信じてるよ、小豆ちゃんのこと。大好きだよぅ、親友だもん」

二人は四枚の写真を二枚ずつ分けあって、それぞれの、兎模様と、子犬模様の財布に忍ばせた。それから小豆の真っ赤なバイクに飛び乗り、駅前から、4649号線をぱらりらぱらりらと無茶苦茶に飛ばした。

二人きりでどこまでも行っちまおうと走るのは最初だけで、すぐに、雲雨横丁の路地裏や、象さんの滑り台が不良に占拠されて真っ黒なペンキで塗り替えられた、しょぼすぎる児童公園や、平屋の村立図書館の屋上から、赤く染めたバイクや原付、旗つきチャリンコに乗った丙午の十三歳のメスガキが飛びだしてきては、小豆の後に勇ましく続いた。中にはまだ乗り物を手に入れておらず、ただ激情に駆られて涙を流しながら、ものすごい脚力で走ってついてくるメスガキもいた。「ぱらりら、ぱらりら、ぱっ、ぱっ、ぱら、りら……待って、よぅ……！」スミレは振りかえって、泣いてるオミソを指差してケタケタと笑ったが、小豆はバイクのエンジン音と無言で相談しては、蛇行運転しながら様子を見て、後続の「４６４９」と書かれた幟をはためかせる原付のメスガキに「あの泣いてる野郎、乗っけてやれってばよ」と指示をした。

丙午は、春の終わり、梅雨時、夏の初めにかけてすこしずつ頭数を増やし、走ることにも慣れ、夏休み近くには、すでに十人以上のチームになっていた。

だがこの時点ではまだ、彼女達には名前もなく、族でもなんでもなかった。ただ、走って、雄たけびを上げ、生きることへの疑問や怒りや悲しみや、さまざまな激情を、言葉になんかできやしないから、暴れるだけさと言いたげな、自然発生したちっこいメスガキ集団にすぎなかった……。


〈花火〉と〈ハイウェイダンサー〉の二人と知り合ったのも、あぁ、そういやこのころのことだ。ブロウが命の、アイドルチックなショートヘアに、真っ赤なリップが目印の〈花火〉を小豆がみつけたのは、徒歩でぶらぶらとお散歩中の、夏の夕暮れのことだった。

「ふわーぁ。ぱらりら、ぱらりら、っと……」

口でぱらりらと唱えながら、小石を蹴り蹴り、国道を歩く。そこをものすごいエンジン音を響かせて追い越していったものがあった。小豆は、夕刻なのに目の前で爆発した真っ赤な火に、びっくりしてチビりかけた。

「おわっと！　なんじゃ、ありゃ」

見ると、ちっちゃなバイクが後輪だけでぎゅんぎゅん音を立てて走りぬけ、アスファルトが火花を散らして縦一本に燃えていた。乗ってるオンナは、もちろんノーヘル。リップクリームの赤が花火みたいにまぁるく見えたのは、走り抜けながらげらげら、げらげら笑っていたからだ。

「狂ってるぜ。しかし、すげぇな……。うわっち、スニーカーに火がついた！」

感心しかけた小豆は、つぎの瞬間、自慢の真っ赤なコンバースに火の粉が飛んでつま先が焼け焦げたのに気づいて、あわてた。焼け焦げで穴ができたのを見ると、怒りの形相で走って、おかしな女——通称〈花火〉を追いかけた。

「おいっ、危ないじゃねぇかよ！　待てっ、いかれた花火野郎めがっ！」

「……えっ、なに、聞こえないー」

「止まりやがれぃ！」

追いついて、もちろんボコボコにしたが、以降、仲間になっていっしょに走りだした。この花火という少女もまた一年坊主で、小豆と同じく、激情に駆られてある夜とつぜん走りだした、つまりは呪いの丙午だった。

もう一人のハイウェイダンサーは、ちょっと前まで、三つ編みにオン・ザ・眉毛、黒縁のおっきなメガネをかけた、文学少女チックないわゆる真面目ちゃんだった。このオンナもまた丙午で、ある夜、雷に打たれたようにどこまでもどこまでも走りたくなった。三つ編みをほどいたら、長い髪がうねってまるでソバージュパーマを当てたみたいで、こいつはいいでと、以降、寝る前に三つ編みにして、朝、あまくパーマっぽいくせがついたところでほどいて登校するようになった。そしたらパパは泣いたそうだ。リップはパールピンク。ちょっと太めの八の字眉がなかなか色っぽかった。

出会いは夏の夕刻。スミレと二人きりで走っていたら、国道の、止まれ、右折禁止、などの文字と交ざって、なぜか、

『わけいってもわけいっても　あおいやま　山頭火《さんとうか》』

などと、国語の教科書に書いてある文字が、アスファルトの上に茶色く浮かびあがっていた。

不審に思って文字を追うと、

『二組の〇〇クンラブ！』

『センコー　が　うざいの』

などと好き勝手な文字がつぎつぎと書かれている。

文字の向こうに、自在にバイクを蛇行運転して、エンジン唸らせ国道に文字を書く、おかしなチリチリロングヘアの、八の字眉の女がいた。

「まるでダンサーみたいね、あの子。てへっ。笑っちゃうね」

スミレが気に入り、小豆もつられて笑っちまった。

それから……。

その高い鼻をクンクンと蠢かせて……。

「でもよ、なんか、臭くねぇか？」

「ウン、そういえば……」

よく見りゃ、オンナはなんと、路肩の肥溜めの上を、タイヤの表面がかろうじて浸かる程度に器用に通りすぎては、牛のウンコで国道に文字を書いてるのだった。

気づいた小豆が、飛びあがり、

「なんだよぉ、あのエンガチョ女はぁ！」

「タハハ。まいっちゃうね、小豆ちゃん」

スミレはますます笑った。と、声に気づいてふりむいた、一人ぼっちのハイウェイダンサーが、憧れの二人組、小豆とスミレの姿をみつけてちょっとだけ赤くなった。

それから、こいつとも毎晩いっしょに走るようになった。走りたいやつはみんな仲間だったからだ。

小豆のバイクは、無免許のまま、ただ乗っかってるだけでも勝手に走ったし、小豆がハンドル握りゃあ、これまた忠実に従った。びっくりするぐらい息がぴったり合った、運命感じる一人と一匹の走り屋の姿だった。

それにしても、鉄を操る小豆だけじゃなく、直情型の燃える花火と、器用にバイクを操るハイウェイダンサーもまた、好対照にしてワン・アンド・オンリーの技術を誇っていた。

そう、このころから、小豆の周りにはいろんなやつらが集まり始めた。

激情に任せて国道を走り、同じぐらい走るのが好きな仲間と知りあっては、一緒に風になる。ただそれだけで小豆も仲間も楽しかった。

しかし、目立つ存在になるにつれ、容赦なく状況は変わっていくのが世の中ってやつの常だった。好きに走ってるだけの小豆たちの身にも、次第にさまざまなことが起ころうとしていた。


「小豆ちゃん……〈ダイアモンド・ストッキング〉で遊ばない？」

赤緑豆家の屋敷で弟に宿題をやらせていた小豆のところに、スミレから連絡があったのは、やけに月の明るいある晩のことだった。黒電話のくるくるしたコードを指に乱暴に巻きながら、

「あん？　なんだそりゃ？　……族か？」

聞きかえすと、スミレは笑って、

「やだぁ。〈ダイアモンド・ストッキング〉はいかしたディスコだよぅ。ディ、ス、コ。踊り明かさない？　あたし、小豆ちゃんにかっこいいボックスステップ教えてあげる」

「ほんとかよぅ」

「右足を左前、左足は右前、右足を右後ろ、最後に左足を元の位置。きゃっ、楽しいよぅ。かっこいいおにーさんもたくさんいるしさ」

電話口でがまんできずに踊ってるのか、スミレの声はときどきぼやっと霞《かす》んだ。小豆が「うーん……」と唸っていると、こんどは哀願するように、

「一人じゃ怖くて行きづらいよぅ。ね、いいでショ」

「なんだ。そーゆうことか。へへ、わかったヨ」

「あっ、言っとくけど、制服じゃだめだよ。戦闘服も。オシャレしてさぁ、大人の振りして冒険しましょ。狼なんて怖くないんだもんね」

「へいへい」

小豆はポニテに赤いリボン巻いて、ロングのフレアスカートに真っ赤なスニーカー。銀ラメの上着引っかけて、廊下を走りだした。玄関横に停めた改造バイクに飛び乗り、物騒なエンジン音を吹かしながらスミレの家まで迎えに行った。

ぱらりらぱらりらと、車のあまり通らない、たまに狸の親子が通り過ぎるだけの夜の国道を元気よく駆け抜け、たどりついた雲雨横丁の怪しげなネオン街を、スミレが、そこを右、ここ左、しばらくまっすぐ、あっ、ちがった、もどってちょ、などと道案内するままに、奥の奥まで進んでいった。

野良猫も鴉も夜のしじまには気配もなくて、あるのは大人の男達の酒臭い息と、女の嬌声、そうして、どっか寂しい大人の夜の、騒がしげな哀愁だけだった。

その迷宮の如き街の、奥の奥に、バラックを電飾で飾り立てただけといった按配のディスコが

あった。

二人はバイクを停めて意気揚々と入っていった。

なけなしの小遣いを払ってフロアに飛びこむと、ぎんぎらと輝く音と色の洪水の中、二人よりもずっと年上のおにーさんやおねーさん達が狂ったように激しくステップを踏んでいた。食べ放題の焼きそばやエビチリは、油っこくって冷めていた。ジュースもミルクも、なにもかもが人工的な味だった。

スミレがフロアに駆けだして、激しく踊りだした。小豆もつられて、焼きそばをかっこんでおしぼりで口を拭くと、後を追った。

振りかえったスミレが、両手をいっぱいに広げて小豆を出迎えた。

「きゃっ、楽しいねっ」

「おぉ。なんだか音ってのは、スピードと似てるなぁ」

大音響の音楽と光に誘惑されて、命の限りにステップを踏む。小豆も楽しくなってきた。「二人ともマブいじゃん。どこの高校?」と、おにーさん二人組に声をかけられ、硬派の小豆は赤くなったが、スミレは得意になって鼻の穴をふくらませた。

一時間も踊り続けてから、二人はドリンクを取りに行き、トイレで化粧直しとはりこんだ。鏡の前で、小豆は乱れたポニテを直し、スミレはセイコちゃんカットをブラシで調えた。

スミレがピンクのポシェットから出してみせた、香りつきのリップクリームからは、大人の匂いがした。リップクリームを貸し借りすると、急に、もう他人じゃない気がした。小豆は親友のスミレをすごく愛しいと思った。スミレもこのころ、きっと小豆を好きでいてくれただろう。

「にしても、スミレ、モテてたな。おどろいたぜよ。さすが、三度の飯より好きなことには、人間ってぇのは、つぇぇな。人間ってつくづくすげぇな」

「てへへ。あたしさ、こうやって顔売ってたら、ユーメージンになれっかな」

スミレがわざとはすっぱな言い方をしたのがわかったので、小豆も、へっ、と笑ってみせた。

「いまだってだいぶユーメーだろ。ガッコでも目立ってるしよ、今夜だって、男どもはみんなスミレに釘付けさ」

「小豆ちゃんだって、高校生のおにーさん達に、陰で、マブいスケって言われてたよ。ねぇ、あたしたちって最強かも。だってさ、二人してこんなにかわいいんだもん」

スミレは言いながら、次第に熱に浮かされるように有頂天になっていった。

「エドワードのドブスどもなんて、ドブスだもん。あたしぜったいあのチームには入りたくないって思ってた。ねぇ、小豆ちゃん、あたし絶対、どっかの族のマスコットにおさまって、この街でいちばんのオンナノコになってみせるからね。中学の間だけ。高校生になったらおとなしくするの……」

それは幾度も繰りかえし聞いた覚えのある、スミレのいつもの未来予想図だった。小豆はいい加減な生返事をしながら、鏡に映るポニテの位置を熱心に直していた。

そのうち、そう広くない女子トイレの個室が、三つもさっきからずっと使用中のままなのがちょっと気になり始めた。ふと不吉な予感ってやつが胸を掠《かす》める。だが、きっと焼きそばが古かったんじゃろ、と思っただけで、深くは考えずに、スミレに続いてトイレを出た。

再び、音の洪水にその身を浸すと、じーんと脳髄がしびれて、すべてを忘れ踊りだした。
キ、ィィィィ……。
二人がいなくなった女子トイレの、個室のドアが三つ、微妙な時間差で開き始めた。うす暗いトイレの照明に照らされて、恨みにてかる顔が、まず、一つ……。

〝瓢箪〟

と額に刻まれた、オンナが。

続いて二つ目のドアからは、確か背中に、〝醜女〟と書かれたあのオンナが。最後のドアからは、どうやって入れたのかと不思議になるほど巨体の、通称〝横綱〟が現れて、そうっと目配せしあった。

「聞いたか」

「おぅ。聞いたぜよ」

「ふぅむ……」
キ、ィィィィ……。
三人が音もなく鏡の前に集まると、ドアがきしんでまた音を立てた。


フロアにもどった小豆のほうは、音と光の洪水の中に、見覚えのあるボーイの横顔をみつけて足を止めたところだった。

「あっ……」

視線に気づいて、スミレも、なにごとじゃいと目を凝らした。

そこには、さりげなくも王者の貫禄でモンキーダンスを踊る、大和タケルの姿があった。うつくしい相貌と、小柄ながらひきしまった体軀を、今夜はスピードでなく、音の洪水に浸らせて。中腰で激しく踊る総番は、胸の薔薇からときおり花びらを散らし、その一枚が、ひらひらひらりと風に舞うように、小豆の足元まで飛んできた。

その花びらを、ゆっくりとしゃがんで、拾う。すると隣のスミレがぱっと手をのばして奪いとった。

「ふぅぅん」

「な、なんだよ」

視線に気づいたのか――タケルがちらっとこちらを見下ろした。

サバンナの大自然で、ごちゃまぜの動物達の中で遠くにいる目当ての雌《めす》をみつける雄《おす》の獣のように。たくさんの人いきれの端と端で、二人はわき目も振らずに、ただ互いだけを一瞬、みつめた。視線が激しくからまり、見えない真っ赤な線になってビリビリとスパークした。

小豆が先に目をそらした。こういうことにはまだ慣れてなかったのだ。

そんな小豆を、スミレはからかうように、

「へぇぇ」

「だから、なんだよ」

「なんだ、そーゆーことかぁ」

「なんだってばよ！　な、なんでも、ねー、よ……」

「ちぇっ。オトコに惚れるなんて、小豆ちゃんって、案外つまんないオンナだねぇ」

言われて小豆はマジでしょぼくれた。スミレは、てへっと笑って、

「あたしはね、オトコなんかにゃ惚れないよ。惚れさせてやるの。それで、アッカンべーッてやるんだ」

「あはは、なんだよそりゃあ。へんな顔だなぁ」

「べーッ」

二人でふざけて、ベーッ、とやりあってるうちに、音と光の洪水に再び二人はからめとられた。踊って、笑って、玉の汗を飛ばして。楽しくって仕方がなかった。トイレを出るときに、一瞬、胸をよぎった不吉な予感ってやつを跳ね飛ばしてやろうと、小豆は激しいダンスでポニーテールを狂ったよーに振りまわした。

そう、夜はこのとき、二人のメスガキにやけに優しかった。男よりも。女よりも。えいえんよりも優しい刹那だった。

その数日後のこと。

ありあまる力を発散させんと庭で木の枝を振りまわしていると、妹が「姉ちゃん、電話ぁー」と小豆を呼んだ。

「おぅ。誰からだ」

「やぁだ、その変なしゃべり方。スミレちゃんだよぅ、スミレちゃん」

妹は最近、野蛮な姉より、かわゆいタイプのスミレに憧れて、小学生なのに髪型まで真似したりし始めていた。それが姉としてはなんとなく面白くない。小豆はちっ、と舌打ちしてから枝をエイヤと放り投げ、スニーカーを蹴るように勢いよく脱いで広い縁側に飛び乗った。枝は弧を描いて宙を飛び、通りかかった弟の頭にぽこんと当たった。「いたっ」微妙な時間差で、左右の靴も、弟のやわらかそうな腹と、半ズボンからむき出しの右膝を直撃した。

「ぎゃっ。いたいよ、小豆ちゃんっ」

「ほうっときなさいよ、あんな野蛮人。ね、お姉ちゃんと遊ぼ！」

背後から妹にくそみそに言われて腐りながら、小豆は電話に出た。

「おぅ、なんだよ」

「きゃっ。すごい電話がかかってきたんだよぅ」

小豆の不機嫌っぷりに気づかないほど、スミレはうきうきしていた。小豆は、興味津々でこっちを見ている妹を横目で確認しながら、「うん？」と聞きかえした。弟は、小豆が脱ぎ散らかした靴を拾って、生真面目そうにきちんと並べていた。白いほっぺたのお肉がやわらかそうに揺れて、それを見た途端、小豆の胸は、弟愛しさに急にきゅうっと鳴った。

そんな、家族愛なんて、でも、しゃらくせぇ。

二人に背を向け、小豆は親友の言葉に集中した。

「さっきさぁ、電話があったの。それがさぁ、なんと残薔薇壱輪の参謀って人からでね。あたしのこと、マスコットに選んでくれたんだってさ。全員一致で、キミがいちばんマブいって言ってるって。そんなことあるぅ？」

「ねぇよ」

「でしょう？　あたし、いまから行ってくるね、この街のオンナの頂点に立つユメ、十三歳で叶っちゃったヨ。じゃね、後でまた連絡する。愛してるよん、小豆ちゃん」

「あっ、おい。聞いてるか？　いま、ねぇよって言っただろ。おめぇ、ちょっとは人を疑うとか……あっ、おい、切るな！　もしかして、切ったのか？」

小豆は受話器を握りしめ、ツー、ツー、ツー……と音を立てるそれに向かって、

「スミレーッ！」

絶叫した。

背後で弟がきゃっと叫んだ。妹は「まったく、野蛮人。いちいち叫んだり、すごんだり、うる

さいったらありゃあしない……」と大人みたいな口調で文句を言った。

受話器を壊さんばかりに握りしめ、縁側越しに空を見上げる。

鴉が一羽、ゆっくりと飛びすぎた。

ちっちゃな死神みたいに、黒い羽音を響かせて。

空は日が暮れかけ、危険な夜がゆっくりと近づいてきていることを教えていた。

小豆は眉間におおきくしわを寄せて考えこんでいたが、すぐに顔を上げると、受話器を叩きつけて廊下を走り、自分の部屋に飛びこんだ。

最近、小学生のときから貯めていたお年玉で制作したばかりの、血みたいに赤い特攻服。背中に『真っ赤に燃えよう、オンナ道!』と文字が入った、お気に入りの一枚だった。下はもちろん、まっさらに白いニッカボッカだ。

さらし巻いた胸に特攻服をざっと羽織《はお》ると、鉄パイプ一本、かついで、廊下を走る。

おっと。

お茶を載せたお盆を持った母親が向こうからゆっくり歩いてくるところだったので、部屋にもどり、反対側の襖《ふすま》を開けて、べつの廊下に出た。屋敷は和風の迷宮のように入り組み、時空がちょっと歪んでさえいるのか、そっちから出るとなぜか遠いはずの玄関にすぐたどり着くことができた。

短い廊下を走り、玄関のたたきに飛び降りると、遠くから母親の、

「小豆、どこ、行くんだが……」

心配そうで、それでいてどこか有無を言わせぬ声が聞こえてきた。

小豆は、

「いかしたボーイと、デートだぜよ」

「あっ、ぜったい嘘だよ」

すかさず妹にばかにされた。

「お母さん、いまスミレちゃんから電話があったんだよ。きっとまた、オンナばっかりでバカみたいに国道を走るんだよ。あたし恥ずかしいから、姉妹の縁、切っていいよね、お姉ちゃん？」

「うるせぇ、寝っしょんべんっ垂れ！」

「……うわぁぁぁん、あたし寝っしょんべんっ垂れじゃない！」

「あっ、しまった」

「小豆、妹に謝んなさい。こら、小豆……？」

ガキンチョみたいにぺろりと舌を出し、小豆は玄関を飛びだした。

家族なんて……優しい両親やかわいい弟妹、待っててくれるあったかい家庭なんて……子供だけのフィクションの世界では存在しないことになっていた。

子供同士の世界には暗黙の了解があった。夜に暴れて、抗争してるときは、オスガキもメスガキもみんな、ボンボンもビンボー人の倅《せがれ》も中産階級のお嬢ちゃんも家なき子も、みんな等しく……澄んだ目をしたみなしごのつもりで、正真正銘、平等に、走り、殴り、夜毎、ただ魂の問題だけを叫ぶのだった。

この夜も、小豆は玄関を一歩出た途端、家族の愛という色濃い結界を逃れたかのようにふわりと急に身軽になった。母親の心配も妹の泣き声も、ちょうど帰宅してきた父親の「おぅ、小豆。ハッピ着ちゃって……なんだ、祭りか？」というのんきな声も、現実世界と重なりあったパラレルワールドに吸いこまれたかのように、すべてを無視して地面を蹴り、宙を飛んだ。

見上げて叫んだ、父親の、

「すげぇ、飛ぶなぁ、おまえ……。誰に、似たんだろ？」

のんきな感嘆も聞こえず、だんだん坂道に打ち捨てたかのように乗り捨てていた真っ赤なオートバイに飛び乗ると、

「……行くぜ」

と一言、ささやいた。

その声は、十三歳のメスガキのくせに奇妙に官能的だった。岡惚れしたボーイ、タケルの前では威勢が悪い小豆も、鉄の前ではちっちゃくて真っ赤な女王だった。ささやき一発で、キーもないのに、鉄の塊は、うぉんっとエンジンを燃やした。バイクはまるでかわゆいボーイで、生きてるかのようにうれしげにうぉんうぉんっと鳴くと、女王を乗っけて坂道を下っていった。

「祭りか？　祭りか？　おぅい、小、豆……」

父親の声が現実の世界の残り香のように小豆の耳をくすぐったく撫でた。

だけど、
もぅ……。

知らねぇ。親も、兄弟も、知らねぇ。家なんて、ねぇ。道が戦場で、街が塒《ねぐら》だ。走るだけだ。

自分自身のために。自由のために。そうして、いまは……。

そう、スミレだ。

大事な親友が、アホなことを言いのこしてどっか行っちまったのだ。

小豆はバイク飛ばして、エンジンをうねらせ、まるで真っ赤に燃える火の玉になって夜空を飛ぶように坂を降りた。

走った。

国道4649号線を走り、雲雨横丁に飛びこんで、右に、左に、酔客どもを器用に避けながら走った。

千鳥足した大人の男達がつぎつぎに「おいコラ！」「安全運転、安全運転！」と文句を言ったが、小豆の耳には、もう、物語の外からの音はなにも聞こえなかった。

〈武器屋　貴婦人と一角獣〉の前でバイクを停め、「イチにーさん！」と飛びこむと、また、売り物の大人のおもちゃ達が、ピンクのサテンのカーテンの中に自主的にブンブンと隠れた。イチの膝にのっかってた、茶色い髪した二十歳ぐらいの半裸の女も、わけもわからず、つられたようにカーテンの向こうに隠れた。一個だけ、隠れそこなったおもちゃが床で左右に揺れている。飛びこんできた小豆は、それを踏んづけ、バナナの皮を踏んだかのように見事に滑って、転んだ。

「いってぇ！　なにか踏んだぜ。ごめん、にーさん！　いま拾う！」

「いやっ、キミはなにも踏んでない」

「エッ、いや、確かに……」

床にしたたか打ちつけた頭を撫ぜ撫ぜ、起きあがる。星がスパークするほどくらくらしながら辺りを見回していると、イチがあわてて駆け寄ってきて、小豆の肩に静かに両手を置いた。

節くれだった指からはかすかに女の残り香がしたが、ちゃんちゃらオボコなこのころの小豆には、まだ、そんなことはなんにもわからなかった。

「もう一度、言う。キミはなにも踏んでねぇ」

「いや、でも……。そうすか？　そんなら、勝手に滑って、転んだのかな……かっこわりぃ」

首をかしげて、素直にうなずく小豆の背後を、女の子の足跡をくっきり刻みつけた大人のおもちゃが一つ、音もなくころころと転がっていき、カーテンの陰に無事に隠れた。

カーテンの陰からは、オンナの裸足の足も見えていた。マニキュアがてらてら光る足の指が、不機嫌そうに小刻みに揺れていた。

「どうしたぃ、こんな夜中に。鉄パイプに真っ赤な特攻服、おニューのニッカボッカで、一人きりでよ。尋常じゃねぇな。……なにがあった、鉄女《アイアンガール》？」

「鉄女？」

「おまえのことだろ。ほかにいるか」

「あ、はい。……にーさん、聞きたいんすけど。残薔薇壱輪が、電話一本で、オンナにマスコットを依頼するなんてありますかね」

「……なにぃ、マスコット？」

イチは鼻で笑った。

「そういうアクセサリーぶらさげてちゃらちゃら走るやつらがおるのは、知っとるけどな。俺らはそんなしゃばいもん、おかんぜよ」

「やっぱり！」

小豆はカーテンを殴った。ふわっと実体のないものに触れた……つもりだったのに、なぜかまるで人の顔を殴ったような確かな手触りがあり、ついで……カーテンの向こうから、どさっ、と、まるで女がゆっくりと倒れたような不穏な音が聞こえてきた。

「んっ？」

「エエッ……あぁ、いや、気にせんでいい。子供は黙ってこっちだけ見とけ」

「でも、いま、なにか……」

「こっち見ろ！　小豆！」

「はいっ？　あ、すんません。ちゃんとにーさんの話、聞いてます。すんません。にーさん、たぶんだけど……あたしの親友が、騙されてどっかに連れだされちまったんだ。ついさっき、こうこうこういう電話があって……」

小豆の説明に、イチは眉をひそめて聞き入った。

短く「そいつは偽モンだ」とつぶやく。

「はい。あたしもそう思います。きっと、エドワード族のドブスどもだ。あたしってやつぁ、好きに走って、邪魔されりゃ暴れて。それにいつも、スミレのやつ、ついてきてくれてたから……。あたしのせいだ！　あの子はあたしとちがって、走ったり戦ったりするのが好きなオンナじゃない。ただ単に、オトコにもてて、人より目立つのが好きなだけのいい子なのに……」

小豆はしばし肩を震わせていたが、やがてはっと我に返り、勢いよく立ちあがった。鉄パイプ一本、また肩に担ぐと、

「にーさん、遅くにお邪魔しました」

「はは、遅かぁねぇよ、十三歳。俺の仕事は、この時間から本番だからな。それにしてもどうするつもりなんだ？　まさか、一人で助けに行くつもりなのか？　多勢に無勢だぜよ。いつぞやと同じだ」

「同じじゃない」

小豆は肩で風切って出て行きかけて、足を止めた。背中で、

「あんときは、自分のためだった。怖くって、だから、怖くねぇって粋がるために暴れただけです。だけど今夜はちがう。今夜は、友達を助けに行くんだ」

「……情ってぇのは、人を弱くするぜ」

「そんなことねぇよ。人を、強くするもんです。あたしはそう信じて……助けに、行くぜよ」

「つくづくおもしれぇなぁ。キミってクソガキは、どうなってんのかね。……ちょっと待てよ」

イチは奥の部屋に引っこむと、しばらくして、ずるずるとなにかを引きずって出てきた。

小豆は振りかえり、思わず目を剝いた。

「どこに、そんなモン隠してたんすか……」

「いざってときに出そうと思ってたのさ」

「よくあのせまい部屋に入りましたね……」

「あん？　せまいだと？」

「あっ、いや……でも」

小豆は、イチが両腕で引きずってきた、ちょっとした電柱ぐらいある特大鉄パイプを、せっかくだからと受け取った。

長さはたっぷり四メートル。直径もそうとうあり、店の外まで引っ張りだすのに二人がかりで難儀した。

「に、にーさん……」

「もってけ、ドロボー。……俺はな、正直、あんまり感心しねぇ。そのオンナのことは知らねぇが、もしかするとはしゃぎすぎたのかもしれん、と思っとる。出る杭は顔に落書きされる。不良の世界は常に下克上《げこくじょう》だ。サバンナの獣と同じだ。せいぜいいい薬になるかもしれん」

「でも、でも」

「あぁ、言いたいことはわかってる。なぁ、鉄女……いつかの話、覚えてるか」

イチはタバコをくわえた。小豆がニッカボッカのポケットからライターを出し、両手で火をつけてやる。イチは眉間にしわを寄せながら一服、吸った。

「せかいを手に入れたメスガキは、いまだ一匹もいねぇって話」

「あぁ、はい。……覚えてます」

「キミはよ、あんとき、考えとくヨって笑ってたな。ガキそのもののニカニカした笑いだった。あれから、半年。キミもちょっとは、走りに慣れて、ハイウェイの夜に焼けた、危険な顔になってきた。……まだ、考えとるんかい。どうなんじゃい、真っ赤に焼ける鉄女さんヨ」

「……考えて、ます。にーさん。ただあたしは……」

一本、薦められて、遠慮なくくわえた。かっちょいいジッポの特製ライターで火をつけてもらって、一服吸う。銘柄はピースで、初めて味わう大人のきっつい煙にむせそうになって、小豆は涙を滲ませながら必死でこらえた。

「走るのが、好きで。走ってると、自由で……」

元来、口下手な小豆はそれきり言葉を飲みこんじまって、黙った。

思い切り走って、すべて忘れて、風になりたいだけ。いまは、親友を助けてやりたいだけ。そのときどきの激情に身を任せては、猛《たけ》ってみせるのがこれまでの小豆だった。

走り屋どうしの抗争なんてものには興味がなく、ただ、走ること、風になること、その一瞬のきらめきが永遠に続くことこそすべてだって気がして、ならなかった……。

小豆の沈黙を完全に理解したというように、イチは年上の貫禄でもってうなずいた。

「自由か」

「はい……」

「わかるぜよ。しかし、しかしな、小豆。その自由を守るために、走り屋どうしで戦い、大人の世界から越境してこっちに責めてくる黒い軍隊――警察組織ってやつとも、戦うことになるのさ。結局はなぁ。ハイウェイスターの道は厳しいんだ。俺はよぅく知ってた。ま、昔の話だが」

「にーさん……」

「つまんねぇ話をしたな。キミは若い。ふへっ、若すぎるぐらいだ。好きに走れや。ハイウェイはまだ、キミに、優しいはずなのさ……」

　二十歳のイチは、そうつぶやくと、まるで老人のように背をぎゅうっと丸めてみせた。……わざとかもしれない。もうほんとうに老人なのかもしれない。小豆にはまだわからなかった。

　もらったピースをくわえたまま、電柱みたいに巨大な鉄パイプを肩に担いでバイクに乗った。すると、鉄パイプの重みでタイヤがぎゅうっと沈んだ。

　大丈夫か、とバイクに聞くと、おめぇのためにできねぇことなんてねぇさ、と言うようにエンジンが短く、そして不敵に唸った。小豆はふっと笑った。

　イチが低い声で、

「行けよ」

「おぅ」

　顔を上げ、小豆は重苦しくうなずいた。

「にーさん……にーさん、いろいろ、ありがとうよ」

「ハッ。今生《こんじょう》の別れみてぇに、言うなや。これからキミは、死ぬんじゃねぇ。殺しに行くんだぜ。そうだろ」

「……はい！」

　小豆はうなずき、エンジンを吹かした。

雲雨横丁を勢いよく走り抜ける。

ふりむきもせず、死にむかって一直線に駆けるその横顔は、あの夜の――月が不気味に光る三月の夜、埠頭で、一不良少年に過ぎなかった大和タケルが見せた、危険すぎるそれとよく似ていた。

青春の、一時期。ほんの、一瞬。瞬きするほどかすかな。死んじまってもいい、やってやるんだぜと決めた若者の顔にだけ浮かぶ、麻薬みたいに危ない、あれ。

ピースの煙を吸いこんで、おおきくむせた。巨大な鉄パイプも揺れて、通りがかりの酔客がぎゃーっと、ゴジラでも見たかのように大げさな悲鳴を上げた。

「あっ、危ねぇっ。あ、おい、おまえ、一年二組の赤緑豆だろっ。コラ待て、どこ行くっ、なんだその変な荷物はっ……と、わわっ、だから、危ないだろうが、お前はいつもっ。コラ待ちなさいっ」

学年主任の教師が、心地よい酔いに赤く染まった顔をしかめて四、五歩追いかけたが、千鳥足が勝手にくるくると回転して方向感覚をなくし、バイクとは反対の方角に目を凝らしながら苦しそうに肩で息をついた。

その背後を、鉄パイプ背負って、エンジン鳴かせる、イカれた十三歳が、真っ赤な特攻服の背中にしょった文字『真っ赤に燃えよう、オンナ道!』をはたはたとネオンくさい夜風にはためかせて、深酒が見せた悪夢のようにどんどん遠ざかっていった。

「……いまの、あの子、か?」

「あぁん?」

〈武器屋　貴婦人と一角獣〉の、奥の部屋。

電気が消されて、暗い。

鉄の武器が所狭しと置かれる中、イチが真ん中に突っ立ち、無表情でピースを吹かしていた。ちいさな窓の外から、ネオンがぎらぎらと漏れてきて、イチの横顔にどぎつい模様をつくったり、消えたりを繰りかえしていた。

二階から降りてきた甥のタケルが、会話をずっと聞いていたことを隠しもせずに、階段のいちばん下の段で腕を組んでいた。

その表情は、イチとは反対に、心配そうな焦燥感にあふれて、でもかすかに甘かった。オトコがオンナのことを考えてるときの横顔だ。

イチは唇の端でピースを噛んだ。

鉄の武器を見回す。

そのどれもが、おいてあった場所を離れて、さっきまで小豆がいた場所にすこしでも近づかんとドアに向かってのびていた。まるで、大きな磁石が砂鉄を呼び集めるように。

その様は、イチに異様な、そして同時にどっか暗い興奮を与えた。

「俺ぁ……」

誰にともなくつぶやいた。

いや、おそらく、過去の己に。

紛れもないハイウェイスターだった、あの頃の大和イチに。

「俺ぁ、がんばった。伝説ってやつ、つくったさ。だけど、だけどよ……」

絞りだすような、無念の声。

「せかいを手に入れることは、できないままで終わったんだ」

「兄貴ぃ」

「……タケル。そうだよ、いまのは、おまえんとこの一年坊主、いかれたバカお嬢さ。半年前に会ったのが最初だが、顔一面に○○野郎なんて書かれてベソかいてさぁ。泣いてないやい、なんてグズッてたメスガキが、走りに慣れて、いつのまにやら面構えも変わってきやがった。オトコにできねぇことがオンナにできるとは、俺ぁ思わねぇが、オンナにはオンナの勢力地図ってやつがあるからな。もしかすると、もしかするかも、しれん……」

「あの子は、かわいいな。俺ぁ、好きだ」

「えっ、かわいいか？　おまえ、やっぱり変わってんな」

「……」

　叔父に一刀両断されて、タケルは黙った。

　鉄の武器を一つ一ついとしそうに拾っては、もとの場所にもどしながら、イチは相変わらず夢見るように、

「欲がねぇのが、才能ってぇのがある、証拠なのかねぇ。すげぇやつに限ってそうなのさ。考えとくヨって、あいつめ、気軽なもんだ。ちぇっ、どうなるのかねぇ……」

「兄貴……」

「走りたいだけ、か。言ってくれるねぇ。あのメスガキのおかげで、俺ぁ、思いだしたよ、あのころの俺を。たったいまのことみてぇにありありとな。ただ、そうもいかねぇだろうな。ハイウェイってぇのは、誰のものでもないんだ。そして、そしてよ、誰のものでもない場所を手にするために、戦争《ドンパチ》が始まる。それが世の中ってぇものの恐ろしさよ。あっちでこっちで、戦争さ。昔

も、今もよ」

「なぁ、兄貴。あの子、で、どこに行ったんだい？」

心配そうにタケルが聞いた。そんなときだけは、泣く子も黙る緑ヶ丘中学の新総番も、十五歳のちっちゃくて丸いボーイだった。

イチは振りかえり、二本目のピースに火をつけた。

しゅぽっ。

一服吸って「どこって、そりゃあ、決まってるだろーが。あいつらのところに行くんだからヨ……」とつぶやく。

その顔にまたネオンがどぎつくかかって、表情を不気味に染め替えた。

イチは鼻から細い煙を吐いて、

「立体駐車場エドワードに、向かったのさぁ！」


そのころ小豆は……。

ぱらりら、ぱらりら、ぱら、りら……と、重たすぎる特大鉄パイプを背負ってかなりゆっくりと、国道４６４９号線を走っていた。

狸の親子が、夜道を横断していた。

ライトもほとんどない、一車線だけの、あまりにせまいハイウェイだ。砕けたアスファルトから顔を出す雑草につまずいて、子狸が、あっ、と転んだ。

母狸がふりむく。はやくしなさいと言うように黒くてちいさな鼻を蠢かせ、ついで……ぱらりらぱらりらとやってきたバイクの光に気づいて、絶望に、声のない悲鳴を上げた。

うちの子、轢かれる……！

目をつぶって震えたが、ぱら、りら、ぱ、ら、り、ら……とあまりにいつもよりスピードが遅いことに気づいて、目を開けた。なんとか起きあがった子狸も、バイクが、光と音だけはいつもどおりすごいのに、いつまでも近づいてこないので、余裕でよちよちと道の反対側までたどり着けた。

親子で路肩に並んで、同じ方向に首をかしげ、あまりにも遅すぎる赤緑豆小豆のバイクを見送る。

ぱ、ら、り……ら……ぱ……ら……り……ら……。

エンジンが悲鳴を上げ、鉄パイプを背負った小豆も重そうに顔をしかめている。ゆっくり、ゆっくりとバイクが通りすぎた後も、数秒、長い鉄パイプだけが親子の狸の前に残像のようにまだあった。

親子は顔を見合わせ、ついで、

（あぁ！）

（あの製鉄所の家の、バカお嬢だね）

（またなにかやっとるんだなぁ……）

というように納得してうなずきあった。

小豆がバイクごと、よたよたしながらしばらく行くと、十字路に、白い服着た二人の少女がしゃがみこんでいた。地縛霊かなにかかと思って気にせず小豆は通りすぎたが、それは、最近仲間になった二人、通称、花火とハイウェイダンサーだった。

二人は夜も遅いのに恋の話で盛りあがり、話に飽きたら、十字路にしゃがみこんだまま、月明かりだけを頼りに、ススキを三本ずつ持って、三つ編みをつくっては時間をつぶしていた。

「どっちが早く三つ編みつくるか、競争じゃ！」

「望むところじゃ！」

――花火の家は、父親がもともとおらず、母親はというと雲雨横丁で金色の雨の如く稼ぐ名物ママさんだった。この時間、ロココ調の豪奢な家には誰もいない。ハイウェイダンサーの家は、商工会議所に勤める神経質な父親が仕切っており、母親は彼女が小学生のときに大阪に出奔《しゅっぽん》した……と親戚にも近所の人達にも思われていたが、じつは嘘で、一軒家の二階にずっと引きこもっていた。窓も開けず、トイレ以外では一階に降りてくることもなく、日がなテレビを見たり、煎餅布団にもぐるだけで過ごしていた。

孤独はバイクを火のように燃えさせたり、自在に動いて、ハイウェイに牛糞でもって、誰にも言えない心の叫びを記してくれた。走ることは、唯一、二人の目の前にあった自由だったのだ。

そして、それを教えてくれたのは……。

「小豆、だな……」

「おぉ。小豆には感謝だぜよ。あいつ、頭わりぃけど、一緒に走らせてくれるもん」

「だな。小豆ってやつは、まったく……あれ、いまの変なやつ、小豆じゃねぇ」

あまりにもゆっくりと通りすぎたため、関係ねぇやと気にしなかったバイクを、うんこ座りして三つ編みにしたススキを握りながら、二人で鶴みたいに首をのばしてふりかえった。

遠く、バイクの背中が震えて、

「……はっ、くしょん！」

赤い特攻服が、くしゃみした。花火が口をとがらせて、

「噂したから、くしゃみした！」

「間違いねぇ。あれは小豆だぜ。だけど、どうしてこんな時間に……」

「変な荷物抱えて、あたしらにも言わずに、どこに行くんだ。そういや後ろにスミレちゃんも乗っけてなかったし」

立ちあがったハイウェイダンサーが、急に真面目な顔になって、

「おい、やべぇぞ。左に曲がった」

「あぁん？　左ぃ？」

「右なら、ガッコだ。弁当箱でも忘れて、母ちゃんに怒られたんだろってなもんだ。だけど、左は……」

「なんだよ」

「サッシのわりぃオンナだなぁ、おめぇは。左はあれだよ……」

ハイウェイダンサーは心配そうに顔を曇らせた。

「エドワードだぜよ」

「なにぃ！」

花火も立ちあがって、ゆっくりすぎるバイクを運転する、赤い背中に目を凝らした。

「こんな夜中に、一人で、特攻服でキメて、引っこ抜いた電柱一本抱えて、エドワードに向かうなんて尋常じゃねぇぜ」

「なんだろな。あたしらも誘わずに……。もしかしたら、なにかあってさ、加勢を頼もうとしたけど、あたしらが家にいなかったんじゃね？」

「ここでずっと、恋の話に、花、咲かせてたからな。かれこれ……五時間」

「しゃらくせぇことしてる場合じゃなかったぜ。行こうぜ、花火！」

「よしきた、ハイウェイダンサー！」

二人はススキを、まだ淡雪程度の胸の谷間に挿すと、獣の如く地面を蹴った。路肩に停めたバイクにそれぞれひらりとまたがって、

「小豆ぃ！」

「どうした、どうした。おめえについていくぜぇ！」

「ぱらりらぱらりら！」

花火のバイクが火を噴いて、夜空に命の花を咲かせた。ハイウェイダンサーも、肥溜めの上をすれすれアウトに飛んでは、暗い道路に、咲かせてみせますオンナ花……、散らしてみせますオトメ道……、と、元文学少女らしい繊細さで心の叫びを標語にしては書き記し、花火が作る、夜に燃える炎、ハイウェイに空いた真っ赤な自由って穴めがけて、走った。

二人の横顔にも、あの、あれが浮かんでいた。死をも畏れず走る若者にだけ、その季節の、ほんの一時《いっとき》、浮かぶ、危険すぎる表情が。

耐えられないほどの孤独に沈みこんだ、少女だけの夜。

二人はそれぞれの家庭も、あまりにも希望がないような気がする未来のことも、大人への絶望も、叶わぬ初恋も、なにもかもを振り切ってひたすら走った。

ハイウェイって書いて、自由って読むんだぜ。

つぶやいたのはどっちだったか。

この夜二人は、淡雪の胸にススキ三本を挿して、火を噴き、文字を書き、小豆を追いかけてエドワードまでまっすぐに走り抜けた……。

「おどりゃあああぁー！」

立体駐車場の二階に、小豆は雄たけびを轟かせながら飛びこんだ。バイクから飛び降り、鉄パイプを投げ棄《す》てて。地面を蹴って、満月に照らされながら飛翔したかと思うと、

「あ……」

ちいさくつぶやき、きびすを返して、また地上に飛び降りた。

駐車場の冷え切った床にしゃがんでいたエドワード族が、音に気づいて振りかえった。だが、そのときはもう、そこには風が吹いているだけだった。

「いま、なにかきたか？」

「さぁ……」

彼女達が円陣を組む真ん中には、後ろ手に縛られた穂高菫がしくしく泣いていた。

マジックを握りしめたドブスが三人、歯軋りしながら、さてなにを書いてやろうかと思案中だ。通称〈瓢箪〉と〈醜女〉と〈横綱〉の顔ぶれだった。

やだ、やだよぅ、と泣きながらも、スミレだけは、ほんの一瞬、飛びこんできた少女の姿を視界にとらえていた。

見覚えのある真っ赤な特攻服。地下足袋《じかたび》は、まっさらのおニュー。

月明かりがかすかすぎて顔はわからなかったけど、剣のようにしなるあのポニーテールの輝きを、親友が見間違えるわけがなかった。

(小豆ちゃん？　助けにきてくれたの……？　それとも、幻、カナ？)

スミレは涙を零《こぼ》しながら首をかしげた。

で、そのころ、小豆は……。

「やべぇ、興奮しすぎて、武器、忘れた」

立体駐車場の外で、地面に投げだした巨大鉄パイプを拾いあげていた。

カッと頭に血を上らせたままおっ始めなくてよかった。小豆はすこぅし冷静になると、ニッカボッカのポケットからメリケンサックを出して、両手にはめた。マキビシの数も確認して、それから鉄パイプを肩に担ぎ、ゆっくりと一階から駐車場に入った。

どこからか、ぱらっぱー、と喇叭の音がした。

上のほうから、かすかに、ちーん……とトライアングルの音も。

間違いねぇ。エドワード族の塒だ。

今夜もあいつらはここにたまってやがる。

小豆は、ほんの半年ちょっと前の早朝のことを思いだした。弟とキャッチボールをしていて、うっかり紛れこんだあのときの、耐え難い屈辱を。ボールを拾いに入っただけなのに、チェーンや竹刀を振りまわして襲ってきた、中坊や高校生の、妖怪じみたドブスども。あのときの自分は、いきなり竹刀でオデコをカチ割られ、頭頂部に噛みつかれ、尻に蹴りを浴びてビビッて三階から飛び降り逃げだしたけれど、でも、いまは、ちがう。いい加減喧嘩慣れもしてるし、それに、今夜は親友を助けにきたんだから、その気持ちの分だけあのときよりも強いはずだ。

……そう信じたい。

小豆はゆっくりと歩を進めた。

一階の入り口を、くぐる。

途端に竹槍が飛んできて、あやうく死にかけた。立体駐車場エドワードは、ドブスどもの牙城。

さっきのように二階から飛びこんでくる敵は想定外だが、一階にはいつも見張りがいた。

小豆はおどろいて仰《の》け反《ぞ》ったが、つぎの瞬間、床を蹴って飛翔して見張りのドブスどもの頭上を越えると、鉄パイプを真横に三六〇度、回した。五人が倒れ、同時に血を噴いた。人間を倒したというたしかな感触がした。小豆に戦いのスイッチが入った。そのまま走り、一気に二階に通じるぐるぐるの道路を駆け抜けた。

「おどりゃあああ！」

「なにやつ!?　赤いぜ？」

「バカお嬢だ、バカお嬢の小豆だぜ」

「なに、バカお嬢？」

「バカお嬢！」

あちこちに停めっぱなしの、埃まみれの廃車の上から、黄色や紫の地下足袋姿のドブスどもが、バカお嬢、バカお嬢、と叫びながら飛び降りてきた。手に手に武器を持ち、ある者は竹刀を唸らせ、またある者は耳元で喇叭の超音波を響かせた。

鉄パイプを振りまわし、一階の輩を倒すと、二階に向かった。さっきよりも強い敵が待っていた。小豆はマキビシをとりゃあっと巻いた。ちっちゃな女王の意を汲んだように、無茶苦茶に巻かれたマキビシは小豆の周りに雪の結晶のようなきれいな模様を描いて落ち、突っこんできたドブスどもの地下足袋から「いってぇ！」と若い血潮が噴きだした。

小豆は声を限りに叫んだ。

「スミレー！」

「……あ、小豆ちゃぁん！」

かすかに声がした。

小豆は振りかえり、暗いエレベーターホールにしゃがみこむ親友をみつけた。

緑ヶ丘中学に穂高菫ありと最近では噂の的の、かわゆい親友が後ろ手に縛られ、しょっぱい涙でだんだら模様になったほっぺたには、無残な落書き……エドワード族お得意の、〇〇野郎がおおきく書かれていた。

小豆の顔が憤怒に染まって、古代の鬼面の如く真っ黒に燃えた。

「てめぇら、あたしの親友だと知って、手ぇ出したのかよ！」

「何様のつもりだっ、生意気なんだよ、所詮は一年坊主がよ」

「なんだとぉ……」

小豆は鉄パイプを構え、そっと腰を落とした。

油断なく辺りを見回す。

敵は、五人。見えるところに四人。それから車の陰に、一人。

いや、どこかにもう一人気配があるような気もするがよくわからない……。

小豆は地下足袋でキメた足を一歩、踏みだした。ドブスどもが気迫に押されて、ずざっ……と下がる。

「その一年坊主が、あんたら二年と三年を、骨まで砕いてつぶしてやらぁ！」

「できるもんかい。今夜、つぶしてやる。どりゃあああ！」

飛びこんできたドブスを、小豆は鉄パイプのひとなぎで潰した。後ろから狙ってきた瓢箪を、ふりむきざまにメリケンサックで殴りつける。間をつめてきた醜女の顔面にも蹴りを叩きこんだ。

横綱には、鉄パイプをお見舞いした。パイプはぐにゃりと曲がって、横綱の腹を見事に砕いた。

「小豆ぃ！」

「加勢するぜぃ、ぱらりらぱらりら！」

　遅れて、バイクを蛇行運転させながら花火とハイウェイダンサーが飛びこんできた。二人のせいで、そのへんで屯していたほかのエドワード族も何事かと続いてきて、味方も二人増えたが、敵も十人ほど増えた。小豆は、車の陰に隠れていた一人をかかと落としで潰しながら、「おぅ、おまえら、どうしたい」と振りかえった。花火とハイウェイダンサーは、見張りが潰れているため、二階までなんなくバイクで上がってくると、ぱらりらぱらりらと駐車場中を駆けまわった。何事じゃいと追ってきたエドワード族も、バイクのまま入ってくる。ぐるぐると、敵と味方が、小豆の周りをバターになりそうなぐらい回った。

　小豆は次第に目が回り、面倒くせぇので床を蹴ってやつらの頭上を飛び越えると、スミレに駆け寄り、縛《いまし》めをほどいてやった。

「大丈夫かよ」

「小豆ちゃん！」

　スミレはべそをかいて、小豆にしがみついた。

「怖かったよぅ。一人で、とっても怖かったよぅ」

「もう、大丈夫だぜ。……あっ、おい、花火」

　バイクを停めた花火が、「どりゃあああ」と雄たけびを上げてエドワード族の一人に飛びかかったところだった。

　宙を軽々と飛んで、右手に持った武器……ではなく、三つ編みに編んだへなへなのススキを振りあげ、

「どりゃあああ……あっ、まちがえた」

空中で器用にススキを投げ棄て、ポケットからジャックナイフを出して刃を剝いた。敵の二の腕をざっくり切っては、また床を蹴って、宙を飛ぶ。

ハイウェイダンサーも、落ちていたマキビシを、拾っては投げ、拾っては投げしては、「こんちくしょ、こんちくしょったら、こんちくしょ」と叫んでいた。

小豆も掛け声とともに戦いの渦に飛びこんだ。スミレはかわゆい悲鳴を上げたが、少女達は血に飢えており、乱闘はますます激しさを増した。

はっ、と気づいたスミレが、たたっと駆けて、二階から地上を見下ろす。そしてなにか言いたげに小豆達のほうを振りかえったが、口をつぐんで、胸の前で両手を合わせた。

戦う小豆は、まさに鬼神だった。特攻服は次第に敵の返り血で濡れ、ニッカボッカのあちこちにも、ぽっ、ぽっ、と血の花が咲き乱れた。

その小豆に真っ赤な命を吹きこまれたのか、巨大鉄パイプがいつのまにか意志を持つ邪悪な妖怪変化のごとく、ぐんにゃり曲がったり、宙を飛んだりし始めた。この日、これまで彫刻刀を使っていたときよりもずっと容易に、鉄の武器は小豆の命じるままに動いた。自分のためでなく、友達を助けたい、という目的が、本来持っていた小豆の力をさらに増幅させたようだった。

宙に浮かぶ鉄パイプから両手でぶらさがり、飛び降りては敵に蹴りを見舞い、降りてきた鉄パイプで横殴りにはらう。あっというまに呼吸があい、小豆は、暗黒の大蛇を操る可憐な蛇使いの少女となって、鉄パイプを自在に振りまわした。

(おぉ。おそろしいほど、鉄が思い通りに動いてくれるぜぃ……)

敵を倒すたびに、小豆はさらに強く、残酷になるようだった。

スミレはときおり、きゃっ、と悲鳴を上げてかわゆいぱっちりおめめを瞑り、それからおそるおそる開けた。

震えるかわゆい唇が、

「小豆ちゃん……すごく、かっこいいネ……」

と、言葉を滲ませた。

小豆は敵の胸元をつかんで遙か頭上まで持ちあげると、ぶんっと投げた。そうして鉄パイプを振りまわすと、野球のノックのように、鉄パイプで敵のからだをこーんと打った。ドブスは壁にぶち当たって動かなくなった。壁に、バンザイをした人間の形の血の跡が残った。

そのまま、悪魔の千本ノックと呼べるほどに、敵をブン投げてはこーん、こーんと右に、左に打ち続けた。そのたび壁に、天井に、床に、人間の形をした赤いシミがどんどん増えていった。

最後の一人が、宙を、飛んだ……。

びしゃっ！

鈍い音とともに壁にはりつき、ずるずると床に崩れ落ちた。

ゆっくりとふりむいた小豆には、一瞬、親友も、仲間も、床に散らばる死屍累々《ししるいるい》のエドワード族も、なにも見えないようだった。

しかし、血に飢えた鬼神そのものの双眸に、次第に人間らしさがもどってきたかと思うと、

「……スミレ」

と、ちいさく呼んだ。

「う、うん」

「平気か？」

「うんっ、平気っ」

スミレは子供みたいにおおきくうなずいた。

まだどこかにもう一人いる、という気配を感じて、小豆は耳を澄ました。だがその気配はあまりにもかすかで、動きもなく、それ以上捉えることはできなかった。

花火とハイウェイダンサーはけっこうな怪我《けが》をしていた。小豆とスミレが一人ずつ支えて、ゆっくりと降りる。

一階から外に出ようとしたとき、カチッ……とかすかに音がして、満身創痍の少女四人を眩しいライトが照らした。四人は目が眩《くら》んでなんにも見えなくなった。

「なんだっ？」

「あっ、さっきからね、下に、あの人達が……」

スミレが説明しようとしたとき、うぉんうぉんと激しいエンジン音でなにも聞こえなくなった。目が慣れてくると、そこに、少年達——残薔薇壱輪のメンツが並んでいるのが見えた。ちょっとしたビルにも見える、巨大すぎる派手な改造車が、右に左に、上に下に、激しく揺れていた。その上に、振り落とされるでもなく堂々と仁王立ちしている少年が一人、いた。

小柄な体軀が引き締まり、全身に獣のような緊張感を湛えた、美貌の——緑ヶ丘中学の総番にして、いまでは残薔薇壱輪総長にも出世した、その名も大和タケルその人だった。

小豆は、血まみれのほっぺたをかすかに赤くした。

改造車の上で腕を組んだタケルは、どんなボーイよりも眩しく、そして不吉に輝いていた。黒い特攻服が風になびき、胸元に挿した薔薇が、ひらり……と花びらを舞わせた。

「チーム、はるんかよ」

タケルは短く聞いた。

恋するボーイも、こういうことには妥協がなかった。黙りこむ小豆に、続けて畳みこむように、

「たった今、おまえらは、一年坊主たった四人で、天下のエドワード族を壊滅させちまった。鳥取広しといえども、そんなメスガキは一人もいねぇ」

夜風が不吉に、ひゅうっと鳴った。

「おい、答えろや。赤緑豆小豆！」

誰もが言葉を呑みこんで、ただ成り行きを見守っていた。タケルの声は紛れもない少年のものだったが、同時に、地獄の底から響くような奇怪な迫力にあふれていた。

「相手を壊滅させるってぇのは、そういうことだ」

「総番っ……。あたしは……」

「小豆。おめぇは知らなきゃならねぇ。人を倒した手には、責任ってやつが宿るんだぜよ。それが、暴力ってぇものの本質なのよね……」

小豆は息を呑んだ。

血を吸って重たくなった特攻服が、肩にずしりと沈みこんできた。

月が光った。

血まみれの仲間も、固唾を呑んで小豆の横顔をみつめている。

小豆が迷ったのは、ほんの一瞬。

だけど時の時計もうっかりいっしょに固唾を呑んじまったというように、時が止まって、いま思いだしてもものすごく長く感じる数秒だった。

小豆は片頰でにやっと笑ってみせた。すると、さきほどの鬼神の気配がまたふわっと辺りに漂

った。見えない花びらが舞い落ちて消えるように、かすかに……。

「……はります」

どっ、と歓声が上がった。

花火とハイウェイダンサーが、満身創痍の身を震わせて、これまでの十三年間に味わいつくした、すべての孤独と絶望と悲しみとあきらめと……つまりはロンリー・ピンク・ハートを脱ぎ捨てるように、

「うぉぉぉぉぉぉぉ！」

「小豆ぃぃぃぃ、ついていくぜ！」

「地獄の一丁目までご同伴だぜぃ！」

「あんたのためならハイウェイで死んでもいいっとよ！」

十三歳の、危険な本気で叫ぶと両方から小豆に抱きついた。

小豆の肩は、さらなる重みでずっしりと下がった。それに気づくと小豆は一瞬だけ戸惑いをみせたが、なおのこと、鬼神の横顔でにやにやと笑ってみせた。

（戦争、か……）

胸の奥で、絶望の花弁がひらっと開いたような。一瞬の痛みを、小豆は隠した。

花火とハイウェイダンサーが浮かれ、スミレもまた楽しそうに微笑んでいた。ほっぺたに書かれた落書きも、笑うとよれてなんと書いてあるのか読めなくなった。

（いいぜ。やって、やろうじゃねぇかよ）

小豆はおおきくうなずき、改造車の上という、はるか頭上の王座にいるタケルと、臆することなく睨みあった。二人の睨みあいはしばらく続いた。やがて、小豆の本気を悟ったのか、タケル

はうむとうなずき、傍らの部下に目で合図をした。部下の少年がなにかをタケルに投げ渡す。

それは——、
まだなにも書かれていないまっさらに白い旗だった。

「あの、それは……」

「おまえに、やる。誰よりも強くって、うつくしいおまえへの、その、あの、俺から、の……」

最後のほうは聞き取れなかった。てんでボーイなタケルの代わりに、改造車のエンジンがうぉんうぉん燃えさかって、タケルの心を代弁した。

「……俺から、の、ラブレターさ」

「えっ？　聞こえない！　なんすか、総番？」

「ラ、ラブレターだ」

「はい？」

「ラ、ラブ……」

「えーっ？」

「小豆ちゃん、あの人、ラブレターって言ったんだよ。ラブレター。ラ、ブ、レ、ター。聞こえてる？　あ、聞こえた。やだー、真っ赤になっちゃって。はずかしー」

スミレの、闇をも裂くようなおっきくてかわいらしいキンキン声が辺り一面に響いた。気づいた小豆のほっぺたは赤く染まり、残薔薇壱輪の不良少年達も「えっ、なに」「ラブレターがなんだって」「わからん。総番？　ラブレターがなんすか」「おい、黙ってろ、ヤボなやつらだな」「ヤボ？　なに？　なんで？　なんで俺らがヤボなのさ」と騒ぎだした。

タケルは、あぁ、言わなきゃよかったというようにそれきり貝の如く口を閉ざした。

それから真っ白な旗を広げて、揺れる改造車の上で、赤いスプレーを使ってなにかを書き始めた。

月明かりがタケルの背中を照らしていた。

特攻服の裾が、秋の夜風にせつなく揺れた。

それを小豆は黙って見上げていた。

旗には、真っ赤な文字でこう書かれた。タケルが改造車の上から投げ渡しながら、叫んだ。

「〈製鉄天使〉！」

「おぅっ！」

勢いよく、二メートルほどもジャンプして、がしっ、と小豆は力強く旗を受け取った。風が吹いて、小豆の剣のようなポニーテールといっしょに、名づけられたばかりのチーム名が真っ赤に燃える、純白の旗が、純情そのものの涼しげな音を立てて夜空にばさりとたなびいた。

また一瞬、時がきらめきながら、止まった。

タケルはにやっと王者の頬を歪ませた。

「聞けよ、おかしな一年坊主」

また夜風がつめたくひゅうっと鳴った。

「今夜からはもう、おまえはちんけな○○野郎なんかじゃねぇ」

「お、おぅ……」

「無敵の製鉄天使だ」

小豆は黙ってうなずいた。

「走るんだっ、赤緑豆小豆。時を追い越すように。ハイウェイで風になれっ。それがおまえの使命だぜよっ……」

「総番……」

「しかし、しかしよ」

タケルは首を微《かす》かに振った。

「長い戦いになるぜよ。鳥取はべらぼうに広い。そうして、せかいは、もっと広い。覚悟して走れや、俺の、俺の……製鉄天使」

「うぉぉぉぉ」

小豆は興奮し、獣の如き雄たけびで答えた。タケルはうなずくと、配下の少年に合図した。

少年達のバイクが唸る。

改造車はほかのバイクとともに動きだした。

仁王立ちするタケルをてっぺんに乗せたまま、真っ黒な配列をつくって、轟音響かせ走っていく。タケルの闇のように黒い特攻服が、はたはたと力強くたなびいていた。

「総番っ……」

小豆は花火達と顔を見合わせ、うなずきあった。

花火とハイウェイダンサーが、二階においてきたバイクを取りに行った。小豆は自慢の真っ赤なバイクにゆっくりとまたがると、かすかな吐息をついた。

バイクは気配を殺しているように、この夜、静かだった。それがありがたかった。走りながら考えたいことがたくさんあったからだ。

やがて小豆は、後ろにかわゆいスミレっ子を一匹乗っけて、できたばかりのホカホカの族旗をたなびかせて、仲間とたった四人で、国道４６４９号線をぱらりらと威勢よく走りだした。

——そう、たった、四人。

だけどもこのとき、4649号線は確かに彼女達のものだった。

ハイウェイと一体化して、ぱらりらと走る。

誰からともなく激しい雄たけびが漏れた。うぉぉぉぉ、うぉぉぉぉ、と叫んでいると、ノーヘルの耳元で、スミレが甘くささやいた。

「大好きだよっ、小豆ちゃん。ねぇ、小豆ちゃんもでしょ」

「あったりまえさ。親友だろ」

「きめた！　あたし、製鉄天使のマスコットになるよ。オンナのチームにオンナのマスコットなんて聞いたことないけど、いいでしょ。だってあたし、小豆ちゃんのオンナっぷりに、今夜ちょっぴり惚の字だもんネ」

「……おいおい。キミじゃ、あたしらみたいなチンケなチームにゃもったいなさすぎだろうが。もうちょい待てば、もっと上を狙えるさ。三度の飯より好きなオトコに、せいぜい大事にしてもらえよ。なにも今夜できたばっかりの弱小レディースに、そのかわゆい骨、うずめることないさ。だろ？　頭脳派が泣くぜぃ、スミレちゃん」

「あたし、あと二年とちょっと。十五の春まで遊び倒すの。小豆ちゃんとなら地獄まで行くよ。オトコとなら、いけないけどサ……。だって、地獄に行くのは、向こうだからサ……。だけど……」

「キミが、それでいいなら……まぁさ」

「十五の春に、笑ってお別れしよう。それまで一緒に遊ぼうよ。明日死んでもいいぐらいに毎日、無茶しよう。ね、いいって言ってちょー？」

「お、おぅ……。いいぜ！」

小豆は力強くうなずいた。

もう夜中だというのに、国道を走ると、田圃のあぜ道から、国道沿いのドライブインから、かたむいた農機具屋の陰から、つぎつぎに、丙午の危険な目つきをした少女を乗っけたバイクや、原付や、チャリンコが躍りでてきて小豆に続いた。走るほどに頭数は増え、ぱらりらぱらりらと騒音も、ライトの光も凄まじく、それに気づいたパトカーも数台、あわてて追いかけてきて……。立体駐車場の前から走りだしたときはわずか四人だった製鉄天使は、一時間後には、なんと二十人を超すちょっとした大所帯となって、国道いっぱいに広がり、丙午にしか出せないスピードで狂ったようにぐるぐると村中を駆け回った。

夜！

夜はこのときも、いかれた天使達に優しかったのだ。

まだ、このとき、は……。

ぴちょん……。

ぴ、ちょん……。

寒々しい水音が響いて、暗い地面に黒ずんだ水がかすかに流れた。膝を抱えて話を聞く壮年の男の野太い首筋にも、一滴、落ちて、男は途端に、全身をびくっと震わせた。

「なるほど。そうやって、なし崩しにそのチームはできたのか。……そこまではわかったよ」

「聞く気あんのかよ、てめぇは。それに、なし崩しって言うなや」

「あるもなにも、こんな穴倉みてえなところでよぅ。おめぇのヨタ話に耳を傾けるぐらいで、ほかにすることもあんめぇ」

男は鼻先でくくっと笑った。「なぁ?」と言いながら、辺りを見回す。

同意を求めるような視線に、彼らの周りにひろがる闇が一斉に同調した。おぅ、やら、そりゃあな……というかすかな呻き声がもどってきた。

狭い空間だった。

暗くて、しけって、あまりにも寒々しい。真ん中に陣取った二人が話す以外は、壁際にしゃがみこんで闇と同化した人影が、よぅく目を凝らせば、十人ほどか。いや、もっといるのだろうか……。

誰も口を開かず、ある者は膝を抱え、ある者は寝っころがって闇に目を凝らしている。

腐ったようなもやもやした土の臭いと、長い時間をかけて悪化した如き、重たすぎる退屈が彼らの頭上に降り積もっていた。

ここは、どこだろうか……。

「聞く気、あんなら、おとなしく聞けよな」

「おぉ、そりゃあな。ふわーぁ、欠伸《あくび》が出らぁ、なんにもなくってよ、ここは」

「そりゃあ、みんな同じだ」

「そうだな。ま、せいぜい続きを聞かせろよ、続きをよ。弱小チームをはったらしき、十三歳の丙午どものヨタ話」

男は急に声を落とした。

「なぁ……」

なにかを思いだすように、濁った目を細めて宙を見上げる。

「おまえ、最初にこの話をしだすときに、確か、言わなかったか。そいつらは……」

「あぁ？」

「鉄の武器を見事に使い、アリゾナ砂漠みたいに広い中国地方で大暴れしまくってよぅ……」

「おぉ、そうだ。だが、いま、先を言うなや、しらけるだろうが」

「いや、確かおまえは、その後、こう言った……」

男は鼻の頭を掻いた。

「だけど、ある夜、とつぜん全員が……」

「……」

「き、消えちまったんだ、って、よ……」

「……」

「死んだのか？　そうなのか？　おい、はやく続きを聞かせろよ。俺にも、うちに帰りゃあ、そんぐれぇの年頃の娘がいるんだ。しばらく会っちゃあいねぇが。知らねぇガキでも、その年頃の話だと、へんに気になるのよ……」

「さてね。死んだのかね。まぁ、続きを話すよ。夜はまだまだ、長ぇ。いまはまだ、丙午のいかれたお嬢ちゃん達も、十三歳。中一の終わり頃までしか時の時計を進めちゃいねぇ。あの子達が無残にどっかに姿を消しちまったのは、まだずっと先のことさ……」

男はなにか問いかけようとして、口を閉じた。それからふと真面目な顔になり、鼻の頭を掻く指を止めて、相手をみつめた。

ぴちょん。

ぴ、ちょん……。

水音は暗く、重たく続いている。

ぴ、ちょん……。

三章　スーパー・デリシャス・アイアン・ガール

総勢二十人弱の製鉄天使が、鳥取県内の制圧にかけたのは、なんとたったの三日間だった。

小豆と花火とハイウェイダンサー、バイクの後ろにちょこんと座って、楽しげに笑う、スミレっ子。それと同い年の、いろんな中学の丙午達は、走りながら雄たけびを上げ、国道の左右に広がる田圃の、黄金色の稲穂を激情の風で夜毎、揺らした。県内を西へ、東へ、朝まで飛ばしては敵チームのオンナ達を潰した。

花火が特攻隊長だった。十字路で敵のチームとぶつかると、エンジン吹かして、炎の線をつくって飛びこんでいき、敵の特攻隊長を「あいつ、狂っとるぜよ！」と泣かした。

「死ぬ気で飛びこんできとる。こっちが停まらにゃ、衝突して、両方死ぬだけだが！」

不運にも花火とタイマンはるはめになった敵チームの特攻隊長は、恐怖にさらされて、年がまだ十五でも、十六でも、いわゆる引退年の十九と同じぐらい、一瞬で大人になってしまい、それきりハイウェイを一メートルも走れなくなった。ある者は、学校指定の黒い鞄に、三折靴下。真顔で簿記や算盤の授業にも出て、資格でも取るがと、眩しい朝の世界に踏みだした。ある者はとつぜん美術部に入って、油絵の具で狂ったように花瓶の絵を描きだした。「東京の美大に進学したいんじゃけど、どうじゃろか……」少女の胸に燃えていた走り屋の魂は、朝日とともに消える蜻蛉《かげろう》の姿のように、夜毎、はかなく潰されていった。

花火は〝魂潰しのファイヤーフラワー〟と呼ばれ、製鉄天使に花火ありとその名を馳せた。

一方、ハイウェイダンサーは盛り上げ役の親衛隊長だった。敵チームの本拠地に乗りこむときは、花火が先導を譲り、ハイウェイダンサーが道路に仲間を鼓舞する文句を書いた。こいつは生まれもっての言葉の魔術師、赤珠村のド田舎の土壌が生んだ、内気でおかしな天才アジテーターだった。

そう、こいつにとっては、バイクは乗り物というよりむしろ踊りのパートナーだったのだ。自在に操り、

『路上に生き、路肩に死す。それがオンナの生き様さぁ！』

やら、

『あたしら、ハイウェイに恋してる！　純情咲かせにゃ、十三歳が泣くぜ！』

やら、どこを走っていても見事な動体視力で路肩の肥溜めをみつけ、飛びこんでは路上にもどり、自在に文句を書いて仲間を盛りあげた。

走りながら、全部は読めなくっても、恋やら、純情やら、路上やら、一文字、目に入るだけで不思議と少女達は高揚した。

「うぉぉぉぉぉ」

雄たけびを上げると、路上で文字も、つられるように奇妙にぐにゃりと歪んだ。文字は、続いて走ってくるいかれた製鉄天使達の、バイクや、原付や、チャリンコのタイヤでぐちゃぐちゃに潰されて読めなくなった。即興詩にして、路上に燃えては瞬間に消える、まさしく鼓舞力オンリーの、歴史に残らぬ純粋無垢なアジテーションだった。

二人の後から悠々と走ってくる、真っ赤なバイクとポニテが目印の女の子こそが、赤緑豆小豆。

鉄の武器をじゃらじゃらひきずり、自在に動かしては敵をボコボコにした。

　その小豆の後ろで、きゃらきゃら笑ってるだけのシャンが、穂高菫。かわゆいフェイスと、菫の花びら散らすような素敵な笑顔で、製鉄天使が名を轟かせるほどに、ハイウェイで知らぬものはいないユーメージンのオンナノコになっていった。スミレは三度の飯より好きなオトコに、なるほど大人気で、鳥取中のチームと言ってもいいほどたくさんの族からつぎつぎ声がかかった。

「うちのほうがええで。なんせ、オトコばかりだし、なによりおめぇを大切にするでよ」

「おめぇがいてくれればうちの名も上がる。いいじゃろ、あんなおかしなオンナどものチームで腐っとることはないで」

　そのたび、頭脳派のスミレはしかし、きゃらきゃら笑って、

「あたしは小豆っ子のバイクにしか乗らないよ。だって、製鉄天使だけのマスコットなんだもんね」

「だけどよぅ！」

「エドワード族に捕まって泣いてたとき、助けにきてくれたのは、正真正銘、あの子だもん。あたしじつは、あの夜、あいつの中に眠る鬼神ってやつにマジで恋しちゃったんだ。女どうしでおかしいネ」

「そんなの、どうでもええじゃろが。うちならよ……」

「もうっ、しつっこいなぁ、おにーさん……。オンナの純情、なめたらあかんでよぉ」

「ちっ」

　舌打ちしながらも、小首をかしげて笑ってるスミレを見下ろすと、やっぱりかわいいでと硬派のオトコ達はひとまず引きさがった。

スミレはいつも直感にしたがって行動したし、結局のところ、自分がやりたいようにやった。いまは小豆といっしょに走りたかったし、いまは小豆が好きだった。いまはね。だから製鉄天使のマスコットとして、この年を小豆達といっしょになってきゃらきゃら笑って走り抜けた……。

エドワード族はあっさりと市井に消えた。ある者は魂を潰されて不良を引退し、ある者は仲間とばらばらになって、気配を殺して日々を送るだけになった。立体駐車場エドワードにはいつのまにか誰もいなくなった。

県内の制圧を、三日三晩の闘争であっというまに終えた製鉄天使は、つぎの標的をなんとなく隣の島根に決めた。

「まずはお隣さんだろーが」

と、根拠はないが小豆が言いだし、仲間も口々に、

「そういやそーだな」

「そのほうが気楽だな」

「日帰りで帰ってこれるし、期末テストももうすぐだから……」

「げっ、おまえ、テストなんて受けんの？　すげーな、おい、みんな、ここに真人間がいるぜ」

「真人間？　マジかよ、どいつだよ！」

などと楽しく騒ぎながら、会議も多数決もなくいつのまにか決まった。

夜空を見上げて、花火がせつない顔して、

「あ、雪だぜ」

と、つぶやいた。

いつのまにか、この日本の地の果て……中国山地の向こう側に隠れ、日本海との間にはさまれ

た陸の孤島、中央から忘れ去られた寂しい土地、鳥取の赤珠村にも、冬の始まりを告げる牡丹雪がぼとぼとと落っこちてきていた。

「今年は、さびぃな」

「おぅ」

「山に積もる雪も格別じゃろーな」

「おぅ」

「でも……関係ねぇべ」

「うぉぉぉぉ、そうだ、関係ねぇ！」

丙午達はバイクに飛び乗り、雪のそぼ降る国道4649号線を西に向かった。

小豆がまたがる真っ赤なバイクが、まるででっかい宝石みたいに夜に光っていた。

どんどん積もり始めた雪の上に、ハイウェイダンサーが牛糞で仲間のために文字を書いた。雪と糞が混ざり、きれいできたない、いまでも目に焼きつく青春の光景だった。

このころ、島根を牛耳ってるオンナどもと言えば、白装束のアングラ集団〈虚無僧乙女連《こむそうガールズ》〉だった。隣県のよしみで、お隣さんに危険な一年坊主、製鉄天使が突如、現れて大暴れしていることも、鬼神の如き少女が率いていることも耳に入れていた。そして、そいつの目印が、燃える鉄の川みたいに揺れる、真っ赤なリボンを飾ったポニーテールだということも……。

県境の崩れかけたドライブインに虚無僧どもは隠れていた。県境はちょうど小高い山の、ゆるやかな上り坂が終わって、またゆるやかに下る辺りにあって、ここで自動車事故を起こすと、鳥取県警と島根県警で案件の取り合いになり、けんかになってしまうことがあった。なんだか面倒くせぇので、プロの運送屋やタクシー運転手は腕によりをかけた安全運転でそうっと越えるのが常だったが、この夜、製鉄天使の列は、ぱらりらぱらりらと勢いよく県境を目指した。

「……きたわよ」

「ふんっ、勢いだけのバカガキどもがっ」

「よし、いまよ！」

虚無僧どもは、県境の右手のドライブインと、左手の無人の野菜売り小屋にそれぞれ隠れていた。農作業用の竹籠を反対にして頭からかぶり、顔をすべて隠した、白装束の虚無僧スタイル。真っ赤に燃える製鉄天使の軍団が、まずは特攻隊長の花火と、スピード自慢の、刃物みたいな目つきをした特攻隊の面々、ついで旗をはためかす親衛隊長、ハイウェイダンサーと、陽気な笑顔が弾ける親衛隊メンバーの順で通りすぎた。

そうして、ようやく、ちっちゃな駒どもに守られる巨大なキングのチェス駒みたいに、小豆の真っ赤なオートバイが現れた。目印は、気合の入ったノーヘルに、真っ赤なリボンのポニテ。それから、後ろに乗っけた自慢のマスコット、びっくりするようなメスのシャンが一匹だ。

「ぱらりらぱらりら、うぉぉぉぉぉ」

「……それぃ！」

「ぎゃぁぁぁぁぁ」

小豆は悲鳴を上げて、夜空に舞った。

バイクだけが、後ろにスミレを乗っけて走っていく。

いやぁぁん、とスミレの悲鳴も遠く聞こえた。

虚無僧どもは、藁《わら》を編みこんだ手製のしめ縄を国道においておき、小豆が走ってきた瞬間に右と左からそれを持ちあげたのだ。

宙を舞った小豆はしかし、つぎの瞬間、かわゆいボーイたる自慢のバイクに向かって、

「……もどれっ」

と短く命じた。

鉄の女王にかしづく真っ赤なバイクは、命がないのに、オトコノコそのものの力強さでUターンし、後続の仲間のバイクを見事に避けてもどってきた。その後部座席で、スミレが両手をバンザイのポーズにして悲鳴を上げ続けている。

宙をくるくると三回転し、雪のそぼ降る路上に叩きつけられると思った瞬間……愛しいボーイは間に合って、小豆は運転席にすちゃっと着地した。

「ありがとよ。愛してるぜ」

つぶやくと、ボーイは、おぅ、知ってるぜ、と照れたようにうぉんうぉんとエンジン音で答えた。

スミレが悲鳴とバンザイのポーズを止めて、小豆の腰に両腕を回してぎゅっと力をこめた。小豆は解けかけた雪でびしょびしょの国道をUターンした。

それから、宙を舞ったときの、死に近づいた瞬間の気絶するような恐怖を敵にも味方にもかくすために、ポケットからハイライトを取りだして一本くわえ、余裕のふりして火をつけた。

雪の舞う中、ぽっ……と、小豆の顔の前でちいさな炎が揺れた。

煙は、雪に隠れて、よく見えない。

小豆は涼しげに目を細めて、余裕のくわえタバコでスピードを強めた。「またきたわよっ」と、虚無僧どもがしめ縄を上げる。後ろのスミレに、

「つかまってろよ、スミレっ子」

「うんっ」

スミレがまたきゃらきゃらと狂ったような笑い声を上げた。

うぉんっとエンジンが鳴る。

バイクはびしょびしょの地上を離れ、しめ縄のはるか上を軽々と飛んだ。風が吹いて雲が流れ、ちょうど、おどろくほどおおきな冬の満月が現れた。見上げた製鉄天使と、虚無僧乙女連の、両方の面々の目に、まるで月面で餅をつく兎二匹のように、遠く……バイクの背に乗った、小豆とスミレが瞬間、月に浮かぶ真っ黒なシルエットになって永遠に焼きついた。瞬きしたとき、うっかり心のシャッターをカシャッと押して、記憶しちまったよというように。

「やったぁ、小豆ちゃん。せかい一っ」

「せかいは遠いぜっ。おい、地上に降りるから、怖かったら目をつぶってな」

「目なんてつぶるもんかぁ。小豆ちゃんといっしょの冒険、ぜんぶ覚えてあの世に行くんだもんね。見てるよ、なにもかもっ。わぁっ、すごい、海が見えるね」

言われて小豆も目を凝らした。

地上から離れて、飛んだ、その瞬間、鳥取と島根、つまりは山陰地方のせまくて寂しい土地のすべてが上から見渡せた。中央から隔てる、呪いの壁のような中国山地が、まるで天然の万里の長城みたいにどこまでも続いてる……。日本海は真っ黒に寄せては返し、いつだって静かな死の色に染まっている。盆地には、街が。海側には、さびしい漁港が。山には、村と、空中楼閣のように浮かぶ豪奢な製鉄所があった。

海と山に仕切られた細長いその土地を、古代の神が悪戯半分、剣で一太刀したというように、国道４６４９号線が細長く横切っていた。

（ここで、生まれたんだぜっ……）

小豆は胸が熱くなった。

（ここで、生きてるんだぜっ……）

雪交じりの強い風が吹き、雲が流れ、また月が隠れた。

同時に、どぅんっと地面を揺らしながら、小豆のバイクが地上に落ちてきた。

夢は終わりだ。

いまはまだ戦いの途中だ。

製鉄天使と虚無僧乙女連は、人数なら虚無僧が多い。経験も虚無僧の勝ちだ。だけど血の気は、こっちが多い。なにしろ、狂っとる、と噂されながら県内をわずか三日で制圧した恐怖の中坊集団だ。

途端にあちこちでばらばらの戦闘が始まった。戦国時代の戦場を、オトコの姿をオンナノコに、馬をバイクに変えただけのような凄まじい光景だった。国道も、ドライブインの駐車場も、野菜売り小屋の上も、少女達の戦闘でたちまち血と怒号にまみれた。

「うりゃぁぁぁぁぁ」

「やったるわぁ、虚無僧どもぉ」

「おかしな籠、かぶりやがってよぉ！」

音もなく地上を走る白装束の女達を、鉄パイプやチェーンを振りまわしながら、赤い特攻服の天使どもが追った。チェーンが唸って、白装束がかぶる籠を真一文字に切り落とす。敵のバイクをボコボコに潰して鉄の塊に変えていく。

戦闘の中心には小豆がいて、月光にぬらりと光る金属バットを振りあげてはつぎつぎに敵を倒していた。バットは宙に振りあげられるたびに自在に、長くなったり、四角く形を変えては危なっかしく空を切った。小豆自身も含め、誰一人としてその変化を予測することができず、遠くにいた敵も伸びてきたバットで潰され、甲高い悲鳴を上げては地面にのびた。

戦闘は一時間ほど続き、敵も味方も、一人、また一人と減っていった。敵の残りが五人になると、小豆はバットを地面に投げ棄てた。ふりむきざまに敵をメリケンサックで殴り、鉄板入りの靴で蹴り、一人であっというまに五人を倒し、にやりと笑った。

「終わったぜ。あっけねぇもんだ」

「うぅ、小豆ぃ……」

仲間に駆け寄り、手をのばした。

「あんたはやっぱり、最高だぜ……」

「最高なんて言葉、かんたんに使うなよ。へへ、まだまだ旅の途中なのさ、あたしたちは」

と、そのとき……。

背後で音もなく起きあがった敵が、振りかざした木製バットで、小豆の後頭部を狙った。

頭にバットが、容赦なく、めり、こ、む……。

瞬間、どこからか四角いブロックが一つ飛んできて、敵の側頭部に激突した。ごすっ、と鈍い音がした。小豆は振りかえり、それからブロックが飛んできた方向を見た。

赤でもない。白でも、ない。

つまりは、製鉄天使でも、虚無僧乙女連でもない。おそらく青い服を着た人影がかすかに見えた。

通りがかりの人が助けてくれたのだろうか？　だが、族どうしの抗争なんて物騒なものと、望んで関わりあう通行人などいるわけがなかった。目をそらし、何事も起こってないかのように通りすぎるのが大人の流儀だ。

「あん？」

小豆は首をかしげた。

ともかく礼でも言いたいが……。

「おい、あの……」

声をかけると、どすどすと足音を響かせて逃げるので、小豆は後を追った。人影はしばらく逃げたところで転び、あわてたように、路上の葉っぱをつかんではなぜか激しく顔にこすりつけた。

「ありがとよ。礼を言っとく。だけど、忠告させてくれよ。族の争いごとにはあまり関わらないほうがいいぜ。思わぬとばっちりって、やつ、が……うわぁっ！」

さすがの小豆も、おどろいてのけぞった。

うなずきながらそろそろと振りかえった人影の顔が、真っ赤に腫れて、人のものとは思えないほどの惨状になっていたのだ。

「うわぁっ、化け物っ？」

のけぞる小豆を残して、青い服の人影は闇に紛れ、消えていった。

後ろから近づいてきた花火が、小豆の肩に手を置いて、

「トモダチか？　いまの、へんな青いの」

「いや……」

小豆は首を振った。

「誰なんだろ。助けてくれたんだけど、それにしてもあの顔は……」

「あれは漆《うるし》にかぶれたんだろ。ほらっ」

花火が地下足袋でキメた足で路上をさしてみせた。言われて小豆も足元を見る。よぅく見りゃあ、漆の木が何本か生えて、葉っぱも不吉に揺れていた。

「なんだ。もともとああいう顔なのかと思ったぜ」

「そんなわけないだろ。ほらっ、もどろうぜ、まだ逃げた残党がいる。だけどもよ、どうやらあたしらの勝ちだ。島根を制圧したんだぜよ」

「おぉ」

小豆は花火に引っぱられ、残党を捜した。

その後、二十分ほどですべての虚無僧を潰した。小豆達は興奮し、一人ひとりの籠をはずしては、制圧の印に、油性マジックで落書きしていった。天使どもはそれが済むと、小豆に群がり、顔やボディにどんどん賛辞を落書きした。『アンタはサイコー!』『4649!』『島根制圧』『岡山も死ねや』『小豆ラブ!』またもや、しかし最初のときとは反対の状況で耳なし芳一の如き姿になって、小豆は意気揚々とバイクにまたがった。

帰りは製鉄天使の旗を小豆が抱え、夜道にはためかせて、ぱらりらぱらりらと凱旋帰村した。それは明け方のことで、あまりの騒音に、赤珠村の駐在所では住民からの苦情電話が朝まで鳴り止まなかった。

せかい統一の夢に、ほんの一歩だけ、また、製鉄天使達は近づいたのだった。血まみれになり、鉄の武器を振りまわし、獣のように雄たけびを上げながら。

しかし、山の向こう……岡山、広島、そして山口はあまりにもおおきく、人口もちがい、このときはまだまだ遠い夢だった。なんせ、月まで飛んでも、この夜の小豆の目にうつったのは、中国山地と日本海にはさまれた……鳥取と島根という名の、陸の孤島だけだったのだ。そうしてそれでも、なんて広いんだぜよと胸を痛くしたのだ。

まだまだ、遠い、天使の夢。

しかしこの夜、確実に、すこし近づいた……。

ぴちょん……。

ぴ、ちょん……。

水音を邪魔するように、男がつぶやいた。

「なぁ、おい」

「……なんだよ。話の途中だぞ。割りこむなよ」

言われてちょっとだけ口を閉じたが、我慢できないというように、

「でもよ。その、漆に顔をかぶれさせた、青い服の野郎は、いったいどこのどいつだったんだ？」

「さぁね」

「おまえか？」

「は？」

「だって、このヨタ話がもしも本当なら、それを知ってるってことはよ」

「……」

男は首をかしげ、辺りを見回した。壁際でぼんやりと虚ろな目をしているほかの人影は、この話を自分のように真剣に聞いているのか、いないのか。少なくとも男自身は、気づかぬ間に、いつのまにか熱心に耳をかたむけていた。

「それとも、もしか、すると」

男はまた鼻を掻いた。

「その謎の、青い服の野郎が原因で、ずっと後、製鉄天使は一晩でいなくなっちまったのか?」

「……」

「おい!」

「黙って聞けよ。いまはまだ中一の終わりだぜ。ようやく雪が降って、山陰地方の、冬本番。灰色の、ははっ、演歌みてぇな日本海雪景色になったとこだ」

「わかったよ。続きを聞くよ、ちぇっ……」

男は苦笑いした。

ひゅうっ……とどこからかつめたい風が吹きつけ、その、暗い空間に閉じこめられている人影が一斉にからだを震わせた。男も肩をぎゅっと縮めて、ため息をついた。

「それにしても、寒いな、ここは」

「あぁ」

「すこしでもあったかくなる、熱い、鉄のハートの話を続けてくれよ。ちったぁ、あったまらぁ」

ひゅうっ……。

すきま風が吹きつけて、男は、倒れそうにからだを震わせた。

島根を傘下に収めたことで、製鉄天使の人数は若干、増えた。虚無僧たちのほとんどは魂を潰されて市井に下ったが、まだ走りたいと願う十数人は、おとなしく製鉄天使の配下にくだり、天使の島根支部として細々と活動を続けた。

県内のみならず、山陰地方に名を馳せる鉄のハートの製鉄天使どもも、このころはまだ恋にはウブな子猫の集団だった。

世は社会問題化する校内暴力、夜を引き裂く暴走族のブームが話題で、次第に大人達も彼らの動向を気にし始めていた。同時に子供を客層にした暴走族の雑誌が売れ始め、オンナのチーム、つまりはレディースの専門誌も創刊された。

最初は都会のハイウェイを取材していた彼ら記者も、子供達の噂を元に地方都市の暴れん坊のところまでやってきた。製鉄天使の元にも、首からカメラを提げたおじさん記者が訪ねてきては、雄たけびを上げながら国道を走る様を熱心に激写した。

「ネ、キミらはどうして走るんだい？」

「風になりたいのさ」

「もっとさ、オンナノコなら、恋とか、オシャレとか、リリアンを編んだりとかさ……」

「あぁん？」

「あ、いや、なんでも……」

写真とともに、風になりたいのさ、という小豆の発言もグラビアを飾った。後ろに乗っけたスミレの笑顔にはみんなまいって、全国の硬派から、おめぇに恋しちまったぜという内容の毛筆の手紙が舞いこんだ。花火が夜道に散らす、真っ赤に呪われたファイヤーフラワーも、ハイウェイダンサーが書き記す牛糞の即興詩も、記事になって全国の不良どもに知られた。

「だけどさぁ」

記者は大人だったから、いまのきらめきだけじゃなくて、今後の展望とやらを小豆たちから聞きたがった。そんな、大人の言葉なんて聞いたことねぇから、みんなきょとんとして記者の髭面をみつめかえすばかりだった。

「キミらは、つまり、鳥取のハイウェイを支配下に収めて、隣の島根も見事に制圧したところだよね。山陰はもうキミらのものだ。中坊だけのチームにしてはなかなかはやかったと思うけどさ」

「あん？」

山陰、とは、中国山地と日本海にはさまれた細長い土地のことで、右に鳥取、左に島根の二県が昔っから、顔をそむけあいながらよりそっていた。

島根制圧の夜、バイクごと夜空を飛んだ小豆とスミレが、上空から見渡したあの情景……。二つの小国はなんと広々と眼下に広がり、きらめいて眩しかったか……。

「キミらが籍を置く中国地方ってぇのは、だけどさ」

つばを飛ばしてしゃべりながら、記者が地面に、枝で簡単な地図を書いてみせた。まるで昔の巻物にでも書かれていそうなおおざっぱな線だった。

「日本列島の左側に位置する、横長の土地。その真ん中に横線を引っぱったみたいに、中国山地がごぅごぅとつらなってる。上部に当たる、上を日本海、下を中国山地にしきられてる土地が、山陰。すなわち島根と鳥取だ。ちょいと前まで、島根は虚無僧乙女連、鳥取はエドワード族が治めてたが、いまじゃ両方、中坊の新興チーム、製鉄天使が制覇した」

「おぅ、そうだぜ」

　まんざらでもなさそうに小豆が答えた。

「で、その下にある……」

　記者は熱心に続けた。

「上を中国山地、下を瀬戸内海にしきられた土地が、山陽。すなわち、岡山と広島だ。キミら、ここがどれだけ都会で、どれだけ強い女たちがひしめいてるか、知ってるのかい」

「あん？」

「ふっ、そういうのをね、井の中の蛙って言うんだよ」

「胃の中？　なんだ、おめぇ、蛙、食ったのか。気持ちわりぃやつだな！」

「ちがうよ。まったく……。ともかく、岡山には五十人規模の老舗レディース〈薔薇《ばら》薔薇《ばら》子供《ベイビー》〉が幅を利かせてて、こいつらは島根の虚無僧なんかと比べ物にならない強さだ。いまの総長で確か六代目っていうから、多分、七、八年かけて人数を増やした老舗だ。そいつらが、お隣のヤー公の本場、広島を走る、色っぽいお姉ちゃん達の新興集団〈裸婦《ラブ》〉と毎夜、しのぎを削ってる。こいつらがどうして、山の向こうの鳥取と島根までこなかったかっていうと……田舎だから忘れてたってだけさ。つまり、そんだけレベルがちがうんだ」

「なめてんのか、鳥取を」

「ちがうよ。おじさんはただ事実を伝えているだけさぁ。そして、忘れちゃなんねぇのが……」

枝の先で地図の左端を指して、記者は続けた。

「中国地方の真の王者……山口だっ！」

「ほぉ」

「ここには、恐るべき大集団〈下関トレンディクラブ〉があふれかえっては暴れてる。おいおい、うちの雑誌をちゃんと読んでちょ。山口はもっとも都会で、もっとも強い。山陽の薔薇薔薇子供と裸婦も、山口にゃまだ手を出せずにいる。もっとも、二県が手を組みゃなんとか潰せネェこともないかもしれないが、隣県ってぇのはなぜだか仲が悪い。互いに潰しあってるのが現状だ」

小豆は欠伸交じりに聞きながら、タバコの先をがじがじと齧った。

「ほぉ、なるほど……」

「つまりさぁ、中国地方ってぇのは、三つの大国と、二つの小国。そうして海と山脈でできてるちっちゃなせかいなのさ」

「そうかよ。説明、あんがとな。だけどよぅ、あたしらは走るのが楽しいだけでよぅ、そんな難しいことは、じつのところ、ぜんぜんわかんねぇのさ……」

「はは、それでこそ、天使。天使に未来展望なんて似合わないわナ」

そうつぶやいていた割に、記者はそれからも鳥取に足を運んでは、熱心に製鉄天使の取材をした。ここまでの道筋をくりかえし聞いたし、これからの夢もあきらめることなく知りたがった。

「これから？　はは、だからよぅ、走るだけさぁ」

小豆はそのたび、笑い飛ばした。

後ろのスミレも笑って、夜空を見上げた。

「あ、星」

「なに？　おぉ、ほんとだ」

「きれいだねぇ」

「おぉ」

「この瞬間を覚えておこうねぇ」

「……おぉ」

小豆はポニテを夜風になびかせ、うなずいた。

夜風はなんだか寂しくて、それなのにちょっぴり甘ったるかった。


恋にはウブな製鉄天使も、一年の終わりごろには、ちょっとはマセて、オトコを知ってるおませさんが現れ始めた。

小豆もそのうちの一人になった。きっかけは、旧校舎と新校舎を結ぶ空中楼閣、二階の渡り廊下を、やってくる元エドワード族のドブスの先輩にメンチ切りながら歩いているときのことだった。

「うぉっと」

背後で低い声がした。

ふりむくと、大和タケルがいた。小豆は途端にメンチ顔をやめ、真っ赤になった。タケルはカラコロ音を立てていた下駄の、黒くてぶっとい鼻緒が切れたせいで転びかけていた。

「総番……」

「あぁん？　おっ、おぅ、おめぇか。俺の……俺の、製鉄天使」

「これ、これ、使ってください」

小豆はとっさに、ポニテに手をやり、鉄の川みたいに真っ赤なリボンをほどいた。手渡そうとして、やっぱりやめ、その場にしゃがんだ。黙ってタケルの下駄にリボンを通す。その剣のようなポニテを見下ろして、タケルがつぶやいた。

「おめぇ、俺のオンナになれよ」

「……いーよ」

「えぇっ、いいのか」

「おぉ」

小豆は顔を上げた。切れ長の瞳が純情一途に潤んだ。

「オンナに二言はないぜよ……」

「そうときまりゃ、話ははえぇ。今日からおめぇは俺のオンナだ。そして、俺はおめぇのオトコだぜよ」

「へへ。照れるね、総番」

こうして緑ヶ丘中学最強の、いや、鳥取県、いや、山陰地方で最強のアベックがとつぜん誕生した。タケルは小豆を横抱きにして渡り廊下から地上に飛び降りると、左は黒、右は赤いリボンの鼻緒の、下駄を鳴らして学食に飛びこんだ。昼休みが始まったばかりで、学食には生徒が入り乱れ、カレーライスやうどんのだし汁、味噌汁に揚げ物の匂いがたちこめていた。

二人が乱入すると、生徒達は一斉に、昼食のトレイを持ちあげてテーブルの上を空けた。

「やっべぇ。総番と赤緑豆だぜ……」

「あいつら、ついにくっついた！」

「最強だぜ。ぜってぇ逆らうなよ、殺されるからな……」

ささやきが不吉に広がる中、タケルと小豆は、互いしか見えない恋の魔法に囚われてテーブルの上で激しくモンキーダンスを踊った。タケルの下駄と、小豆の白パンプスがおおきな音を立てた。

「鉄女。おめぇと俺はこのままずっとつがいだぜ……」

「おぅ。そうともさ！」

踊る二人を、残薔薇壱輪のオトコどもは真顔で護衛し、製鉄天使のオンナどもはげらげら笑いながら祝福した。雑誌記者は二人を激写し、『血まみれ学園天国！』『ハイスクールはダンステリアじゃい！』という見出しで、二人の交際がついに始まったことを全国の不良どもに伝えた。

そうして、十四歳。製鉄天使どもの中学二年の一年間は、恋と、友情と、走るってことの楽しさに費やされた。噂を聞きつけ、攻めこんでくる他県のチームを返り討ちにし、ぱらりらぱらりらと国道４６４９号線を激走した。走ることが生きることだった。あぁ、このころは、確かに。県下の残党や生意気な先輩を倒し、放課後は高校一年生になったタケルと街でいちゃつき……そのうち中学二年が終わった。

卒業式の朝。

小豆は赤緑豆家の玄関を出た途端、飛んできた火矢に気づいて、素手で受けとめた。

つぎの瞬間、

「うわっちっ！　熱ぃ！　殺す気かっ」

「あったりめぇだ。殺す気よぉ！」

振りかえると、丙午の二年生にあっというまに壊滅させられた、緑ヶ丘中学の三年生の残党が集まっていた。手に手に、角材、竹刀、陶製の妙な壺……。家から持ちだしたらしき鉄以外の武器を持ち、まるで日本史の教科書で見た百姓一揆のような迫力でじりじりとこちらに迫ってきた。

「なるほど、校内じゃ、あたしの仲間が怖いってわけかぁ」

「……作戦よ」

「へっ。作戦が、聞いて笑わせらぁ。作戦ってぇのは攻めのための言葉なのよ。弱虫が立てる作戦のことはのぅ、計算って言うんじゃい。うちの頭脳派のスミレが、こないだ、そう言っとった。こいや、弱虫。こんどこそ壊滅させてやる」

そう啖呵を切ったとき、弟と妹が、それぞれ、登校しようと玄関に出てくる足音がした。小豆はあわてて、家から遠い方向に誘導しようと敵の真ん中に突っこんだ。こいや、と言っておいてなぜか突っこんできたため、三年生は動揺して武器を持ったまま散り散りになった。やっぱり怖いと、好き勝手な方向に逃げていき、逃げ遅れた数人が小豆に捕まり血祭りにあげられた。

学校に着くと、花火やハイウェイダンサー、製鉄天使の主要メンバーが若干の怪我をした状態で体育館裏の暗がりに屯していた。みんな三年生の中途半端なお礼参りにちょっとだけやられたのだった。スミレだけはなぜだか無傷で、

「やつら、くるかなっと思ったから、裏口から出たのよぉ」

「気づいてたなら教えろよっ」

「てへっ」

と、舌を出して笑った。

どちらにしろ三年生にはもう勝ち目はなかった。二年生はほとんど全員が丙午の生まれだったし、強くて、悲しくて、血に飢えた十四歳が集団化し、相乗効果で獣のように猛っていた。

体育館で卒業式が始まっている。暗がりでタバコくわえてた小豆達は、相談しあうでもなく無

言のうちに立ちあがり、武器をじゃらじゃら言わせ、ロングスカートを色っぽく引きずりながら歩きだした。

　体育教師達の制止を拳でぶちのめし、体育館に乱入すると、男子生徒はだらっとしたポーズで整列したまま、女子生徒だけが蜘蛛の子を散らすように逃げた。これは、オンナだけの戦い。だからオトコどももけっして手出ししなかった。小豆が血まみれで重たくなった制服を引きずり、屍《しかばね》の山をつくって雄たけびを上げた。製鉄天使は三年生の女子を全員、倒すと、小高いらりと飛び乗ると、戦闘に負けじと声を張りあげ式辞を述べていた校長を蹴り落とした。天使どもが下で受け取り、校庭に向けて蹴りだした。

　奪ったマイクで、血まみれの姿で、小豆はまるでプロレスラーみたいにマイクパフォーマンスしてみせた。

「三年の先輩達、あ、男子は聞かんでいいです。ドブスのオンナの先輩達。あんたたちは今日、あたしら二年が完全に制圧しました。悪く思わんでな。下克上ヨロシクだぜよ」

　製鉄天使と、三年の男子が、どっと笑った。

「ひゃはは。二年に負けた三年、汚点とともに卒業、ファッキン、みんなおめでとー！」

「うぉぉぉぉ」

　腹を抱えてげらげら笑う丙午達に、三年生の不良女子は唇を噛み、屈辱とともに中学を後にした。教師と父兄、つまりは大人達は何事もなかったかのように起立し、いつになく熱心に国歌を斉唱した。

　君が代は……、千代に……、八千代に……。

　血の混じった、赤い涙、涙の卒業式。すべてが終わると、小豆は仲間とともに渡り廊下に立ち、あの日……約二年前の春、入学した日に新総番、大和タケルが鎮座していた王座と同じ位置で、配下に収めた緑ヶ丘中学を見渡した。王国はなるほど広々としていた。

なんて広いんだぜよ……。

オトコの世界では、もうすぐ、つぎの総番を決めるチキンレースが今年も始まるところだった。時は流れた。

たったの二年だけれども。

小豆はいまでは全国に名を馳せる、売りだし中のオンナの不良だったし、恋も、オトコもちょっとは知っていた。ハイライトくわえてにやりと笑うと、血に飢えた危険ななにかが、死神の影みたいに横顔をすぅっと横切った。

「小豆ぃ」

「おぅ」

「そろそろ行こうぜ。走りてぇよ、こんな日はよぉ。日暮れまで待ってられっかよ」

「あたしらの力で、空から夜を、早めに降ろしちまおうぜっ」

「へへ、うまいこと言うな」

詩人みたいな台詞を言ったハイウェイダンサーの頭を、小豆が笑ってこづいた。それから、ぴゅうっと口笛を吹くと、いつものボーイみたいな真っ赤なバイクが、勝手に走ってきて渡り廊下の下をハイスピードで潜り抜けた。

「行くぜっ、野郎ども！」

「よしきた、小豆総長！」

渡り廊下からひらりと飛び降り、バイクの上に着地する。仲間もつぎつぎ下に飛び降りて、それぞれの乗り物にまたがった。

旧校舎の三階にある、二年の教室の前を通ると、まだホームルーム中だった。窓際で頬杖ついて、アンニュイな顔してスミレが座っている。エンジン音に気づくとこっちを見て、途端に目を輝かせた。鞄を胸の前で抱きしめ、窓枠によじ登ってまっすぐこっちに飛び降りてくる。

小豆のバイクが、姫を迎えるように走る。

信じてるよというように、もしくは、いつ死んじゃってもいいのというように、目をつぶって落っこってきたスミレを、小豆のバイクがしっかり受けとめた。

すちゃっ、と後ろの席に着地すると、スミレはまた笑って、

「このままどこまでも飛ばして、小豆ちゃん」

「いーのか、ホームルーム」

「いーよ、あんなもの」

それからスミレは、口癖になってるいつもの台詞をつぶやきながら、小豆の背中にもたれた。

「今日が、楽しけりゃ、明日死んだって、かまやしないの、あたし……」

ぐすっ、となぜか鼻をすするので、

「どうした、スミレ」

と、小豆は走りながらあわてた。

隊列はとうに中学の灰色の敷地を出て、国道を、夕日に向かってまっすぐに飛ばしている。ファイヤーフラワーが華やかに散り、牛糞の詩が今日も心を駆り立てる。

だけど、スミレだけがぐすぐすと泣いている。なぜだ。

「なんなんだよ。いったい、なぜ泣く。もしや、人の卒業式見て、おセンチになっちまったの

か？　かわいいなぁ、スミレは」

「ぐすっ、ぐすっ」

「ばかだな。目の上のたんこぶだったあいつらがいなくなったってだけだろ。関係ねぇよ。べつになんにもかわりゃしないさ。だって、だって……」

小豆は、スミレのおセンチがうつったのか、なぜだか急に声を詰まらせた。

「だって……あたしら、えいえんなんだ」

「飛ばしてちょうだい、小豆ちゃん」

「お、おぅ」

小豆は、わけもなくメランコリックな気分を吹き飛ばすようにエンジンを唸らせ、スピードを上げた。そうこなくっちゃというように天使どもも雄たけびを上げてついてきた。春の風が顔に吹きつけた。ノーヘルだから、顔のあちこちにちいさな虫がぶつかってきてちくちく痛かった。

関係ねぇ。小豆は飛ばした。暗い日本海に沈んでいく、真っ赤に燃える夕日に向かって。一直線に。

うぉんっとエンジンが唸り、二人のバイクが瞬間、宙を飛ぶ。

「いくぜっ、スミレ」

「んっ」

「しっかりつかまってろよ。丙午印の、いかれた、えいえんの国にいつかおまえを連れてってやるからな！」

「うんっ」

ぱらりらぱらりらと隊列がうねり、あぜ道の横から飛びだしてきたパトカーが、うぃんうぃんとサイレンを鳴らしながら追いかけてきた。「あっ、やべっ」「えいえんの国って、ブタ箱のことじゃないよね、小豆ちゃん」「ばーろー。んなわけねーだろっ、きっと、もっと素敵なトコロさぁ」「だよね。あたし、あんな汚い、むさいとこに入れられたら、きっと……すぐに、死んじゃうからさ……。だって、あたし、きれい好きなんだもん」「死ぬ、死ぬって言うなよ、百まで生きて、いっしょに走ろうぜ。なぁ、百年経ったら、またこのハイウェイで……必ず会おうぜ、スミレ」「うん、約束。どうやったって、あたし、帰ってくるよ……」

眩しい夕日を浴びて、顔中にびちびちと虫をぶつけながら、二人は甘くて淡い約束をした。4649号線は過去と未来をつなぐ時の橋のように、暴走する二人を乗っけて暗い海まで続いていた。

ある夜。

小豆にもスミレにも、大和タケルにさえもまったく関係はないが、大人も子供も、人間どもがまったく関知しないちっちゃくってちんけな闘いが、雲雨横丁の路地裏で火花を散らしていた。

暗い電柱の上に、二羽。

縦におおきく割れた、壊れたポリバケツの裏に、一匹。

薄汚れた鴉と、死にぞこないのボロ猫が、月光にうっすらと照らされながら睨みあっていた。

時折、接続の悪いネオンが、じじ、じじじ……と音を立てながら、野良猫の横顔をどぎつい赤に染めては、消えた。

一歩。

野良猫が歩を進める。

と……。

――カァァァァ！

微妙な時間差で、二羽の汚れ鴉が電柱から飛び降り、猫の目を片方ずつえぐろうとした。間一髪、彼らの襲撃を逃れた猫はもとのポリバケツの裏に駆けもどり、ぷぎゃあ、と悔しげにひと鳴きした。

途端に、どこからか、女達がそろって笑うようなさざめきが響きだした。猫はちらっと声のしたほうに目を向けた。〈武器屋　貴婦人と一角獣〉のカーテンが開いて、薄汚れたガラス越しに、陳列された大人のおもちゃ達がこっちを眺めていた。ネェ、どっちが勝つと思う、と聞きあうように、揺れたり、近づいたり、のけぞったりを互いに繰りかえしている。

高みの見物ってやつかい、ご婦人方、ええご身分やなぁ……と、あきれたのか、どうか。

猫はウィンドゥから目をそらすと、鴉どもの隙をついて飛びだし、獲物――路上に転がる食べかけの乾いたたい焼き――目指して一目散に、駆けよろうとした。

その細い顎が、見事、たい焼きを捕まえる、のか……。

と、そのつぎの瞬間、路地を曲がってきた四輪が、勢いよくたい焼きを轢き、べっちゃりと潰して通りすぎていた。ぼろおぉぉぉぉ……とエンジン音が遠ざかっていき、鴉と野良猫、二羽と一匹は虚脱したように電柱と湿った路地で、それぞれ、カァ、ぷぎゃあ、と鳴いた。

なによ、今夜はつまらないわね、と言うように、ウィンドゥの中のおもちゃ達が興味を失って動きを止めた。

暗がりでその様子を見ていた、真っ赤な車体が目印の、どうにも見覚えのあるバイクが、

――今夜は、引き分け！

と言うように、車体を揺らしてエンジンを短く吹かした。

その音を合図に、鴉と野良猫は互いに背を向け、それぞれの塒へ帰っていった。

月明かりが夜風にかすかに歪んだ。

ネオンのぎらつきも、じじ、じじじ……と音を立てて滲み続けていた。


赤緑豆小豆と大和タケルといやぁ、そのころ、鳥取中にその名を轟かす伝説のアベックとなってとにかく人目を引いていた。駅前のパチンコ屋の前を通りゃあ、店からぞろぞろ出てきた不良どもがでっけぇ声で挨拶をかまし、バイクで走りゃあ、だみ声でラブソングを歌いながら急いで道を開けた。

二人は強いだけでなく、県内一の美形カップルでもあった。鬼ゾリに短ラン、あの日以来ずっと鼻緒は黒と赤の下駄を鳴らすタケルと、ポニーテールに鉄板入りのコンバース、鉄の武器をじゃらじゃらひきずる小豆は、まさに互いのために生まれたかのごとく似合いのつがいだった。恋にはそろって不器用な二人の会話は、主に、共通の生き様――つまりは喧嘩上等についてだった。タケルは拳を唸らせて敵をどついた話をし、小豆は新しく仕入れた鉄の武器を見せびらかした。二人は同じものを見て、同じ夢を見て、飽きずに語りあった。

「裏拳で鼻骨を潰すにゃ、コツがあるんだぜよ。手首のスナップさ」

「かっこいいね、タケル。しびれるぜよ」

「おめぇの鉄球も、特注だろうが。見せてみろや」

「へへ、わかるかい。ここの鋲がよぅ、敵の皮膚に突き刺さったらなかなか抜けなくなるのよ。たちまち敵は血まみれよぅ」

「おぅ、そうかよ」

「おぅ、おぅ」

二人は拳と鉄球をつきあわせ、幸せそうににやにやと笑いあった。

それは何人たりとも入れない、小豆とタケルだけの恋の魔法の小部屋だった……。


さて、揃って中学三年生になった製鉄天使は、中国山地を越えた向こうにある、鳥取よりすこぅしだけおおきな土地、岡山の制圧に乗りだした。

まるで自然にできた万里の長城のような灰色の山脈が、二つの県を区切っていた。薄暗く湿気の籠もった日本海側は、鳥取。日のあたる太平洋及び瀬戸内海側は、岡山。

まずは、春のこと。雪解け水とともに、製鉄天使は山脈をつめたく滑り降りてきて駅前の一等地を破壊した。しゃがんで駅番していた岡山を治めるレディース薔薇薔薇子供の中坊が、あわてて原チャリ飛ばして仲間を集めた。戦闘はまたたくまに街全体に広がり、地方テレビ局のニュースはレディースの抗争と走りまわるパトカーの映像に半ば占拠された。

しかし、岡山は製鉄天使の面々にとっては都会すぎた。道路は二車線も、ときには四車線もあって広すぎだし、信号も、いきかう一般車の台数も多くて、いちいち飛びこむ特攻隊長の花火もバテるのが早かった。駅前に近づくと肥溜めもなかったし、ハイウェイダンサーは「ちぇっ。つぎからペンキを持参するでよ」と、腐った。

地の利がないせいで初戦は次第に不利になっていった。製鉄天使は都会の道路のあちこちにばらけてしまい、互いの名を呼びあいながら敵に潰されていった。薔薇薔薇子供のほうも兵士の三分の一を失い、呪いの言葉を吐いた。だが製鉄天使も満身創痍となり、ひとまず中国山地を分け入って鳥取にもどることにした。

　小豆の腹は煮えくりかえっていた。だって、岡山如きで退散していたら、広島と山口という大都会をいったいどうやって潰すのだ？　花火はバイクから炎を吐けたし、ハイウェイダンサーは仲間を鼓舞した。だけど、作戦を立てる、いわゆる参謀ってやつがいなかった。

　悩みながら山道を走っていたら、なんと道に迷った。かろうじて舗装された道路をいつのまにか離れて、夜の山脈の、あまりにも暗くて危険な獣道に突っこんでしまっていた。

「……やばくねぇ？」

と、つぶやいたのは花火だ。

炎を吐くのをやめて、バイクを停め、不安そうに辺りを見回す。

遠くで獣の鳴き声がする。熊か。鹿か。お化け狸か。それとも狢《むじな》の類か。

エンジン音がやむと、辺りは静寂に包まれた。風がびゅうっと鳴る。カサカサ……と、名前のわからない木の、やけにおおきな葉っぱがこすれて乾いた音を立てる。

「やべぇな。ここ、どこだ」

「小豆ちゃぁん、山道だよ」

　地下足袋はいた足の裏から、湿った、山の土の感触がした。踏むと、ふわっと匂いが立ちこめた。落ちた葉っぱや、枝や、獣の屍骸が、雨や雪解け水で腐って、土と混ざり続けた……。太古から続く山だけが持つ、本物の自然の匂い。赤珠村のド田舎で育った製鉄天使どもも、ここまで山奥にきたことはめったになかった。闇が重たく垂れこめて、きた方角も、進むべき道もなにも見えなかった。月さえ届かぬ太古の闇。そこは本物の山奥だったから、時というものがなかった。長い時間が蓄積し、それにからめとられて、二度と出て行けぬようにさえ思えた。

ハイウェイダンサーがひくっとしゃくりあげた。どんな残虐な戦闘にも怯えたことのない、醒めた瞳の元文学少女も、巨大な自然は怖かった。スミレも黙りこんで辺りを見回している。「朝まで、待たねぇ？」と、花火が弱音を吐いた。「日が照りゃ、道路もみつかるかもしれねぇ。暗い中で歩いたら、崖や、川があって落っこちるかもしれねぇしよ」その言葉に、一同は固唾を呑んだままうなずいた。

小豆が、

「けが人は？」

と、聞いた。

「……十五人っす」

そのけが人は、戦闘で折れた心を、夜の闇と不安によってさらに潰され、子供の世界から弾きだされていこうとしていた。一人、また一人……。製鉄天使のメンバーが減っていく。小豆はその気配を皮膚で感じて、ごくっとつばを呑んだ。

「ちょっとでも早めに、鳥取に帰らなきゃあ、だめだろ。ここはあたしに任せろ」

「いや、任せろったって、なんにも見えねぇしよ」

「あぁ、見えねぇけど……」

急に、小豆の声がなにかの暗示にかかったかのようにぶわっと滲んだ。バイクを押して歩きだす。スミレが石に蹴躓いて転びながらも後に続いた。ついで仲間達も、物の怪にとりつかれたかのように歩きだした小豆に、半信半疑ながらついていった。

（わかる。わかるぜ。でも……なぜだっ？）

見えない力に導かれて山道を力強く歩きながら、小豆は、仲間の声も聞こえずただ自問自答していた。

(いったい、なぜなんだ。山道がどこに続いてて、どこが危険な崖で、どこに安全な飲み水があるか……。すべて、手に取るように頭に浮かぶぜ。こんなところに、あたしはきたことないってのに。山奥なんて初めてなのに。なぜだっ?)

いつもは威勢のいい鉄のバイクも武器も、いまは小豆によりそうようにおとなしく、ひたすらついてきている。

風とともにかすかな獣の臭いがすると、小豆は高くて形のいい鼻をうごめかし、

「熊だっ。みんな、木に登れ!」

「えぇっ、熊? なんでわかる? それに、木に登れって簡単に言うけど、登ったことなんてねぇよ。あれッ、小豆?」

なぜか小豆は傍らの木にするするとよじ登り、太い枝に脚をからめて逆さになると、戸惑うスミレを抱きあげてひょいと枝に乗せてやった。

ついで、天使どももあわてて手近な木になんとかよじ登る。

どすーん、どすーん、と信じられないぐらい重たい足音が響き、ついで、熊らしき巨大な影が獣道を横切っていった。バイクがなぎ倒され、木々がユサユサと揺れた。

声を押し殺してそれを見送る。

「……すげぇ。小豆、いったいどうしたんだよ。どうしてそんな力があるんだ。それに、いままで黙っててよぉ」

「いや、あたしにもなにがなんだかわからない。でも……」

小豆は木から下りると、首をかしげた。大事な鉄のバイクが、怖かったぜというようによりか

かってくる。それに手をやり、また迷いもなく歩きだす。

仲間の声も聞こえず、自然と見える安全な道を力強く進んだ。

風が吹いた。

（わけがわかんねぇけど、でも……行くぜっ）

小豆は地面を蹴り、走りだした。

天使どももあわてて後を追う。

いまでは誰も古代の闇を恐れず、ただ、分け入って歩き続ける小豆の背中だけを追った。小豆は山道を走り、魔法のように安全な方向をみつけては山を下っていった。朝靄が時の止まった森を包み、始祖鳥を思わせる、名前のわからない恐竜じみたデザインの鳥が飛びすぎながらガゴォォォ……、グゴォォォォ……と、聞いたことのない鳴き声をあげた。ことのほかおおきくて、影が真っ黒に森を包んだ。朝靄が幻のように晴れていくと、ちょろちょろと岩清水が流れて、やっぱり名前のわからない、淡い紫色したはかない花がたくさん咲く盆地に出た。みんなで顔を洗い、染み着いた敵の血を流す。ここには神様がいる、とふいに小豆は思った。山にはいつだって神様がおるし、死者も静かに眠っておる。起こさぬように、静寂を邪魔せぬように、そうっと歩を進めて、朝の湿った風を顔に受けながらまた山を下った。

　山を降りて、もとの国道４６４９号線にたどり着いたときにはもう朝日が完全に昇っていた。村に着いたら、敬虔な気持ちはどっかにかき消えた。小豆達はまたぱらりらぱらりらと激走しながら村を横断し、雄たけびを上げながらドクターペッパーで打ち上げをすると、それぞれの家に帰って泥のように眠った。

　そうしてそれから、週に一度は山道を走って岡山に遠征し、すこしずつ薔薇薔薇子供のメンバーを倒していった。古代の空気に取り巻かれた道なき道を駆け、山脈の思いもかけないところから飛び降りてくる製鉄天使に、薔薇薔薇子供は次第に難儀し始めた。

夜明けの山脈から、揃いの特攻服姿の製鉄天使が、鉄の川が流れるように真っ赤に燃えて滑り降りてくる。それはまさしく悪魔の奇襲だった。その中でも小豆は、血に飢えた悪魔そのものの暴れっぷりだった。振りまわす鉄のチェーンは、凄まじい重さを保ったまま、形を自在に変えては敵を襲った。誰にも予測できないその変化に、敵までもが戦いを忘れて思わず口を開けてみとれる瞬間があった。

きっかり一年という長い時間をかけて、製鉄天使はようやく岡山を制圧した。敵のうち、引退しなかった一部のものは製鉄天使の岡山支部となってハイウェイに残った。その数、約二十。本部のほうはというと、山道で心折れたメンバーの分は減ったが、一年や二年の新参者もすこし増えて、このとき五十人を超えていた。

小豆の名は次第に、広大な中国地方全土に広がっていった。女の子だけの、かわいらしいささやき声で、ゆっくりと。暴走族雑誌も製鉄天使の岡山制圧の模様を、最初は田舎者の失敗談としてちょっぴり意地悪に、しかし次第に奇妙な熱と興奮をともなって記事にした。いまや彼女達は鳥取の無名の少女達から、裏の歴史を動かす、選ばれし凶戦士の軍団になろうとしていた。

神の残酷な指先でふいに差された、殉教者の群のように……。


そういや赤緑豆小豆には兄が一人いたが、この二人にはほとんど交流というものがなかった。兄は成績優秀で、ごくおとなしい質《たち》の好青年で、素行もまったく問題がないと思われていた。将来の赤緑豆製鉄をしょって立つ大切な跡取りであり、女だてらにヨタ者の小豆は、性質のちがいすぎる兄のことが、同じ家の中でうまく可視できないことさえあった。妹と弟を愛することは容易だった。でも兄のほうはというと、小豆から愛されることなど必要としているようには見えなかった。ヨタ者の妹からすれば、光に包まれた兄の目に自分が留まるなんて、とんと不可能な、非現実的なことと思われた。

しかしこのころ、遠征からもどって縁側で大の字になって眠る小豆に、忙しげに通りすぎる兄がつっかかって転んだことがあった。「んあ？」と目を開けた小豆は、うつ伏せに倒れたままぴくりとも動かない兄にあわてて、

「ごっ、ごめん。兄貴。だけど、あたしのことなんざ、踏んじまえばよかったのによぅ」

するると、兄はゆっくりと顔を上げた。

「いや、考え事をしていたものだから……。大丈夫かい、小豆」

「あたしゃ、角材で殴られたって痒くもねぇさ。はは」

「……そんなわけないさ。殴られたら、痛い。それが人間だ」

兄がいつになく優しげな瞳でこっちを振りかえっているので、小豆はなぜだか照れて真っ赤になった。もじもじしながら起きあがり、そのまま隣にちょこんと座って、

（今朝は、兄貴が、見えるぜよ……）

心の中だけでおどろいた。

（ま、ちょこっと、向こうの景色が、透けてるけどよぅ……）

「最近、暴れてるみたいだね。学校でも、キミの妹だろうってよく聞かれるよ。なに食ったらあんなに強くなるんだって。同じものを食べてるって答えるとびっくりされるよ。兄妹なのにね……。血のつながりって不思議だ」

「兄貴……」

小豆は、ちょっとしょげながらつぶやいた。兄妹といっても、親から同じ資質を引き継ぐわけじゃないのは、兄と、小豆と、弟妹を比べればよくわかることだった。

兄は屈託ない笑みを浮かべて、

「小豆は、どうしてあんなに走ってるのかい」

「かっ、風に……」

いつもと勝手がちがいすぎて、小豆はまたちょいと赤くなった。

「風に、なりてぇんだよ。兄貴ぃ。そんでもって、気のおけねぇ仲間とさぁ、えいえんの国に行っちまいたいんだ。……てへ、おかしなことだよなぁ。あたし、ずっと、そう言ってんだけどよ、仲間にはなんとなく通じてんだ。へへ」

「えいえんの国、かぁ」

なぜだか兄は悲しそうな顔をした。小豆の胸がずきんと痛んだ。

「みつかったよぅ。なにがぁ？　えいえんがさぁ。……ってやつか」

「兄貴？」

いったい、どうしてそんな顔をするんだぜよ……？

ふいに、兄の人生にも、妹の自分にはわからない生きにくさや、誰にも言えない苦しみが宿ってるように感じられて、小豆は胸がきゅっと苦しくなった。だけど言葉にして問うことができなかった。小豆はあんまりそういうことが得意なたちじゃなかったし、それに、なんせ相手は兄貴だ。大好きだから、ブルッちまう。

「なんだかわかる気がするな。小豆っ子が言いたいこと。ちょっとちがうかもしれないけど……

たとえばね、大事な人と……そう、恋人と一緒にいて、さ、抱きあって眠ってて幸せでたまらなくて、まぁ、もしもそれが許されない恋だとしてもね」

「許されねぇ恋？　いったいどうしてだ？」

「いや、たとえ話だよ。いろいろ、あるだろ。世の中には。それでさ、いまこのときが永遠に続けばいいのに、時間が止まってしまえばいいのにって、思う。だって明日の朝がきてしまったら、奇跡のようなこの至福は朝の光とともに消えて、時が動き始め、そうしてまたたくまに過去になっていく……」

「兄貴ぃ」

「そういうことって、誰にでもあるだろ。たとえば仲のいい友達とだべってるだけの、いつもとおんなじ時間、でもすごく楽しくって、いつになくふわふわしていて、ああこのままずっとここにいたいな、と思ったりさ。家族、でもいいよ。みんなでいつもの団欒をしてて、あぁ、幸せだな、一人も欠けてほしくない、ずっとこの人たちといたい、なにもいらないし、分にあわない贅沢もしたくないし、望みはそれだけだ、と思える瞬間……。だけども時間は容赦なく流れてくし、家族も、世の中も、一人欠け、また一人増え、自在に姿を変えているようで、そう変わらないようで、そうやって静かに続いてくんだ……」

　二人はいつの間にか、さびしくなって寄り添って、縁側で二人っきりで話していた。庭の百日紅の木が、風にかさりと揺れた。廊下の奥から母親が顔を出したが、小豆と兄の二人組を見ると、珍しいもんだがとおどろいたように瞬きし、邪魔しないようにと足音もなくまた遠ざかっていった。

「わかるぜよ、兄貴。おぉ。なぜだ。不思議なぐらいわかるぜよ」

「そう？　よかった。ぼくはね、小豆が言うえいえんの国ってのは、ぼくが感じてるそういう気持ちのことかなと思ったんだよ。その伝説の国は、きっと、どこ、じゃなくてさ、いつ、に存在するのさ。時間よ、止まれ、この人たちを愛してる、ってね」

「兄貴ぃ……」

「ふへっ。わかりあえるね、ぼくたちは」

「お、おぅ。おぅ、兄貴……」

小豆は泣き笑いみてぇな顔つきになった。つぎはいつこの愛しい兄を可視できるだろうかとせつなくなりながら、うなずく。優しく、そして弱々しく微笑んでいる兄の姿が次第に薄靄にとろけるように消えていって、やがてまた、縁側の悲しくなるようなあったかさの陽だまりに、小豆は一人で残された。

風が吹いて、百日紅の木が折れそうに強くきしんで、なびいた。


それ以降、小豆が兄の姿を見ることはしばらくなかった。

戦いの日々は続いた。血まみれの鬼神となって暴れるうちに、たちまち中学を卒業する季節がやってきた。

とはいえ小豆は、中学も高校も変わらんぜ、と高をくくっていた。どっちにしろガッコは寝にいくとこでしかなかったし、みんな同じ高校……不良の巣窟、すべてのガラスが割られ、外壁は真っ黒に塗りつぶされた、駄目高に行くのだと。

そう、みんな。

いや、いや、一人以外は……。

中学の卒業式は、オトコの世界は抗争に荒れていたが、オンナのほうは、今年は製鉄天使に牛耳られて波乱もなく終わりそうだった。お礼参りする相手もとくにいなかったが、「なんにもしねぇとがっかりされるぜよ」と言いだす仲間がいたせいで、小豆は、いちおう、暴れることにした。

鉄パイプ抱えて、いつものようにぱらりらとスミレを迎えに行く。玄関前で「スーミーレーちゃーん！」とわざとのだみ声で呼ぶと、スミレが笑いながら飛びだしてきて、後ろの席に乗っかって、ぺとっと腰に抱きついた。

「行くぜっ」

「うんっ」

そのとき、スミレの顔はいつも通りに見えたという。

４６４９号線を走って、雄たけびを上げる。えいえんの国は今日もハイウェイの向こうにあって、こうして走り続けていたらいつの日かたどり着くことができるようだった。だが、スミレは後ろで、落ち着いた声して、

「今日で最後だからネ、小豆ちゃん」

と、言った。

「えーっ？　聞こえねぇよーっ」

「今日でっ、最後よっ。サヨナラだよーっ」

小豆はびっくりしてバイクを停めた。いや、バイクのほうがおどろいて勝手に停まったのかもしれない。

真っ赤なバイクを、後からきたほかの天使どもの乗り物がつぎつぎ、爆音響かせ追い越していった。

えいえんの国の、幻の入口が、エンジン音とともにぎゅんっと遠ざかっていく……。

「……どういう、ことだよ？」

「なによ、へんな顔しちゃって。最初っからの約束だもんネ。二年半だけいっしょに青春しよ、ってさ。あたし、小豆ちゃんとちがって頭脳派だもん。中学だって、体育以外はぜんぶオール5。内申書だって、族なのになぜかバッチリ。だってセンセをうまくたらしこんでたんだもんね。褒めてちょー」

「スミレが、すげぇオンナノコなのは、そりゃ、知ってるよ。高校だって頭脳高行くんだろ。県内一の進学校だし、さ。ところがあたしのほうは、そりゃあさ……」

小豆の声がちいさくなっていった。

頭脳高は都会の最高学府への進学が毎年二十人を超えるという、文武両道の名門だった。一方、小豆が通う駄目高はといやぁ、どんなベビーブームの年も定員割れする、駄目と最悪の吹き溜まり。よっしゃ、高校だって気合入れて通うぜと、小豆はいまこのときまで先輩をのすことしか考えていなかった。

ふりかえって、スミレとみつめあう。

出会ったとき……、約三年前の春、入学式で震える小豆の肩を叩き、リボンを自分の頭に結んでウインクしてくれたときと寸分かわらぬ、かわゆくて、わりぃオンナの、つめてぇ笑顔だった。

「スミレ……」

小豆は震え声でささやいた。

「そんなこと、言うなよぉ……」

「てへっ」

　スミレはますます微笑んだ。冷徹な、大人の男みたいな表情がまた浮かんだ。

「あたし、不良は中学までって決めてたんだ。楽しかったヨ、なかなかね。高校ではマジメちゃんに変身してさぁ、猛勉強しちゃって、最高学府行って、そんでもって外交官になっちゃうんだぁ。大人になったら、不良は夜だけにする。あたし、これからだって上手に生きてくんだ。だって、頭脳派なんだもん」

「でも、それじゃあ……もう、あたしのバイクには乗ってくれねぇっていうのかよ……」

「うんっ」

　スミレはこともなくうなずいた。

「乗らないよ。もう二度と乗らないよ。道で会ったって、声、かけないかも。だって退学になっちゃうもん。頭脳高って素行も厳しいんだから」

「スミレ。スミレ」

「サヨナラ、小豆ちゃん。あたしの鬼神。あのとき助けてくれて、あんがとね」

「……」

　小豆は絶句した。

　それから、

「うぉぉぉぉぉぉ」

と叫びながらバイクを発進させた。

　スミレは後ろで、小豆の背中にくっついていつものようにきゃらきゃら笑っていたが、今朝だけは、いつもの台詞……（今日が、楽しかったら、明日、死んだって……）を口にしなかった。スミレの心はもう、薔薇色の明日にあった。

　小豆の怒号は、4649号線の古いアスファルトをビリビリと皹割らせた。

　そのままあほんだら坂道を駆けあがり、緑ヶ丘中学の敷地に乗り入れた。バイクから飛び降りて、「うぉぉぉぉぉ」と叫ぶと、二宮金次郎像を引っこ抜いて振りまわした。「おぅ、どうした赤緑豆。あっ、よせ。その勢いでこっちにくるな！」のんきに出てきたセンコーが、あわてて避ける。銅像でガラスをつぎつぎ叩き割ると、体育館に向かって投げて壁に大穴を開けた。予定していたお礼参りではなく、たんなる大暴れだったが、製鉄天使どもはなんだかわからないながらも総長の興奮が伝染して、いっしょに「うぉぉぉぉ」と、暴れた。オトコどもも、抗争の手を止めて「どげした？」「赤緑豆が泣いとる!?」「おぉ、鬼神の目にも涙」「あれって、タケル先輩にとうとうフラれたんじゃね？　うるせぇから」と噂しあった。

　在校生達は怖がって教室から一歩も出てこず、体育館の周りには、暴れる天使どもと、最後の日まで相変わらずきゃらきゃら笑ってるかわゆいスミレと、抗争中のオトコの不良の姿だけがところ狭しとひろがっていた。体育館の中では、教師と父兄が起立し、今年も国歌斉唱が始まった。びゅうっ、と風が吹いて、気の早い桜の花びらが、揺れた。桃色をした涙みたいにかろやかに。

　暴れるだけ暴れて真っ白に燃え尽きた小豆を囲んで、製鉄天使が集合した。小豆はボロボロになった二宮金次郎像にもたれてじっとしていた。目を閉じて、鉄パイプを抱きしめ子供みたいに泣きじゃくっている。

　スミレが前に進みでて、おどけて、

「みんな、そーゆーわけで、本日を持って、サヨーナラでぇす。あたしぃ、東大行って外交官になって、そんでもって、大人になったら、夜だけワルの女豹になりまっすぅ！」

片手をきゅっと丸めて、がおーっ、とふざけて鳴いてみせた。

天使どもは腹を抱えてげらげら笑い、かわゆいマスコット、二年半にわたってチームを盛りあげてくれた自慢のシャン、みんなの姫たる穂高菫の卒業を認めた。

「めひょーじゃなくて、女狸だろ、おめーなら、えぇっ。垂れ目ちゃんよぉ」

「えーっ、ひどーい」

「がんばれよ、スミレっ子。幸せんなれよ。そんで、遠い外国のお空の下でサ、たまにはあたしらのことも思いだしてくれよな」

「うん……。アリガト、みんな……。ほんとに、アリガトね」

あくまでもマスコットのスミレは、不良というより妹分のような存在だったし、マスコットとしていてくれたことでチームのハクがついてありがたかった。みんなで明るくスミレを送りだす中、小豆だけがしくしく泣いて、スミレの顔をまともに見れやしなかった。

バイクのエンジンが唸る。

みんなして自慢の乗り物にまたがり、気炎をあげる。

この日、スミレただ一人だけが、バイクでやってきて、歩いて帰った。胸を張って。見送る製鉄天使のほうをただの一度も振りかえることなく。おめぇは走ってるのかよと思うほど、やけに足早に。

小豆はぽかーんとしたまま、かわゆいスミレの後ろ姿が、校門を出て、坂道を下り、文房具屋〈紙ヒコーキ〉の角を曲がってほんとうに消えてしまうのを見送った。

「スミレ。スミレ。スミレよぅ」

子犬模様の財布を取りだして、三分間のスピード写真をみつめる。

二年とちょっと前。二人で時を切り取った、あの瞬間。

小豆は急に「くそぉ！」と叫ぶと、花火達が止めるまもなく、写真を粉々に破って空にほうった。

過去の風が吹いたように、桜の花びらと一緒に写真の紙くずはどこかに流れて消えていった。

（言ったじゃねぇかよ。スミレよぅ……）

涙も風に飛ばされ、どっかに流れていった。

（友情は、えいえんなんだぜ、って……）

笑顔で送りだしたはずの面々も、総長につられてメランコリィの虜になって、つぎつぎわけもなくオイオイと泣きだした。「おい、こんどはみんなで泣いてるぜ……」「なんなんだよぉ」とオトコの不良どもが固唾を呑んで見守る中、製鉄天使は涙と鼻水をたらしながら、ぱらりらぱらりらとあほんだら坂道を降り、いつものように国道を走りだした。

「スミレっ、偉い人になれよっ」

「偉い人って、よくわかんねぇけど、まぁがんばれやっ」

「外交官のことじゃろ。なんか、かっちょえーやんけ！」

「応援するぜヨ！」

「ぱらりらぱらりら」

丙午達が泣きながら国道を走ると、苦い涙が落ちたところだけ、まるで硫酸でもかかったかのようにアスファルトがじゅわりと溶けて、汚れた。あちこちから焦げ臭い煙が上がる。

涙の跡が残り、それを見て、百年後に会うときもきっとここにこの跡は残っているんだでと小豆は思った。

真っ赤なバイクに一人でまたがり、ハンドルをぎゅっと握った。するとハンドルのほうも小豆の手を黙って握りかえしてきたような不思議な感覚をおぼえた。ぽろっ……と小豆の目から涙がまた一粒、流れた。

そのまま、泣きながら国道を夜まで激走し、物の怪にとりつかれたような雄たけびを上げる。

「高校行ってもぉ、族一筋ぃ！」

「おぉ！」

「中国地方統一ぅ！　やるっきゃないぜ！」

「おぉ！」

「製鉄天使！　製鉄天使！」

「うぉぉぉぉ！」

夜が燃え、屍のようだった小豆もしだいに生気を取りもどした。

失ったものを振りかえっている時間は、もう、あまりなかった。小豆は十五歳。子供だけのフィクションの世界での、寿命は十九で、つまりは……あと四年しかなかった。

もう、十五。

小豆は胸の中で繰りかえした。

あたしら、もう、十五。

時間がねぇ。

だから、走るしか、ねぇ。

親友を失っても。ため息も凍るほど寂しくっても。

小豆はいまや一人の血に飢えた不良少女であるだけでなく、中国地方統一というみんなの夢を背負った、責任ある総長だった。製鉄天使はこの時点で七十人を超える大所帯となっていた。だから、天使は走るしかねぇのだった。

そうして目の前には、真っ黒に塗られた恐るべき高校、駄目高の入学式というミッションが控えていた……。

「へぇ……」

暗い空間。

夜も更け、そこは重たすぎる闇に覆い尽くされていた。

ちいさく相槌をうった男が、ため息のように、

「天使は走るしかねぇ、か」

「おぅ」

「ま、男も一緒だけどなぁ。走る以外になんにもできねぇ、チンケな野郎もいるさ」

「なんだよ。ちゃんと、話、聞いてたのか」

「……言ったろ。ほかになんにもすることねぇんだ。こぉんなところに閉じこめられてよぉ。あーあ、なんてこった。おい、やることもねぇし、せいぜい続きを話してくれよ。そいつら、それからいったいどうなったんだ」

「あぁ」

「早く話せよ」

「そうさな、わかったよ。……しかし、さてどこまで話したんだっけな」

「おいおい、しっかりしろよ。ほら、ようやく中学を卒業してよ。島根と岡山をのして、後は……どこだっけな。あっちのほうの地理には詳しくないんで。それと、製鉄天使の総長のオンナが、なぜだか山道に強いってぇ話がやけに長かったな。そう関係ねぇだろうにと思ったよ」

「悪かったな」

闇の奥で、膝を抱えたほかの人影が一斉に、声もなく笑ったような気配がした。男は、なぜ笑う、と不思議がるように辺りをそっと見回した。

重たい闇はますます強まり、もはや煙のようにもくもくと充満していた……。

四章　灼熱のリボン野郎

「助けてーっ」

絹を裂くような少年の悲鳴が聞こえた。

小豆は人殺しそのものの目つきで振りかえり、「あぁん?」と面倒くさそうに返事をした。

今日は、時を刻む時計がくるくると回って、一九八二年の四月の頭。

駄目高の入学式という、暗黒のセレモニー当日だ。

緑ヶ丘中学の涙、涙の卒業式から約二週間。小豆は迷惑がる弟の部屋にこもってスミレ、スミレやいと泣き暮らし、ついでに、弟からノストラダムスの大予言やら、ヒマラヤの雪男、ネッシーに、アリゾナ州で目撃された未確認飛行物体、口裂け女など、さまざまな都市伝説について聞かされて無駄に詳しくなっていた。さらに、アイドル志願の妹からは最近流行りのアイドル達の四方山話を聞かされ、それもまた耳を右から左に流れていった。

「だからさ、一九九九年七の月に、地球に隕石が落ちてくるんだよ」

「こねぇだろ。隕石なんて都市伝説だろ、だって」

「お姉ちゃんはばかだね……。とにかく、地球は滅亡するから、がんばって生きたって意味はないんだよ……」

「なに言ってんだ。そんなことより、キャッチボールしようぜ」

「ねぇ、ねぇ、お姉ちゃん。この振り付け知ってるカナ？　わたしは～、ゴージャス～、あなたに～、あいたいの～」

「なんだよ、くねくねしやがって」

弟も妹も、話が合わない割にはこの乱暴ものの姉になついて、春休み、夕刻になると庭先や縁側でよく話しかけた。

このころの子供は、不良は不良の抗争というフィクションを、それ以外の子供もアイドルやら都市伝説やらといったドラマを消費して過ごしていた。小豆も、弟妹も、フィクションの世界に夢中という意味では、まさにこのころの子供の一人だったのだ。

そうして二週間後、ロンタイひきずり、ずるずると長くなった髪は相変わらずポニテでキメて、真っ赤なリボンを垂らして初登校の日を迎えた。家を出て、バイクにのっそりと乗り、後ろにもう誰も乗せずにぱらりらと坂を降りたとき、少年の悲鳴に気づいて振りかえったのだ。

「助けてっ、ズボンを脱がされるっ」

「おぉ、ズボンを」

小豆は生返事した。

角を曲がって、ちょっと小太りの真面目そうな美少年が現れた。桃のほっぺに、おおきな黒縁メガネ。校則上等な真面目一方の制服姿で、肉付きのいい足を綾取りの糸みたいにもつれさせながら走ってくる。

「ひゃははは、待ってよメガネ君！」

ついで走ってきたのは、ロンタイ引きずる、駄目高の制服姿の不良少女どもだった。にたにたしながらメガネ君の腕を引っぱったが、その向こうに、真っ赤なバイクを停めて怪訝な顔で様子をうかがっている赤緑豆小豆の姿を認めるとあわてて急停止し、回れ右して逃げようとした。

「おぅ、メガネ。どうしたい？」

「助けてっ、助けてっ」

「おめぇはそれしか言えねぇのか、おい。男だろ」

「ズボンを脱がされるよっ。あの子達、ボンタン狩りの常習犯なんだ。だけど、ボク、ボンタンなんて穿いてないのにぃ！」

言われて小豆は、少年をじとっと見下ろした。

もじもじしながら上目遣いで小豆をみつめるメガネ君は、確かに、校則そのまんまのまっすぐなズボンと詰襟。鞄も真面目一方で、どこにも崩したところはない。ちょっと内股歩きで、両手を胸の前でやたらともじもじさせながら乙女の如く助けを求めている。

「今日が入学式なのにぃ……」

「なんだ。同い年か。中坊かと思ったぜ。ガキくせぇから」

小豆は、自分も先月までは中坊だったくせに粋がった。それから欠伸交じりに「弱いものいじめはいかんぜよ……」とつぶやくと、また人殺しの目をして不良の先輩達をみつめた。

「ちっ。赤緑豆か」

「新学期早々、めんどうくせぇのにぶつかったぜ……」

「なぁ、おねーさん達。このどーでもいいオスガキのボンタンを狩るんならさ、いっそあたしとタイマンはらねぇか。朝っぱらからむしゃくしゃしてんだ。二、三発、殴らせてちょ」

「じょ、冗談じゃねぇ」

「冗談じゃすまねぇのは、こっちのほうだぜ。おねーさん達。笑いながら弱いものいじめするんならさぁ、いっそ泣きながら強いもの潰しするほうが、オンナっぷりも上がるぜよ」

「……そのオスガキは、あんたに譲るよ。ボンタン狩るなり、パンツ焼くなり好きにしろ。あたしらは、その、こっちに、用があるから……」

不良達は、こっちとつぶやいて、あいまいに山のほうを指差しながらそそくさと歩いていった。後に残されたメガネ君が、ほっぺを赤くしてたのもしそうに小豆をみつめる。

小豆のほうもまんざらでもなく、

「おめぇ、一年か。あたしもだヨ」

「知ってるよぅ。キミ、とってもユーメージンだもの。ボク、ボク、ずっと憧れてたんだ、赤緑豆さんっ」

「うれしいね。キミ、高校はどこ？　あたしはもちろん、駄、目、高……」

「頭脳高だよっ」

「なにぃ、頭脳高！　敵か！」

「えっ、敵？　どして？　どして？」

「うるせえっ、死んじまえっ」

小豆は桃色ほっぺのメガネ君にとつぜん八つ当たりすると、バイクを発進させた。

後ろから少年のか細い声が、

「いまのは聞き間違いだよねっ。ねぇ、ありがとねっ」

と、追いかけてきた。

小豆はむしゃくしゃして、エンジンをさらにうならせた。うぉんっ、うぉんうぉんっ。

「ボク、頭脳高一年のトォボってんだ。幼稚園のときからの渾名だよっ。村立図書館か、商工会議所か、村役場裏の囲碁倶楽部で、トォボ君って言ってくれりゃわかるからっ。ねぇ、今度、今度さぁ……」

声は、か細い割にはいつまでもしっかりと追いかけてくる。

「今度、デートしようねっ」

うぉんっ？

エンジン音が疑問形になった。

朝靄の中、国道４６４９号線を風になって走り抜けながら、小豆と、ボーイの魂を持つ真っ赤な愛車が、同時にずるっと右にずっこけた。

「……デートぉぉ？」

田圃の茶色い土が春の風に土埃を舞わせている。

小豆は片頬でにやっと笑い、低い声で愛車に話しかけた。

「とんだボーイの出現だな、おい。桃色ほっぺの、おかしなメガネ野郎だぜよ……」

うぉん……。

鉄のボーイは真っ赤な車体をきらめかせて、俺だってびっくりしたぜと、軽く笑ってみせた。


ぱらりらぱらりらと走るバイクは、国道をまっすぐに、海辺にある新しいフィクションの舞台……駄目高に向かって駆けた。あちこちのあぜ道や、路地や、ボロいビルの屋上から、バイクや原付が飛び降りてきては人数を増やした。泣く子も黙る製鉄天使のお出ましだった。

小豆が、丸めて肩にのっけていた旗をばっと音を立てて広げた。

製鉄天使！

真っ白な旗に赤く書かれた四文字が、朝日に照らされて不吉に舞った。

次第に増える人数に、清く正しい自転車通学の中高生達がビビッてつぎつぎ道を開けた。蛇行運転に、前輪浮かして花火を散らす曲芸乗りに、肥溜めインクでアスファルトを染める即興詩。いつもの爆走も、朝靄の中だとなんだか夢の中の出来事みたいに淡かった。

「高校行っても、族一筋！」

「やるっきゃないぜ」

「走るだけじゃい、この命」

「爆走女愚連隊、製鉄天使、ヨロシク参上じゃいっ！」

見ているうちに感化されたのか、清く正しい自転車通学の少女が数人、おさげ髪をほどいて、口の中でちいさく「ぱら、りら……り……」とつぶやきながら後を追い始めた。おぉ。走りたいやつはみんな仲間だった。春からまたもや人数を増やし、国道いっぱいに広がって不良少女どもはどこまでも爆走した。

どこにあるのか、いつたどり着くのか、いまだに皆目わからない、えいえんの国にむかって。

そうして、流れる鉄の川のように真っ赤に燃えて、大音響とともに乱入した駄目高の校舎は、海沿いにあり、日本海からの潮風に吹かれて弱ったボロボロの建物だった。ガラスはすべて割られて、冬でも教室はふきっさらし。雨も、雪も、海からの風も、中国大陸から届く黄砂さえも、教室に流れてきては生徒のからだを叩き続けた。

外から見ると、校舎はどうやってかペンキで真っ黒に染められており、呪われた廃墟のような有様だった。トイレのドアはリンチを避けるために大人の手ですべて外されていた。女子トイレだけは、生徒が持ちこんだ段ボールでかろうじて個室を確保できてはいたが……。教室の壁はすべて落書きで潰され、折れた竹刀が窓から降ってくるため、校舎の外では、窓の下を歩かないよう気をつけねばならなかった。

ここは歴代の先輩達が時間をかけてつくりあげた、素晴らしくも空虚なフィクションの舞台だった。

ボンタン、長ランでそりこみいれたいかした硬派が、どれが誰やらわからないほどの大人数、校舎を闊歩していた。短ラン、茶髪の軟派タイプはすべて街中の私立に逃げたために、ここには気合の入った硬派の不良しかいなかった。女もまた、ぞろりとロンタイ引きずり、紫が基調の鬼メイク、制服の前ははだけて、オンナは色気ヨと朝っぱらからムンムンしていた。

さて、入学式。

男の世界では、中学で名を馳せた不良の一年を、二年と三年が迎え撃っていた。ここでも番を張る、小豆のオトコ、大和タケルの指示一発で、ユーメージンの一年生がつぎつぎと血祭りに上げられた。

女のほうは、ほんの数人規模にまで減ったエドワード族の残党や、個別に悪を張る先輩が小豆を狙っていた。小豆は仲間にやらせることなく、自分の手でそいつらを潰していった。

……あ。

入学式といやぁ、懐かしい、あれをいっちょうやったるか。

〈武器屋　貴婦人と一角獣〉のにーさん、大和イチに特注した鋼鉄のノミを片手に、小豆は体育館を走りまわり、エドワードの残党をみつけては、顔や背中に、赤ら顔には、

〝林檎〟

と、色黒には、

〝牛蒡《ごぼう》〟と、首のやけに長いのには、〝麒麟《きりん》〟と、ノミで柔肌削っては彫りこんだ。あちこちから野太い悲鳴が上がり、同時に一年のほうからは、

「久々、見たでぇ。小豆総長の、あれ」

「うめぇもんだなぁ」

と、感嘆の声が上がった。

県内にはもうほんとうに、敵らしい敵はいないようだった。エドワード族も、わずかな残党のほかはほとんど姿を見せることなく、立体駐車場もいつもしんと静まりかえっていた。隣の島根と、山の向こうの岡山も傘下におさめ、負け戦の後、生き残った不良少女たちは製鉄天使の支部として細々と隊列組んで走っていた。

その代わり、広島と山口という大都会が、けっして手の届かない巨大な星のように、二つ、県境のむこうに広がり続けていた。製鉄天使の面々はじつのところそのことを気にしていた。そろそろ遠征に出なければいけなかったし、最近では〈貴婦人と一角獣〉に行くたび、イチにも念を押されては、小豆は黙ってうなずいていた。

「おぅ、誰かよぅ、パン買ってこいよ」

新しい教室で。

落書きだらけの壁に、ペンキで塗られたどろどろの机。椅子の上であぐらかいて小豆がつぶや

くと、花火が欠伸交じりに、

「おぅ。パンなら、誰かに……」

「パン？　はい、これあげます」

「えっ」

小豆はだるそうに目を開けた。

通路をのっそり歩いてきた大柄な女が、足を止めて、屈託なく話しかけてきていた。駄目高には珍しく、ロンタイでもなく、化粧っけもない。細い目を妙に計算高そうに細めて小豆をみつめていた。

「なんだぁ？」

「はい、これ」

言われて小豆は、オンナの手を見た。

オンナはなぜか右手に四角いシベリアケーキ、左手に丸いメロンパンを持っていた。やけにむっつりした言い方で、

「どっち？」

「……両方」

「いーよ」

「えーっ、いーのかよ」

「ん。だってうち、パン屋ですから」

「……へぇ、パン屋。いいなぁ！」

小豆は腹が減っていたので、半ば本気でいいなぁ、と言った。シベリアケーキにかぶりつきな

がら、オンナに名前を聞く。オンナは肩をすくめて、名乗った。どうやら緑ヶ丘中学の前にある、製紙工場〈青色ノ涙〉直営文房具屋〈紙ヒコーキ〉の、隣にそういえばあった気がする崩れかけたパン屋〈ムッターケルン〉の子らしかった。

「だけど、おめぇよぅ。この高校にくるにしちゃ、ちょっとばかし浮いてんな」

花火が人懐っこく声をかけると、オンナは鞄から魔法のようにつぎつぎ、アンパンにジャムパン、巨大な食パン一斤分とピーナツバターなどを出しながら、

「中学までは広島にいましたから」

「なに、広島」

ハイウェイダンサーが身を乗りだした。

「悪かったのかい」

「えっ、悪かったのかって、成績?」

「ちげぇよ、番、張ってたのかって話」

「なんですか、それ。番って?」

小豆達は顔を見合わせた。

どうやらこのパン屋の娘は、広島からの転校生で、まちがって不良の巣窟、駄目高に入ってしまった変り種のようだった。両親の離婚で、この春から、母の実家である〈ムッターケルン〉に引き取られたらしい。

こいつんちも、いろいろと事情ありのロンリー・ピンク・ハート野郎だなと、花火とハイウェイダンサーが黙って顔を見合わせた。

オンナは、ぞろっと長い髪を青いゴムでしばっていた。

自分もむしゃむしゃとパンを食べながら、

「友達、できるかなって不安だったんです。そしたらどこからかパンって声が聞こえてきて。これあげたら仲良くしてくれるかなって。よろしく、赤緑豆さん」

手を出されて、一瞬、小豆は身構えたが、それはパンチやら平手やら飛び道具ではなく、握手を求めているらしかった。おかしな野郎だぜ、と思いながらも、小豆は仕方なく握手に応じた。どっちの手からも甘ったるいパンの匂いがした。その瞬間、オンナは細い目をさらに細めて、にやっとした。小豆は笑いかえすでもなく目をそらした。

窓の外ではオトコどもの抗争が続いていた。

ひゅうっ、と、汚れたカモメが飛びすぎた。

甲高い鳴き声。

遠くから寄せては返す、海の音。

小豆はどろどろの机に突っ伏し、そっと目を閉じた。瞼の裏に、きゃらきゃら笑うスミレの笑顔が浮かんだけど、気合一発、フンッと鼻息で吹き飛ばした。

とはいえ、やっぱり、うじうじしてしまうんだぜぃ……。

オンナって、なかなか未練がましい生きモンだなぁ……。

小豆はため息とともに、波のように寄せて返しながら遠ざかっていく過去を感じていた。


同じころ。

小豆のオトコ、大和タケルは……。

体育館裏で血まみれの抗争に身を置きながら、さめた瞳で、

（そろそろ潮時なんだぜヨ……）

仲間に内緒でうそぶいていた。

こんなこといつまでも続けてらんねぇ、と心の奥底でなにかがささやいてくるのだった。それは、今年で十八歳、そろそろほんとうに大人になりつつあるタケルにとっては、自然な変化というものだった。

地面に転がる浅田飴の空缶に、ピースの吸殻を乱暴に押しこみながら、鉄が冷えてかたまるように、容赦なくさめていく心の変化をみつめていた。

（俺も、もう、三年だ……）

タケルの血に飢えた魂はもちろん死んではいなかったが、その対象を変えつつあった。少し前からボクシングの魅力に気づき、雲雨横丁の崩れかけたジムに通っては、サンドバッグを命の限り叩き続けていた。

プロテスト受けるか、それとも地元で就職するか。

どちらにしろ、タケルの卒業の時は近づいていた。いつまでも夢見る不良じゃいられない。

子供達はそうやって、毎年、毎年、櫛《くし》の歯が抜けるように魂が死んで、つまりは大人の世界に巣立っていった。子供のフィクションの世界での冒険譚は、飲み屋のカウンターや、寝物語にオンナに語ってみせる、ただの威勢のいい昔話になっては完結していった。

体育館裏で、さめた目をして地面をみつめる、タケル。もうすぐ十八歳。

教室の窓際に突っ伏し、メロンパン片手に、仲間と夢を語る、眩しくもガキそのものの、小豆。いま十五歳。

二人の道はいつのまにかゆっくりと離れ始めていた。赤珠村最強アベックのローマンスは、幼いオンナがうかうか気づかぬうちに、大人になったオトコのほうから終わりかけていたのだ。さよなら、メスガキ。

四月。

新しい季節は、春の風とともに容赦のない変化の数々をつれてきた……。


春の夜風が気持ちのいい、ネオンきらめく雲雨横丁。

人工的などぎつい光と、あまりにも柔らかな月明かりが同時に路地裏を照らしている。

ふわり、と、電柱から落ちたちいさなチラシが、汚れた水溜りに吸いこまれて、滲んだ。

今夜も二羽と一匹が徒《いたずら》に睨みあい、それを、〈武器屋　貴婦人と一角獣〉のウィンドゥ越しに大人のおもちゃ達が高みの見物していた。

――ぷぎゃあ！

――カァァ！

獣の言葉でけなしあってるのか、どーか。誰にもわからないが、真っ黒な鴉と汚れた野良猫が今夜も電柱の上とポリバケツの陰から、ここで会ったが百年目と言いたげに、濁った六個の瞳でメンチを切りあっていた。

今夜の獲物は、道路の真ん中に落ちている、あれ。

誰かが食べかけのまま放ったまんまるの大判焼だ。

鴉が電柱から、飛んだ！

首をすくめて、猫がかまえる。

だが鴉は月まで届けというように夜空高くに舞いあがり、地上から遠ざかるばかりだった。それは単なる目眩ましで、もう一羽のほうの鴉が音もなく地上に降りてきて大判焼をかっさらった。

ウィンドゥの中で、大人のおもちゃが一斉に猫を嘲笑う。

と、猫は後ろ足で地面を蹴り、泥にまみれて固まった腹の毛をごわごわとなびかせながら跳躍した。飛び去ろうとする鴉に追いすがり、尾の羽根を数本、引きちぎってから地面に落下してきた。

たまらず鴉が、カァァ、と鳴く。

その嘴《くちばし》から大判焼が落っこちて……猫の目前でバウンドする……直前に、最初の鴉が夜空から舞い降りてきて、あやういところで拾ってまた空に逃げた。

猫が悔しそうに、ぷぎゃあ、と鳴く。

鴉は二羽とも、いまにも月と重なるように陽気に飛びながら、勝利の舞を続けている。

その様子を、路肩に停まった見覚えのある真っ赤なバイク……の上にちいさな尻を乗っけて見ていた、ポニーテールに真っ赤なリボンが目印の、危険な目つきをしたメスガキ、赤緑豆小豆が、だるくてたまらんというようにのっそりと右手を上げた。

——鴉の勝ちだろが！

と、判定を下すようにうなずくと、猫はぷぎゃっと短いため息をついて、その場でうなだれた。

それから何事もなかったようにポリバケツの裏にもぐりこみ、ふて寝し始めた。

夜空では月明かりを浴びすぎて狂っちまったぜというよーに、二羽の鴉が、勝利の舞を続けている。

それを見上げて、小豆はまただるそうに、

「大判焼かよ。うまそーだな」

うぉ、ん……とバイクが、負けずにけだるく返事をした。

「しっかし、ほんとの、金色の大判小判ならいいのになぁ。中身が甘い小豆の、大判焼一個で、たいした騒ぎだぜ。雲雨横丁っておかしなとこだよなっ」

うぉ、ん……。

バイクも、まったくだぜ、俺はもう飽きたぜ、こいつらのいつものバトルによ、同意するようにエンジンを吹かした。

夜風は、春だってのに、まだちょいとつめたい。

ネオンの瞬きは弱々しくって、いまにも接続が途切れて消えちまいそうに揺らめいていた。


さて、このころ。

駄目高の裏にある崩れかけた喫茶店〈宇宙人来襲屋台〉が、高校生になった製鉄天使のたまり場だった。授業中だろうとなんだろうと、ここにたまってインベーダーゲームに興じるのが日課だった。

シンナーで歯が溶けかけたマスターに、

「わたしナポリタン。サラダはいらね」

「チョコサンデー大盛りね」

「マスター、勝てねぇよこのインベーダーゲーム。壊れてんじゃね？」

などとわぁわぁ話しかけ、マスターのほうも、サル山の世話をするだるそうな飼育係のおっさんのように「おぅ」「おぅよ……」と返事をした。

このころから、広島からこっそり様子を見にきた都会の不良どもが、製鉄天使のメンバーに奇

襲を仕掛けてくるようになった。暴走族雑誌が、抗争の少ない時期にネタに困ると小豆達をとりあげ、

『中国地方、合戦前夜!? 統一するのはどのメスだ!』

『下関トレンディクラブ総長、語る――〝動かざること、山の如しだぜぃ〟』

『本命は山口、対抗馬は広島。そして……大穴は、我らが製鉄天使? まっさか～』

などとあおるせいだった。

しかし、奇襲攻撃を受けるたびに小豆達は、

「インベーダーのほうが強いわい。ぎゃはは」

と嘯き、鉄の武器を振りまわしては適当にのした。

小豆はこのころから、ときどき不機嫌の虫にとりつかれるようになった。中学のときはいっつもご機嫌で、暴れて笑うだけの単細胞だったが、いつのころからか、真っ赤な鉄のハートに甘いメランコリックが棲み着いた。

入学して二ヶ月ほど経ったこの日も、昔はワルだったという評判のマスターに向かって、けだるく、

「ねー、新しいゲーム入れてちょー。うちの弟さぁ、ゲームウォッチ持ってるよ」

「って、それって腕時計じゃないのヨ。どこにおくのヨ」

「ちぇっ。じゃ、パチンコでいーよ、パチンコ」

「こらこら。パチンコ屋さん行きなさいヨ、ま、補導されっけどね」

「ビリヤードはぁ?」

「こんな狭い店の、どこにおくのさ」

「てへ……」

　ぺろりと舌を出して、また、毎日つまんねーというように、脂っこくてぺたぺたするテーブルに突っ伏した。

　最近、とみに元気のない総長の姿に、天使どももテーブルやゲーム台から顔を上げ、若干だが心配そうに様子を窺った。

「……あたし、先、帰るワ。ほんじゃまた明日ー」

「小豆さん、ちーす」

「ちーす」

　頭を下げられ、うむとうなずいて喫茶店を出る。小豆の髪は腰まで伸びて、赤いリボンが生あったかい風にたなびいていた。

　自慢のボーイを乗りまわす気にもなれず、海沿いの道をちんたらちんたら歩きだしたとき、向こうから、笑いさざめきながらやってくるオンナノコの集団がいた。鈴の鳴るような、かわゆい声。聞き覚えがあるよーな、ないよーな。人差し指で二の腕をつっつきあい、やぁだぁ、とお砂糖みたいに甘く微笑みあう。黒髪は清潔そのもので、スカート丈もちょうど膝の辺り。見ただけで、夜の世界のきらめきを知らねぇ、眩しい朝の光の中でのみ生きる真面目ちゃん軍団と知れた。

　小豆は、関係ねぇさと目をそらし、足早になった。

　と、向こうもこっちの姿に気づき、こそこそと、

「やだ、不良ダヨ」

「こわーい」

　とささやきあった。

ふんっ、と鼻で笑いながら、すれちがう。

なにかを感じて顔を上げると、なんと、真面目ちゃん軍団の右から二番目、いちばんお堅い、ぱっつん前髪のおかっぱ頭は、垂れ目がちのおおきな瞳に、かわゆい唇。小首かしげてころころ笑う……誰あろう穂高菫その人だった。

途端に、小豆の瞼に過去のきらめく夜の光がよみがえった。

耳に、まるで刃物のように突き刺さった、あの甘いささやきも。

(小豆ちゃん、飛ばして……。もっと、もっと、もっとよぅ……)

テールランプが赤く揺れてた。

夜毎。

えいえんの国への、淡い標識のように。

少女達を誘った。

(今日が、楽しかったら、明日、死んだって、かまや、しない、の……)

スミレ。

(だって、青春、なんだもん……)

スミレ……。

二人はもう言葉を交わすこともなく、視線を絡ませることもなく、見知らぬものどうしのつめたさでただすれちがった。

片方は、県内随一の名門、頭脳高の清楚なブレザー姿で。もう片方は、相変わらずの、ロンタイひきずり、白パンプス。すっかり長くなったポニテに、真っ赤なリボン揺らして。両手には、いつなんどきの戦闘にもやる気十分のメリケンサックを不気味に光らせ。

かける言葉は互いになかったのだろうか。

スミレは、無言。

それで、小豆はというと……。

「とっ」

カラカラに渇いた口で、

「東大っ」

と、とつぜん歌った。

歌なんて、もちろん歌ったことはねぇ。だから調子っぱずれで、製鉄天使の初代総長とは思えないとっても惨めな声だった。

「東大っ、外交官っ、夜だけっ、女豹っ。……けぇっ！」

「やだぁ、なにあれ！」

紛れもないヴァージン・ピンクのほっぺたを輝かす、頭脳高の秀才のオンナノコ達は、びっくりしたように振りかえって小豆を見た。小豆は急に恥ずかしくなって、後も見ずに、海沿いの道を全速力で駆けだした。ざ、ばぁぁぁん……と日本海が夕刻の、灰色に染まる波を揺らした。

スミレの表情は、陰になって見えなかった。ただ、そのかわゆい口元に、かすかに軽蔑の笑いが浮かんだように見えた。

遠ざかっていく、小豆の真っ赤な後ろ姿。スミレもすぐにきびすを返し、新しい仲間と笑いあいながらまた歩きだした。


その数日後。

ようやく午前中の授業が終わり、「ふわーあ」と欠伸をして起きあがった小豆は、いつものように仲間とだべるのをやめて一人で校舎裏に向かった。

ちょっとたそがれるべとうろうろしていると、ばったりタケルと出会った。そういやわざわざ会うこともめっきり減っていたから、急に顔を合わせると、なんだか気まずい二人だった。

「おぅ、小豆……」

「タケルぅ」

二人はどちらからともなく、校舎裏の草むらによいしょとうんこ座りした。タケルが心ここにあらずの様子で、拳にバンテージを巻いている。小豆が、

「それ、なんだよ」

「おぅ。拳ってぇのはなぁ」

タケルはぼんやりしたまま、ボクシングの話をし始めた。小豆はなぜだか激しい睡魔に襲われた。恋するボーイが自分の拳の話をしてるってぇのに、眠くなるたぁ、情けねぇ。そう思っても瞼はどんどん重たくなるばかりだった。

タケルがこっちに掲げて見せている拳は、以前は、町の喧嘩で番を張るための純粋な子供の拳だった。だけどもいまの、ルールに則《のっと》って殴りあう話をするタケルが、いとしそうに撫ぜているのは、小豆の知らない大人の拳ってやつだった。

悪いんじゃねぇ。ただ、変わっちまっただけなんだ。

男って生き物にはそういうことがあるんだぜよ。

まぁ、女もだ……。

そう思いながらも小豆は、寂しくなった。すると寂しさがなぜだかさらなる睡魔を呼び寄せ、

気づいたときにはがくっと前のめりに倒れて、草むらに大の字にのびていた。

倒れた小豆に気づかず、タケルは、

「ワンツー、ワンツーだ。ワンの後は、ツーなんだぜ……」

両の拳を空中に繰りだしては、うわごとみてぇにつぶやくのだった……。


さらに、数日後のこと。

「どぉりゃあああ！」

おおきな怒号が、喫茶店〈宇宙人来襲屋台〉で響いた。

広島からの遠征組が、早めに小豆の首を取ったろうと、ドア、窓、屋根から侵入してきたのだ。夏の初めの午後のことだった。窓は割れ、屋根も陥没して、マスターが目を細めてため息をついた。

窓の外に、同じ駄目高の一年生、パン屋〈ムッターケルン〉のオンナがいて、たまたま通りかかったのか、細い目を見開いてびっくりしたように覗きこんでいた。

「どいつが、小豆じゃいっ」

「小豆ぃ？　あたしじゃ」

「あたしじゃ」

「あたしじゃ」

「いや、あたし、カナ……？」

こんなこともあろうかと、全員、赤いリボンを髪や、首や、腰に巻いて待っていた製鉄天使どもが、一斉ににやにやしながら立ちあがった。

わざわざ広島くんだりからやってきた侵入組も、予測せぬ事態にぽかんとする。

すぐに、

「面倒くせぇ。赤いのつけてるの、全員、やっちまおうぜ」

「おぉ！」

狭い店内で大乱闘になり、しかし、鉄の武器を振りまわす製鉄天使にのされてすぐに退散した。

「ひとまず引きあげるぜっ、覚えてろ」

「わざわざきた割にはあきらめが早いのぅ。あっ、こら、逃げんなよ」

侵入組が店をよろけながら出て、停めていたバイクに飛び乗る。

そこに、トイレからじゃーっと水を流す音がして、小豆本人がふらりと出てきた。ぶつぶつと

「今日はどうもポニテが決まらねぇなぁ……。あーあ、オシャレの調子がわりぃぜよ」つぶやきながら、面倒くさそうに顔を上げる。

「おぅ、どうした花火。息を荒げて。さては恋か？」

「ち、ちがわい。敵だよ、小豆総長。でもあたしらがのしてやった」

「そいつはご苦労。おっ、あれか」

小豆が割れた窓から顔を出し、逃げようとするオンナ達の後ろ姿を怪訝そうにみつめる。

オンナ達はバイクのエンジンをかけようとするが、どうしてもかからない。エンジンはぶぉぉ、ぶぉぉぉぉとおかしな音を出し、無理にかけようとしていると、とつぜん、

ぼんっ。

ぼんっ。

ぼぼんっ。

つぎつぎに爆発、炎上して、オンナ達は腰を抜かした。

「なんだ、なんだ」

「爆発したぜ。どーゆーことだ」

「……えへへ、じつはパンを詰めたんです」

窓の外から顔を出した〈ムッターケルン〉のオンナが、細い目をさらに細めてささやいた。

「へぇ、おまえが」

「通りかかったので、とっさに」

「おまえって、よく、たまたま通りかかるなぁ」

小豆になにげなく言われて、オンナは黙ってにやにやした。

炎を上げるバイクを置いて、走って逃げる侵入組をみんなで見送っていると、木陰から出てきたほっそりした中年の男が、カメラを構えて、燃えるバイクに向かって幾度もシャッターを切った。もういい加減見慣れた、暴走族雑誌のいつもの記者だった。

「……また取材かぁ、ご苦労なこった」

と言いながらも、天使どもはまんざらでもなく笑った。

記者は慣れた様子で、

「いまの、どこのやつら？」

「広島らしいぜ」

花火が答えた。

「ま、遠からずあたしらが遠征して、潰す予定だけどな。狙われてんの、わかってっから、焦ってんだろ」

「広島VS鳥取ねぇ。幾ら大穴とはいえ、やっぱり、キミらの勝ち目はなさそうに見えるけどね。字面だけだとさ」

「ちっ。つまんねぇこと言うない。あたしらは無敵さ」

言葉と裏腹に、不安そうな声でハイウェイダンサーがつぶやいた。

「どうして？」

「ど、どうしてもさ。細かく聞くない」

「ま、山口と広島、大国二つのぶつかりあいが秒読みってぇこのときに、まさかの岡山を潰した大穴のお嬢ちゃんたち、田舎者の製鉄天使にぼくはやっぱり興味があってね。で、今日は、キミらの役割分担を細かく取材したいなと思ってさ。えぇと、そっちのショートヘアのキミは、特攻隊長だろ」

と、言いながら、記者はバリバリにガラスが割られた窓枠に頬杖をついた。

薄汚れたカモメが一羽、甲高い声で鳴きながらすぐ近くをゆっくりと飛びすぎていった。また、一羽……。夏の初めの日射しは、夕刻になってもきつかった。遠くから海が奏でる、波の音がかすかに聞こえた。

「お、おぅ」

花火が照れたようにうなずいた。

「あたしが突っこんだ交差点には、血と涙の雨が降るぜ。何人たりともあたしの走りを止めることはできねぇんだ」

「なるほどね。で、親衛隊長が、そこの、ちょっと色っぽいキミだね。……いてっ」

記者はハイウェイダンサーに殴られ、左目を押さえて悶絶した。

「色っぽいって言うない！　いやなんだ……」

「そうだぜ。こいつはお色気ムンムンなのを内心、気にしてんだ。だから、言ってやるなよ、それをよ」

ハイウェイダンサーは、傷ついたロンリー・ピンク・ハートをかくすように記者に背を向け、チリチリのロングヘアをそっとかきあげた。

よしよし、というように花火が頭を撫でてやる。

「とにかく、キミが仲間を盛りあげてる。そして総長は、噂にたがわぬ乱暴者、真っ赤に燃える赤緑豆小豆。……参謀は？」

「あん？」

「なんだったっけ、それ？」

天使どもは一斉に聞きかえした。

記者は笑って、

「参謀っていうのは、戦いの作戦を立てたりさ、地理を調べたりさ、とにかく頭使う仕事だ」

「頭いーやつなんて一人もいねぇぜ。中坊んときは、マスコットのスミレってのがいてさ、あいつだけ頭よかったけど。でも、作戦立てるってわけじゃなく、危険って予知して一人だけちゃっかり逃げたりさぁ。で、そいつは中学卒業で抜けちまったから、いまは、サ」

「そうなのか。だけど、参謀がいないとこれから、辛いぜ」

「そうは言ってもよぉ」

「あのぅ、あたしよかったら参謀になりますぅ」

窓の外で挙手したオンナがいた。

いつも通りすがりに関わってくる、そしていつもパンを持っているあのオンナだった。

小豆達は一斉に、「おめぇ、だいたいバイク乗れんのかよぅ」と笑って揶揄《やゆ》したが、オンナは真剣な顔して、

「みなさん、知ってます？　説明書を読めば、世の中のたいがいのことは大丈夫なんですよ」

「せつめいしょぉ〜？」

「おもしろい！　キミ、さっき、敵のバイクにパンを詰めて壊滅させてたよね。勇気があるし、とっさに知恵が働く子だね。いいじゃない、頭もよさそうだし、この子を参謀にして作戦立てさせれば、さ」

「でもよぉ」

この日から、パン屋のオンナはなんとなく放課後、〈宇宙人来襲屋台〉にやってきてくつろぐようになった。もしかするとほかに友達ができなくて、居候する母の実家にも帰りづらかっただけかもしれないが……。

バイクはまだ持ってなかったが、説明書を開いて、理論から入り、フンフンと納得しては一人でうなずいた。

「理論はわかりました。もう乗れますよ。……たぶんね」

「た〜ぶ〜ん〜？」

「な〜ん〜だ〜そ〜れ〜？」

花火とハイウェイダンサーが揃ってからかった。それから、つられてその本を覗きこんだが、あまりの難解さに「……ぐぅ！」と二人とも眠ってしまった。

窓の外を、カモメが薄汚れた羽をさらしながら飛びすぎていった。

全国津々浦々の子供達が、不良の抗争というもう一つの勢力地図を書いてはフィクションの世界を共有していた、このころ。一方では受験戦争という名の戦いの火蓋も切って落とされていた。実態ある世界のみを信じる大人達は、自分の子供に、学歴社会での勝者となることを期待した。高学歴、大企業への就職、そんな薔薇色《ラ・ヴィ・アン・ローズ》の未来。だがその実体あるイメージを、残念ながら多くの子供は共有できずにいた。大人は子供を塾に送りだし、子供のほうは、どこかにあるはずの本当の未来を夢見ることさえできずにいた。そうしてこの世代はまた、実際に大人になり、就職した後にバブル崩壊を見ることになる……。

いやいや、それは、時の時計を進めすぎだ。

いまはまだ一九八二年。まだなにも失われてはいない。

未来は薔薇色にまたたいて、子供達が輝きながらやってくるのをじっと待っている……。

ちっく。

たっく。

ちっく。たっく。ちっく。

時計は音を立て、ゆっくりと時を刻んでる。

武器の調達に、雲雨横丁にバイク飛ばして、〈鉄の武器屋　貴婦人と一角獣〉に顔を出した。

野良猫や鴉どもが、バカお嬢の小豆がきたでとひょろひょろ追いかけてきた。

パン屋の仲間――最近では〈通りすがりのレディ〉の通り名で知られている――からもらったアンパンを、猫と鴉に投げてやる。それから武器屋に「ちーす」と顔を出した。

イチにーさんとのつきあいも、中一の春からだから、もう三年を超えた。

いつだって最高の武器をつくっちゃあ、売ってくれる。三年の間にイチは所帯を持って、赤子も生まれ、すっかり一家の主だった。それでも変わらぬ鋭い目をして、小豆を見るたび、戦ってるかよと聞いてきた。

「はい、やってます。気合入れて走ってるし、いつだって喧嘩上等だぜよ」

「そうか、そんならいいぜよ」

買った武器を抱えて、「じゃ、ちーす」と挨拶し、裏口から出る。

するとそこに、タケルがいた。

小豆が目に入らぬというように、引き締まった体軀から玉のような汗を散らし、一心に縄跳びしていた。プロテストを目指すことにきめたのだ。

「タケ、ル……」

声をかけようとして、小豆はためらった。

それから、気弱になり、オトコにくるっと背を向けた。鉄の武器を山ほど抱え、りりしい後ろ姿にほんのちょっとの未練をよぎらせ、小豆は黙って歩き去っていった。

遠くからエンジン音が聞こえて初めて、タケルは眉をかすかに寄せ、縄跳びしながらすこしだけ振りかえった。

（あれは、小豆の……？）

首、かしげたものの、タケルにはもう、エンジン音でどのオンナか聞き分けるなんて、子供の世界の芸当はできなくなっていた。まぁ、いいかと肩をすくめ、タケルは再び激しい縄跳びに集中した。

夏がやってきていた。

小豆、十六歳。

ちょっぴりだりぃ、オトコもいねぇしなんだかだせぇ、高校一年の夏だった。

母親に怒られて、むくっと布団から起きあがった。

「こらっ、小豆。起きなさいっ」

夏休みが始まって、数日。

若い血潮の滾《たぎ》りとメランコリックが入り交じって悪化し、肩が重たくて、小豆は部屋でゴロゴロしていた。

母親が困ったように、だが半ばあきらめ顔で、

「あんた、そんならプールにでも行って、せいぜい泳いできたらいいだが」

「ねぇ、母ちゃん……」

背後から、妹も顔を出して小豆の様子を窺った。

「青春ってサ、いつ終わるんだろ……」

「やだー。お姉ちゃん、おばさんみたーい」

妹に一刀両断されて、腐る。

妹のほうは、アイドルのスカウトキャラバンに応募したくて母親をかき口説いている最中らしかった。「お姉ちゃんもなにか言ってよ」と、姉に協力を仰ぐ。

「足りとる、と思いながら暮らしなさい。女はねぇ、分をわきまえて生きないといかんよ」

「やだよっ。夢も見ないでなにがオンナノコさぁ。ねぇ、お姉ちゃん」

「朝からうるせぇなぁ。いいよ、なにかあったらあたしが保護者でついてくからさ、そんなら安心だろ」

「お姉ちゃんと一緒はいや！　だって恥ずかしいもん」

「どっちだよ、おまえは！」

怒りながら起きだし、今日も走るべと、サラシに赤い特攻服でキメて朝食の席についた。

家族があきれて、「おかしい」「もうその恰好はやめなさい」「普通にしてたらかわいいのにね、お姉ちゃんってカワイソ」「大工の棟梁みたいだね」と口々に言う。小豆は腐って、味噌汁ぶっかけて飯をかっこむと、家族団欒の席から飛びだした。

バイクに飛び乗り、坂道をぱらりら駆け降りて国道に出る。

一車線だけの、歩道さえ満足にない田舎道。

狸の糞がコロリと落ちている。

その道をぱらりらぱらりら走っていると、前方で、見覚えのあるぷくぷくした影法師が揺れていた。塾用の鞄を抱えてとぼとぼ歩く、桃色ほっぺのメガネ君だ。

小豆はむしゃくしゃするので、小石を拾って、

「おいっ」

と、メガネ君、トォボに向かって投げた。

「……きゃっ、痛い」

トォボはビビッて振りかえったが、乱暴者の赤緑豆小豆の姿をみつけるとぱっと瞳を輝かせ、

「やぁ！」

「やぁ、じゃねぇよ。瞳に星を浮かべちゃって。おまえっておかしなやつだなぁ」

「待ってたのに、あれきり会いにきてもくれないしさっ。声をかけようにも、バイクで通りすぎちゃうから。デートしようよっ、ボクと」

「おっまえ、マジかよ」

トォボはもじもじしながらほっぺを赤らめ、上目遣いに小豆を見る。その目には憧れと、かわいそうなおおきな生き物を前にしたときの憐憫《れんびん》にも似た、不思議なニュアンスが浮かんでいた。

「おまえさぁ」

いつのまにかとなりあって、バイクを引っぱって歩きながら、小豆はからかった。

「いっつも、とぼとぼ歩くから、トォボってあだ名なんだろ。いま、後ろから見て、わかったぜ」

「う、うん……。ボク、いつもこんな感じなの」

「とぼとぼトォボ、とぼとぼトォボか！」

「爆走するなんてすごいナ。ボクもいつか、おっきな夕日を追っかけて、追い越すぐらいに走ってみたいナ、なんてね」

「やってみりゃいいじゃないかよ」

「む、むりだよ。それにボクには、こうやってゆっくり歩くのが性にあってるからさ。いつだってゆっくり、ゆっくり行くんだよ」

「へぇ……」

「だけどいつか絶対、目的地には、つくんだもんね」

「そうか。気の長いやつなんだな、おまえって」

二人は並んでとぼとぼと歩いた。

夏の日射しが強く照りつけた。

稲穂もいまが盛りと青々と光って、風に揺れている。白い鳥が数羽、ユラユラと通りすぎていった。

古びた案山子が、心許無げに半分折れ曲がったポーズで、通りすぎていく二人を見下ろしている。

「ねぇ、ねぇ」

「あん？」

「穂高さんと友達なんだろ。ボク、いま、同じクラスなんだよ」

「友達じゃねぇよ！」

「そうなの？　でも、中学のころは、よくさ……」

言いかけて、トォボはびっくりして言葉を呑みこんだ。

ぐずっ、と小豆が洟を啜ったからだ。あわてて両手をばたばたさせ、トォボは「どしたの、どしたの」と騒いだ。

「な、なんでもねぇよ。目に銀蝿が入ったのさ」

「えぇっ。そんなわけないでしょ、自分の目と銀蝿のおおきさを比較して、よぅく考えてみなよ」

「……」

「泣かないでよっ。ごめんね、悲しませることを言ったんだね。女の子に泣かれると、ボク困っちゃうよ。あっ、これ使って。リボンちゃん！」

かわゆい花柄のハンカチを出されて、小豆は、マジかよと思いながらも受け取った。

ぐすん。

ぐすん。

ぐすん……。

やがて分かれ道にくると、小豆はハンカチを投げかえし、バイクに飛び乗って「じゃあな」と走り去った。

バイクのエンジン音も、じゃあなっ、あばよっ、と別れを告げてるように低く、つれなかった。びしょびしょのハンカチを握りしめながら、トォボは遠ざかっていく真っ赤なバイクをいつまでも見送っていた。

「やっぱり、かわいいナ。リボンちゃんは」

傍らの古びた案山子が、マジかよ、と聞くように、風に揺られてくるくると回転した。

トォボは続けて、

「かわいいナ。昔、飼ってた土佐犬にそっくりだ。強くって、おおきくって、怖がりで、夏でもむくむくしてるんだ。最後は車に轢かれて死んじゃったけど……」

また一人でとぼとぼと歩きながら、ため息をついた。小石を、意外なほど強くコーンと蹴る。

「また会いたいな、リボンちゃん。会えるかなぁ……」

知るかよ、と言うように、案山子が風に震えて、とぼとぼ歩く背中を見送った。

製鉄天使にとって、今年の夏の計画といやぁ、なんといっても広島制圧。暴走族雑誌の記者にバカにされた田舎者としては、余裕で倒して粋がりたいところだった。

広島を治めるチームの裸婦《ラブ》を、そろそろ潰してやろうと小豆は息巻いていたが、勇んで突っこんでいこうとする天使どもを、参謀になったパン屋、通りすがりのレディが止めた。

「なんだよ、レディ。文句があんのか」

「あります」

「なんだとぉ！」

「このパンでも食べて、黙っててください」

喫茶店の片隅で、レディが一生懸命、作戦の説明をした。

勝手に持ちこんだパンを仲間に渡したところで、マスターから「うちは持ちこみ禁止ヨ」と没収される。

「チェッ。……つまりですね、みなさんが岡山で苦労したのは、相手がおおきいからだけではなくて、地理を知らなかったからです。あたし、広島出身なんでばっちりですから。ほら、地図を書いてきました」

「おぉ」

「この道は一通です。こっちは、夜は大渋滞。穴場はここだけど、タクシーの抜け道になってるんで運ちゃんとのバトルで消耗します。ね？　あたし思うに……」

「ふんふん」

レディの話を、みんな欠伸をこらえて聞いていた。かんじんのバイクはというと、なんとか乗れるようになったところらしいが。作戦を立ててるときはレディの目はきらきら輝いていた。

このころから、家庭用電話機に留守番機能がつき始めた。レディは岡山や島根の支部にもこまめに連絡を取り、情報を集めた。広島を倒すにはそれなりの頭数の兵隊が必要だ。夕刻、製鉄天使は赤珠村を出て、中国山地をぐるぐると登って、降りた。島根と岡山のメンバーとも合流し、真っ赤な鉄の川は人数を増やしながらぱらりらぱらりらと走り続けた。

そして明け方、山肌を戦国武将のように雄たけび上げながら滑り降りていき、夜遊び帰りの裸婦の面々をぐるりと囲んだ。

敵は、夏ということもあってか肩を丸出しにしたチューブトップにホットパンツ、赤く染めたロングヘアを夜の汗に濡らした、真夏のいかれたココナッツガール達だった。武器を構えて応戦したが、製鉄天使の気合の入った攻撃につぎつぎ倒れていった。

小豆は、イチにーさんが己のために鉄屑を集めてつくってくれた、鉄の羽を身に纏《まと》った。リュックサックみたいに肩で背負う、天使の衣装みてぇな、重たくて黒い、人工の羽だった。翼は小豆の背で、ふわりと魔法のように軽くなった。ばっさばっさとはためかせて空高く舞いあがってみりゃあ、地上はとってもちいさく見えた。人も、車も、道路も、ビルディングも、なにもかも……。瞬き一つで百年経って、またたくまに消えちまいそうなちっちゃなきらめきばかりだった。

夜空をばっさばっさと飛びまわる小豆を、製鉄天使も裸婦もみんな、戦闘の最中にときどきふりあおいでは、みつめた。満月と重なって、女の子に転生した堕天使ルシファーみたいなシルエットが、ずしっと浮かぶ。

またたくまに、鉄の羽をうごめかして地上に舞い降りてくると、小豆は、

「とりゃあっ！」

鉄板入りの靴で敵の顔面を蹴り、真っ赤なバイクの後ろに乗っけていた弓と鉄の矢をエイッと拾い、夜の闇を引き裂くように射た。

その顔は戦う喜びにまみれ、原始的に輝いていた。

確かに今宵は天使、有利だった。地理の把握がそうさせたのか。

そうはいっても敵は人数が多い。どこからか新顔が現れては襲いかかってくる。

参謀を自称するレディが、バイクの後ろに積んできたバケツをひっくりかえした。ぬるぬるす

る液体がアスファルトにまかれた。

「なんだよぉ、これはよぉ」

「見りゃあ、わかるだろーが」

わからないが、花火がすごんだ。

ハイウェイダンサーもとっさに調子を合わせた。

「ひゃはは、おもしろくなってきたぜ！」

レディがにこにこしながら、ポケットから百円ライターを出した。しゅぽっと火をつけ、道路に放ろうとする。あわてて裸婦の面々が飛びさがった。

「やべぇ、ガソリンだぜっ。逃げろっ」

「あいつ狂ってやがる！　自分も死ぬぜ！　あれじゃ、通りすがりの死神よぉ！」

ガソリンと聞いて、花火達も笑いながらそろそろと後ずさりした。内心、背中を冷汗が伝っていた。鉄の羽をばさばささせながら飛び回り、一人で三十人もを倒していた小豆も、「おっ、どうした？　ガソリンがなんだってばよ？」と言いながら、駐車場の車の上にひらりと飛び降り、背負った羽をヨイショと下ろして、こっちに駆けてきた。

裸婦が逃げた方向から、パトカーのサイレンが聞こえてきた。レディがにっこりして、「警察署があっちだから、絶対、あっちからくると思ってました」と言いながらライターを下ろした。

「おまえ、ほんとにガソリンなんてまいたのか」

「いーえ、これは、うちにあった薄力粉を水で溶いたの」

「なんだよ。びびったよ」

レディの導く抜け道に向かいながら、天使どもは、確かに、なかなかやるじゃねぇかと思った。

参謀の必要性を認める気にもなってきた。

帰り、道……。

油断したのか、製鉄天使どもはまたもや中国山地の中で道に迷った。さすがの参謀も、山の中までは地理なんてわからず、怖くてぐすぐす泣きだした。「泣くない」と小豆がつぶやく。天使どもも、いつものように、山道を小豆だけがバイクを押しながらすいすいと歩いていく。

小豆の能力を知っているから迷いなくついていった。

山は、夜の闇、いや、古代から変わらぬ、時の彼方の闇に覆われていた。ここには時間の流れなどまるでないようだった。千年前も。千年後も。変わらぬ空間が生も死もすべて呑みこんで、ただ重たくたゆたっていた。

小豆は奇妙に懐かしく、そして、暴れる心がゆったりと闇になじんでいくのを感じていた。

見えないはずの道が、感じられる。

視える。

そう、これは……。

（あたしは……）

夜の上のほうで、古代の鳥が啼いた。

白い花があの世のように咲きほこって、闇の向こうで誘っている。

小豆は腐った葉や枝や動物が入り交じったやわらかい土を踏みしめて、歩きながら、考えていた。

（あたしは……鉄を、扱える。それは昔っから続く製鉄の家に生まれたからだって、思ってる。鉄はいつだってあたしの味方だったからさぁ。そう、子供のころからそうだった……）

うつむいて、自問する。

ただ一心に、自然と見える安全な道を歩きながら。

（そんならさぁ、あたしのこの力は、真っ暗な山道を歩ける不思議な力は、母ちゃんのほうの血かもしれねぇな。なんにもできねぇ、バカお嬢のあたしだけど、こいつも……）

バイクをぎゅっと握りしめて、

（そして、こいつも……）

迷いなく山道を踏みしめる、自分の足を見下ろして、

（父ちゃんと母ちゃんからの……）

風が吹いた。

（真っ赤なギフトなんだぜ。行くぜっ）

小豆はだっと地面を蹴り、走りだした。

仲間もつられて、見えないのに怖がることもなく、走る。

夜がゆっくりと明けてくる。

かすかな朝日が古代の森にも降りそそぎ始める。すると、疲れて無口だった仲間も次第に陽気になって、

「これなら幾らだって遠征できるな。広島なんて怖くないぜよ。夏休み中には壊滅させられる」

「すげぇな、小豆総長。まるで夜の目をもつ、夜行性の動物みてぇだ」

「ほんとにすごいですね。これだけ山道に強かったら、赤城山の徳川埋蔵金もすぐみつけられそう。あははは」

「あん？」

レディの言葉に、なんだそりゃと小豆は首をかしげた。

そのとき岩清水が流れる岩場をみつけたので、意識はそっちに流れた。「みんな、ここで顔、洗えや」と仲間を導く。

敵の血を洗い落とし、また山を降りていく。

朝とともに製鉄天使どもは村にもどってきて、ぱらりらぱらりらと国道を走り、雄たけびをあげて解散した。

こうして、高校一年の夏休みは広島壊滅のために費やされた。夜毎、山を越えては、広島中の道路に参上した。

レディの作戦によって、神出鬼没で敵を翻弄し、夏の終わり、ついに広島を制圧した。

道路いっぱいに広がって、

「ここも製鉄天使の天下だぜよ！」

「ぱらりらぱらりら！」

「今日からここは、その名も鳥取県広島市じゃい、ざまみろ、ざまみろ」

「笑っちまうぜ、弱くってよぉ！」

パトカーをまきながら凱旋パレードを繰りひろげ、高笑いした。

島根、岡山に続き、広島までもが製鉄天使の配下にくだった。支部をあわせると構成員は百五十人を超えた。

このころ、製鉄天使は無敵だった。鉄の武器が唸り、バイクが飛び、死をも恐れぬ不良少女達が血まみれになりながら夜を横切った。戦わない日はなかった。いつも満身創痍で、一つの怪我が治る前に、つぎの傷が柔肌をガリガリと削った。

戦いは魂のぶつけあいであり、あるときは魂の潰しあいでもあった。敵と、互いに理解しあえた、こいつもあたしと同じなんだぜと思える瞬間もあった。互いに、相手の戦意、不良魂、つまりは子供の尊厳を、胸に手を突っこんで直接、潰すようにして、容赦なく奪いあうときもあった。そういう喧嘩で負けたほうは、怖くて、二度と走ったり喧嘩したりできなくなった。そうなっちまうと、もう、後は能無しの大人になるしか道はねぇのだった。子供だけのフィクションの世界から、落伍者として転がりでてしまうのだった。

そして、血まみれの鬼神、赤緑豆小豆はけっして負けることがなかった。

鉄パイプが唸り、チェーンが飛び、真っ赤なバイクも重力を無視して夜空を飛んだ。まるで月まで届きそうな、小豆のジャンプ。後ろに乗っけてたマスコットがいなくなって、タガが外れたように小豆は強さと残酷さを増した。中国地方で小豆を知らない子供はもう一人もいなかった。夏の間に、小豆の人相は変わった。強くて、血に飢えて、けっして負けることのない、戦う魂。我らの総長。真っ赤なリボンのポニテが目印の、いかした不良だった。

ぱらりらぱらりら。

ぱらりらぱらりら。

広島の制圧が終わり、意気揚々と走る、夏の終わり。

国道を一人で帰る途中、また、とぼとぼ歩くおかしなボーイの後ろ姿をみつけた。陽気な気分で「おぅ、とぼとぼトォボ。元気かよぅ」と声をかけると、振りかえったトォボはびっくりしたように仰け反って、

「どしたのっ。血まみれだよっ」

と叫んだ。

血まみれ慣れしていた小豆は、一瞬、きょとんとした。

それからカッカッカと笑って、

「喧嘩帰りなんだぜよ。ま、いつものこった」

「危ないぎゃないかっ」

怒鳴られて、びっくりして瞬きした。

トォボは真顔で、両拳をぶんぶん、上下に振っていた。細い両足は内股気味になり、一見、怒ってる女の子みたいに見えた。

「なんだよ、いきなり。びっくりさせんなよ」

小豆はしょげたように眉をひそめた。しかしトォボはがみがみと、

「どうしてわざわざ喧嘩をするんだよ。ボンタンよこせって追っかけてくる女の子にもびっくりだけど、リボンちゃんにも、まったく、おどろいちゃうよ。いったいどうしてそんな危ないことばかりするのさ、女の子なのに。ボク、ボク……わからないヨッ」

「わからなくてけっこうだよ。こちとら喧嘩上等。走りに命をかけてんだ」

「安全運転すればいいじゃないかぁ。みんなで仲良く走ればいいじゃないかぁ。でしょっ」

「ばーか。それじゃ……」

小豆はなにか言いかけて、面倒になり、ガリガリと背中をかいた。

白い柔肌が切り刻まれ、最近はかさぶただらけでいつも痒くてたまらなかった。

元来、語る言葉を持たない代わりに、暴れて走る小豆だった。どうして走るのか、戦うのか、フルフル震えているメガネ君に説明してみせるなんて、あまりにしゃらくせぇ行動なのだった。

だから、語る代わりに、小豆は吠えた。

「うぉぉぉぉ」

「きゃーっ」

「あばよ、とぼとぼトォボ。おまえにもいつかわかるときがくらぁ。どっかに、やみくもに、走らなきゃいけないときが、誰にだって、いつかくるのさ……」

と、バイクのエンジンを唸らせ走り去ろうとして……。

「あ」

気づいて、うぉんっともどってきた。

「きゃーっ、轢かれるっ」

「轢かねぇよ、ばぁか。あのさぁ、おまえ、あれ知ってる？」

「なに、なに」

「徳川、えぇと、埋蔵、金？」

「徳川埋蔵金！」

ぽかんとしたまま、トォボが繰りかえした。

小豆はほっぺたをちょっと赤くしながらうなずいた。

ちょっと前、広島遠征の帰りに、山道を自在に歩く小豆をして、レディのやつが言ったのだ。これなら赤城山の徳川埋蔵金も探せるね、と。なんのことやらわからないけど、うなずいた小豆だった。

それきり忘れていたけれど、このメガネのインテリ少年なら、わかるかもなと気づいたのだ。トォボはうなずいて、

「知ってるよ。ボク、都市伝説とか宇宙人の話とか好きだから許しいの。なんでも聞いてねっ。徳川埋蔵金っていうのは、江戸幕府が幕末に、明治政府に渡すのがいやでどっかの山奥に隠したお金のことだよ。ここから遠く関東地方の、確か群馬県にある赤城山ってとこに、大判小判がざっくざく埋まってるらしいんだ」

「へぇ。……ま、関係ねぇな」

小豆はそれきり興味をなくしたように、またガリガリと背中をかいた。

それから、さよならも言わずにバイクを唸らせ、あっというまに走り去っていった。

鉄の武器がぶつかりあって不吉な音を立てた。危険な血の匂いがしばらく辺りに漂っていた。

夏の終わり――。

稲穂がますます元気よく太陽に向かって伸び、風が吹くたび右に、左に揺れた。

製鉄天使のいかれた走り屋どもには、鼻くそほども関係ねぇが、そろそろ日本の中央のほうで男女雇用機会均等法が施行されるころだった。手探りではあるが、女性の社会進出における新たな一歩。この後、政治の世界でも女性議員が増えて、マドンナ旋風と呼ばれて盛りあがることになるのだった。

まぁ、それは都会の話だ。

高校二年。十六歳の春に、小豆はとつぜん大和イチからの呼び出しを受けた。それは珍しいことだった。イチはいつだって、雲雨横丁の武器屋の暗がりに静かに座り、スクリーンに広がるおもろい映画を追いかけるように、子供達の世界の物語を見守っていた。顔を出せば相手してくれるが、イチのほうからわざわざ声をかけてくるのは異例だった。

最近、赤緑豆家に導入された留守番電話って便利なツールに、なぜかイチからの伝言が入ってたのだ。まだ機械を使い慣れてなくて、あやうく妹が消しかけた。『ちょっと、顔、出してくれや』その声が妙に暗くて、小豆はいやな予感がした。

夕刻。

雲雨横丁にバイクを走らせる。

サァァァ……と、春の雨が降った。散ってくる桜の花びらと交ざって、ピンクの涙雨にも見えた。割れた酒瓶と、酔っ払いが脱いで忘れたしわくちゃのズボンと、ラーメン交じりのゲロと、佇んでいる、疲れた横顔の若い女……。それらの風景をゆっくりとバイクが追い越していった。

いつもの雲雨横丁だった。

小豆は吐息をついた。

「ちーす。にーさん、小豆っす」

顔を出すと、イチが「んあ?」と返事をして、眩しそうに目を細めた。

ドアの前に立つ小豆は、たった四年前の春、落書きだらけの泣きべそ顔でいきがっていた中坊とは、まるで別人の風格だった。背もすっかり伸びて肩幅もしっかりし、長いポニテも剣の鋭さを増していた。今日は手ぶらで、のっそりと立ってイチを見下ろしてるだけだったが、切れ長の黒い瞳は底なしに暗く、それに、いま人を殺してきた帰りであるかのようにやけに重たげに猛っていた。

一瞬、イチは、小豆が麻布巻いただけの簡素な衣服で、燃える松明を掲げて、山の上からひっそりと敵陣を見下ろしている……はるか大昔の、恐ろしい凶戦士になったところを幻視した。瞬き、三回で、その幻を意識の外に追いやる。最近の小豆は確かに恐ろしかった。イチも、昔は、こんな目をした狂った走り屋だったのだろうか……。だけどいまでは、ガキが二人。うちに帰りゃあ、父親というフィクションを必死で演じる、それなりに大変な日々をこなしていた。

サテンのピンクのカーテンが風に揺れた。

店中に並べられた大人のおもちゃも、もう隠れようとはしなかった。むしろそれなりに真面目に整列して、小豆総長を無言で迎えた。「ちーす……」もう一回、挨拶して、小豆はちょっと不安そうにイチを見た。そうすると、年相応のかわいげが横切った。

イチはピースを一本、くわえた。小豆が制服の胸ポケットからライターを取りだし、火をつける。それから、勧められて、自分も吸った。いまでは煙を肺まで吸いこんでしっかり吹かすことができた。

二階から階段を降りてくる足音がした。タケルだろーか。

イチに目でたずねられて、

「いや、もう、とっくっすよ。終わりました」

「そっか。あいつもプロテスト控えてピリピリしとるぜよ」

「へぇ……」

興味なさそうに小豆は肩をすくめた。小豆は十六歳。走りたいし、戦いたいが、なんのプロにもなりたくなかった。プロフェッショナルだなんて、大人の世界の価値観ってやつは、このときの小豆から百億光年の彼方にあった。

イチはそれきり小豆がいることを忘れたように、しばらく黙ってタバコを吹かしていた。

「……にーさん？」

「おぅ。なぁ、小豆。俺、留守番電話って初めて使ったぜよ。緊張すんなぁ、返事もねぇのに話すってのはよ」

「あぁ、うちでも買ったばかりで、使い慣れないんで、あやうく妹のやつが消しちまうとこでした。ま、仲間とはガッコか、ディスコか、いつものサテンで毎日会うから必要ないっすけどね」

「はは、ま、そんなとこだろな。そういう新しいツールってやつもよぅ、大人どうし、子供どうしで使ってるうちはまだいいんだがよ。困っちまうのは、大人と子供を繋げちまうやつが現れたときよ」

「はぁ」

どうやら話が本題に入ったようなのだが、なんのことだかまったくわからず、小豆は普通の顔してタバコ吹かしながら必死で考えていた。なんのこっちゃ、イチにーさん……。

イチの声がぐんっと低くなった。

「売春、だぜよ」

「げぇっ」

小豆は、久々、ちゃんちゃらオボコな目をして飛びあがった。それから、全身から冷汗を噴きだしながら必死で叫んだ。

「にーさん、なんだかわかんねぇが、誤解っす。うちら製鉄天使は、硬派一徹。オンナだてらの爆走愚連隊っす。売春とシンナー、弱いものいじめは厳禁。やっていいのは走りと喧嘩、それと泥棒だけっす。いけねぇレディースが一部にいるのは知ってるが、うちらはちがうんだぜよ」

「……おいおい、泥棒もやめとけ。パクられっぞ」

「えっ」

「年少ってぇのは、マジで、やなとこだぞ。あんなとこで若い時間過ごすなら死んだほうがましってもんだ」

　イチは低く笑った。

　それから悪戯っぽく小豆を見上げて、

「ちょっと脅かしちまったな。安心しろ、直接、おめぇんとこの話ってわけじゃねぇ」

「うちじゃねぇ？　じゃ、どうして、呼びだしがかかったんすか」

「あのな、小豆。時代ってのはくるくる、くるくる音を立てて変わるもんなんだぜよ。いかにもワルな野郎が、いかにもなワルを働く時代じゃなくなってきてるのかもしれん……。この店に武器を見にくるのも、そうさな、去年辺りからかな、不良どもより、地味な普通のガキが増えてきてる。なんでだよって聞くとな、そいつら、たいがい、暗い目をしてこう言いやがる。『使うんじゃ、ないんだ』って。『ただ、ナイフ見てると、心が落ち着く』って。なんだよそりゃあ、使ってくれよって俺は言うんだけどな。そんな野郎に売っていいのか、大人としちゃ、迷うぜ。苦しくて、行き場がなくてよ。だから、自分の胸を刺すようにして、自分より弱いやつに刃を向けるんだ。つまりぁ、いじめの時代さ、小豆」

「はぁ……」

「売春も同じだぜよ。簡潔に言うぜ。問題になってんのはおめぇら、駄目高のレディースどもじゃねぇ。おめぇらには、大人に強要されるよりずっときつい規律ってもんがあるからな。自分らできめた規律っての は、つまりは、矜持。ちんけな野良犬どものヨ、なけなしの、プライド、ヨ」

「はぁ……そうすね」

　小豆は頭をかいた。

「そんなら、まさか中坊っすか。そこらへんもちゃんと締めてるつもりなんすけどね。すんません、気、緩んでたかな」

「ちがうぜよ。おめぇら製鉄天使が、唯一、締めてねぇオンナどもがいるだろーが」

「えっ。エドワードの残党っすか。まだいるんか、あいつら！」

「ちがうぜよ」

イチは二本目のピースをくわえた。

遠い目で小豆をみつめて、

「頭脳高さ」

「……」

小豆は一瞬、かたまった。

脳裏に、海沿いの道を笑いさざめきながら歩きすぎる、真面目一方の膝丈スカートのヴァージン・ピンク達の姿がよみがえった。

やだ、不良ダヨ、と責める声。

夜の世界のきらめきを知らない、かわゆいほっぺの、ガリ勉の、林檎チャン達……。

「まさかぁ！」

「いや、ほんとだぜよ」

「だって、あいつらにそんなことが……」

首を振りかけて、小豆ははたと止まった。

目が細められる。

煙草をゆっくりと揉み消し、

「……誰かが仕切ってる。そうでしょ、にーさん」

「察しがいいな」

「ちょっと冒険したいお年頃だからって、あのミルクみてぇなヴァージン・ピンクどもにそんな大胆不敵な犯罪、できるもんか。まだママとへその緒で繋がってるみてぇな、おベンキョしか知らねぇガキばっかですよ」

「おぅ」

「大人だな。汚い大人が仕切ってるんだ。でしょ？」

イチが首を振った。

「それが、ちがう。だから問題なんだぜよ」

「ちがう？」

「それならおめぇをわざわざ呼ぶかよ。こっちだってこの件じゃ、なかなか気が重いんだ。いやな話だからよ。仕切ってるのも、じつはヴァージン・ピンクの一人なんだ。変り種が純血種の中に交じって、変えちまった。……おい、ここまで言やぁわかるだろ。泣く子も黙る、製鉄天使の血まみれ総長さんよ。あぁん？　どうして雲雨横丁の大人がわざわざキミを呼びだしたのか、サ」

「……まさか。スミレか？」

イチが黙ってうなずく。

震える指に、小豆はタバコをはさんだ。火をつけようとするが手が震えてうまくつかない。その様をイチがじっと観察している。マジで知らなかったな、これは、と納得するように深くうなずいて、

「いつになく察しが悪かったな。キミはあいつのことになるとそうだ。だけどよ、ほかにいるか

よ。この街に、そんなワル知恵の回るメスガキがよ」

「にーさん、でも、まさかそんな……」

「いちばん最初に、留守番電話のアブない使い方に気づいたやつがいる。そいつが同級生をそそのかして、儲かる冒険に連れだした。あちこちの土地のやつらに聞いてみたが、そういう使い方は全国で同時発生的に起こってるらしい。だがな、どこも、仕切ってるのは大人の男どもだ。使われてるのが、オンナノコ。この構図は昔から変わらんよ、売春ってェのは仕切ってるやつがいちばん儲かるからな」

「……」

「加熱する受験戦争で、ストレスためたヴァージン・ピンクが、勝手にこっちの世界に落っこってきやがる。親も知らねェ、友達も知らねェ、自傷的でえっちな冒険だ。儲けをピンはねされても気づかず、はしゃいでる。だけどなァ、この街だけは、仕切ってんのもオンナノコだ。ほかの土地のやつらも正直、おどろいてるぜ。頭脳高二年E組、国立文系コースの秀才、穂高菫チャン。成績はトップクラスで、素行も上々。そのうえルックスも文句なしで、頭脳高じゃあいちばんマブいスケって評判だ」

「まさか……」

「ますます、こいつはおかしいってんで調べてみたら、なんと、いまでこそ頭脳高のヴァージン・ピンクに紛れてるが、中坊のときにゃ、キミの後ろできゃらきゃら笑ってた、製鉄天使のマスコットのスケじゃねェか。俺だってよォく覚えてるよ。ところが、一年ちょっと経ったいまじゃ、そいつが雲雨横丁の大人の上飛び越えて、素人の、上玉のスケをぽんぽん流通させちまってる。もちろん上納金も払っちゃいない。いいか、それって、税金の未払いと一緒なんだぜ。恐ろしいことになるぜ。なんせ、この街の大人が商売上がったりになるんだ。……じつはな、あのスケにつられて、いま、キミの名前まで挙がっちまってる」

「にーさん……」

「スミレに言え。今すぐ手を引けってよ」

「……」

「雲雨には雲雨の縄張りがある。スミレもキミも、ただじゃあすまんぜ。大人を巻きこんだらな」

小豆の指はまだ震えていた。

タバコの灰がはらはらと床に舞い落ちる。

「にーさん。だけど、信じられません。スミレがそんな……」

「甘えんな。現実を見んかい！」

どやされ、言葉を呑みこんだ。

「にーさん……」

「そんなら、言ってやる。中坊のころだってな、あのコはうまくオンナどもを転がして生きてきたんだ。それで、いっぱしの世渡り上手のつもりだった。小豆のバックがあるから、大威張りで、陰で好き勝手やっちゃ、いろんなやつらを泣かせてたんだ。おめぇは知らなかったのよ。オンナがオンナに、夢、見すぎんなよ。俺が見たとこ、小豆。あいつは甘くてかわゆいだけのガールじゃねぇ。女郎蜘蛛みてぇに小ずるいスケよ」

小豆は返事をしなかった。

黙って床を見下ろしていた。

イチが幻視した、古代の松明も元気をなくし、小豆の背後でユラユラとつめたく揺れていた。

「カタ、つけろや」

「にーさん……」

「そんな情けねぇ顔をするない、鉄女。キミのことは、俺が守ってやる。なんせ中一から知ってんだ。族なんて始める前の、ガキそのもののころからな。雲雨横丁のヤー公どもも、俺の目が光ってる限りは小豆っ子を本気で狩ることはねぇよ。ただ、あのちっちゃな女郎蜘蛛は別だ……。俺だって庇わねぇしよ……。小豆、友達ならとめてやれ。まにあうかどうかの、もう、瀬戸際なんだぜ」

「にーさん……」

小豆は立ちあがると、黙って頭を下げた。

恩にきます、という言葉は口からは出ず、ただ空気の悲しい捻《ねじ》れとなってイチの胸まで届いた。思いかえせば、中学一年坊主のあのころから、おどろくほど長い月日が流れた。ただ走りてぇ、風になりてぇと猛っていた、遠い日の、あまりにもちっちゃかった小豆と、仲間達。それから、誰のものでもないハイウェイを己のものにするための戦争《ドンパチ》ってやつが始まった。さらに時は流れ、スミレは遠い世界に旅立ち……。

きらきらしたすげぇものを得るために戦ってたはずなのに、なんてたくさんの、当たり前のものを失っちまったんだ、と思ったら、涙がぶわっとあふれそうになった。だけども、小豆は、いまではちっちゃな小豆っ子なんかじゃなかった。責任ある総長であり、雲雨の大人も一目置く、女の特攻一番だった。涙なんか、にーさんにさえ、けっして見せちゃあなんなかった。

くるりとイチに背を向け、鉄の武器屋を飛びだした。

店中にあふれる大人のおもちゃ達が、一斉に、心配そうに小豆を振りかえった。それから黙ってどぎついピンクの顔を見合わせた。

その夜、小豆は熱を出して寝込んだ。

中国山地の山肌に赤い模様のように吸いつく赤緑豆家の屋敷の奥で、氷枕を敷いてじっとしていた。

「どうしたんじゃの、あの子は」

「熊の冬眠みたーい」

「お姉ちゃんの分のシュークリームもぼくが食べていいかな」

「小豆、さびしいなら今夜は久しぶりにお父さんと寝るかい？」

最後に声をかけた父親にだけ、小豆は瀕死の声で、

「気持ちわりぃこと、言うない……」

と反論した。

「あたし、もう十六なんだぜ……」

そうはいっても確かにやけにさびしいので、明け方になって目が覚め、熱も下がってることを確認すると、弟の部屋に忍びこんで漫画を読みだした。朝、むくっと起きた弟は、枕元にのっそり座って漫画をめくってる姉をみつけて、

「ぎゃあああ」

と悲鳴を上げて布団に潜りこんだ。怪談や都市伝説を夢中で読みすぎたせいか、姉をお化けと見間違えたのだ。

その日、小豆はガッコを休んだ。夕方まで憂鬱そうにごろごろしていたが、日が翳って春の夕

空がピンクに滲み始めたころ、とつぜん空元気で、

「ソイヤ！」

と叫んで起きあがった。

「お姉ちゃん、うるさい」

「ソイヤ！　ソイヤ！　ソイヤ！　ソイヤ！」

「もうっ、どうして熱、下がっちゃったの。やだぁ、地下足袋はいてるっ」

「ちょっと出かけてくるぜっ」

小豆は赤い特攻服を羽織って、玄関を飛びだした。

バイクにまたがり、飛ばせと命じるのに、鉄のボーイはこの日は優しく、いや、飛ばさないぜとゆっくりと、安全運転で小豆を頭脳高の前まで送り届けた。

頭脳高は灰色のコンクリートでできていて、まるできれいな刑務所みたいで、それになぜだか、建物ごと地面から数センチ浮いてるように見えた。清楚なヴァージン・ピンクとメガネ君達がぞろぞろと下校中だった。

その中に、一人だけ真っ黒なオーラを放つすごい存在感のオンナノコが交じっていた。黒煙みたいな、小豆には皆目わからない種類の絶望を背負っていた。大親友だったはずの二人の道は、確かに、一年ちょっと前の春、二手に分かれてしまったのだった。

「スミレっ子」

優しく呼ぶと、真っ黒オーラのヴァージン・ピンクが、ふと足を止めた。

「……道で会っても、もう声かけないでって、言ったじゃない！」

「かけるよ。何度でも。いっしょにハイウェイ走った仲じゃねぇかよ」

「ばっかみたい。ハイウェイだって。あんなのただの国道じゃない」

「それを言うない」

　小豆は笑った。

　それから連れ立って歩きだす。二人は慣れない恋人どうしみたいにちょっとあいだを空け、桜並木をゆっくりと進んだ。不良の小豆は、真っ赤なバイクを引き。清楚なスミレは、黒鞄を胸の前で抱えて。どこにもたどり着かないような、たらたらした歩き方だった。ハイウェイを爆走していたときのスピードは時の彼方にきらめいて消え、風もなく、ただただ凪の、春の夕刻だった。

「留守番、電話」

「……」

　返事がないので、顔を覗きこむ。スミレは黙って、かすかににんまりとほくそ笑んでいた。

「やっぱり、おめぇか」

「ばれちゃったの？」

「スミレ、笑ってる場合じゃねぇ。大人が問題にしてる。雲雨には雲雨の縄張りがある、税金未払いと一緒だぜって、大人の世界のヤー公さん達からの伝言だ」

　スミレの顔色がさっと変わった。

　と、媚びるように微笑んでみせて、

「でも、そうなったら製鉄天使が助けてくれるでしょ。あたしのバックについて、ね」

「スミレ……」

　小豆は絶句した。

　それから、急に爆発した。

「なんだよ。東大行って外交官になるって、威張って飛びだしてったくせによ。遊び半分でポン引きの真似なんかしやがって。それで、よりによって雲雨横丁から目ぇつけられやがって」

「たはは、怒らないでちょ、小豆ちゃん。儲け、山分けしちゃおうよ。だいたい最初から、スリルが目的で、お金なんてどーでもよかったんだ。うちのガッコ、つまんなくてさ、メスガキどもベンキョできるだけでぱっぱらぱーだし、ストレスあるし、ママの知らないアブないあたしってやつに飢えてたからね。おもしろいようにあたしの言うこと聞くの」

「スミレ……」

「バックが強けりゃ怖くないもん。ね、一緒にやろうヨ」

「スミレ、いい加減にしろよ。目を覚ませ。どっこもおもしろいことなんてありゃしねぇぜ。オンナがオンナを食ってどうするよ。大人の悪いとこ真似して、そんでもって最高学府行って、って。男の悪いとこ真似するのが、強い女になるってことか？　スミレ、ちがうぜよ。それはぜったいにちがうぜよ。いまのおめぇがやってるこたぁ、偉くもねぇし頭よくもねぇ。ただの○○野郎だぜ」

　返事はなかった。

「スミレぇ、目ぇ、覚ませ。頼むよぅ、スミレ。そんでさ、いまは無理でも、百年後……一緒にまたハイウェイを走ろうぜ。思い出話に花、咲かせながらさぁ……」

「……」

「あ、ハイウェイじゃなくて、国道か」

「……もう、いい。小豆ちゃんのばか」

　スミレは急に子供みたいな言い方をした。どう見たって汚れなく見える、かわゆい唇を尖らせ

て、

「駄目になりたいあたしの気持ち、女で頭脳高のトップにいて、がんばってもがんばっても先が見えない……受験戦士のあたしの気持ち、駄目高でお気楽に走り屋やってる小豆ちゃんなんかにわからないよ。あたしは変わったの。頭脳高が変えたの。もう、ほうっといて。もう、こないでよ」

たっ、と地面を蹴って走りだす。

一度だけふりむいて、

「小豆ちゃん」

と、上目遣いに睨んだ。

「な、なんだ」

「教えてあげる。えいえんの国なんて、どこにもないんだよ」

「スミレーッ」

それきり後も見ず、スミレは桜並木を走っていった。

あの中学の卒業式の日、一度もふりかえらず歩み去ったときの、決然とした後ろ姿とよく似ていた。あれから一年とすこし。真っ黒な煙のような絶望が、スミレの肩にずっしりとのしかかっていた。日は暮れかけて、ピンク色した夕刻の空に、黒煙がゆっくりと混じっては、淡く溶けた。

（スミレ……）

小豆は去っていくオンナの背中を無力感に包まれて見送った。

（おめぇってやつは、いつだって、あたしを置いてどんどん先に行ってしまうんだな……）

ときには、眩しい道を。

ときには、破滅への真っ暗な奈落を。

後も見ずに進んでいく。明日、死んだって、かまやしないの、とうそぶきながら。

小豆にはわからなかった。

だけど、わからねぇけど、愛しい気持ちは一緒だった。

わかるから親友なんじゃねぇ。人と人なんてそうそうわかりあえるもんじゃねぇ。そんなの幻想だぜ。それぞれの孤独、絶望、光ってもんがある。

それでもこんなに、心配だから、親友なんだぜよ。

なぁ、スミレ。

……そう伝えたいのに、難しかった。

桜の花びらが散った。そういや、春はいつだって寂しい季節だった。


赤緑豆家の庭にあったかい日射しが落ちて、だけどもうすぐその日も暮れるという、夕刻。

小豆は元気なくたそがれて、細い川にかかったミニチュアの橋にしゃがみ、特注の武器の一つ、鉄の数珠をいじくっていた。数珠は小豆の手から浮きあがって、空中で、橋やら塔やら蓮の花やら、いろんな形に歪んでみせた。それを見上げながら小豆は力なく、くっくっと笑っていた。

「なにしてるんだい」

急に涼やかな声がして、小豆はあわてて顔を上げた。

夕日をバックにして、兄が立っていた。女の人のように小首をかしげて優しく微笑んでいる。

小豆は赤くなって「あ、いや……ええと」と、立ちあがった。

「メ、メランコリックに、考え事だぜよ」

「ふぅん。これ、なんだい」

「あぁ、これは……武器さ」

空中を飛んではいろんな形になってみせる鉄の数珠を、兄はおどろいたように目を瞬かせて見上げた。小豆は慣れたことなどで気乗りのしない声で、飛んでみ、捻じってみ、おっこってみ、などと命じては、欠伸交じりに数珠を見ていた。

「すごいな。これ、いったいどういう力なんだい」

「どうって、わかんねぇけど、昔から……」

昔から鉄を扱うことができるのと、この力を族どうしの戦闘で使ってきた話をすると、なぜだか兄はさびしそうに顔を曇らせた。

しばらく黙っていたが、やがて小豆の頭を何度か撫ぜて、

「そんな力が、この世にあったとはなぁ」

「いやぁ、よくわからねぇけど。だけど、喧嘩以外には使えんぜよ。兄貴みたいな立派な人にゃ、こんなの、まったく無用さ。ま、なくなってもかまわねぇ、尻尾の骨みてぇなもんだ」

「立派、か」

兄の姿がまた薄靄のようにゆるみ始めた。

「小豆、もしかしたら、キミのほうがずっと、この赤緑豆家の血を色濃く継いでたのかもなぁ。この家を継いでいくのはもしかするとぼくじゃないのかもしれない、なんて」

「そんなわけないぜよ。兄貴、なに、おかしなことを……」

泣く子も黙る製鉄天使の小豆総長、鉄をも配下に収めた恐るべき特攻一番は、兄のささやきになぜだかすぅっと怖気立った。そうして、何度も首を振っては、「そんなわけ、ない、ぜよ……」

と呻くようにくりかえした。

細い川を、涼しげな音を立てて水が流れていた。風はあまりなくて、木々はとても静かに、たたずむ兄妹を見下ろしていた。


そして、夏の初め。

全国紙が派手に、山陰地方のとある名門高校の女子生徒の集団売春が明るみに出たと報じた。留守番電話の機能を利用した高校生の犯罪と聞いて、赤珠村の大人も子供も、不良のメスガキどもか軟派のお姉ちゃん連の仕業だろうと思ったが、よくよく聞けば、頭脳高の秀才達の話だという。

検挙されたのは七人で、そのうちの一人、二年生のA子さん（一七）は、自分はせずにクラスメートを大人に紹介することで上前をはね、多額の小遣いを手に入れていた。

真面目な子達、おとなしいはずのティーチャーズペットが静かに壊れ始めていた。気合の入った傍観者たるイチが話したとおり、不良と校内暴力の時代は徐々に終わりつつあり、代わりに、真面目な子が陥る、いじめ、自殺、不登校などの問題が親を悩ませ始めていた。つまりは、つぎの時代が恐竜のような足音を響かせて近づいてきていたのだが、壊れたスミレは、ある意味でその先駆者、だったかもしれない。

パクられちまった少女Aは、頭脳高を自主退学した。秋には広島の少年院送りになり、中国山地を越えてひっそりと護送されていった。

夜で、風が吹いてた。やけに強い秋の風。真っ赤に朽ちた椛《もみじ》が、血まみれの、子供の手みたいにたくさん茂って、路肩から道路に向かって不吉に揺れていた。たくさんのお化けが手を振ってるみたいだった。

護送車は夕方に赤珠村を出たのだが、日が暮れて、山道に差しかかったころから、音も光もなくそれこそ幻のように、少女達のバイクが取り囲んで護衛していった。

エンジン吹かせず、ライトもつけず。

山道なのにどうしてか、少女達が乗るバイクは事故ることもなく、夜の目を持つ獣が運転してるようだった。

「なんだ……？」

と、護送車の運転手が目を細める。

「さっきから、ちらちらと、バイクみたいなもんが……。幻覚か？」

よぉく見れば、泣く子も黙るレディース達の改造バイクの集団だ。運転手はあわててスピードを上げて逃げようとしたが、相手が襲ってくるでもなく、追い越すわけでもなく、ただただ静かに併走しているだけなのを見て取ると、

「おかしなこともあるもんだな」

と首をかしげ、そのまま走ることにした。

製鉄天使は、夜を走った。

音も、光も、魂を高揚させるなにもかもがない奈落への道を。

中学からの生え抜き天使達はみんな、暗い顔して、堕ちていった天使仲間、スミレのことを考えていた。しかしいまでは高校からの新メンバーのほうが多く、そっちの天使どもは後ろのほうで「親友だったんだってよ」「小豆総長の？　へェ」「それがポン引きかよぉ、ケケッ」「いや、その前になんで頭脳高なん？」と不思議そうにささやきあっていた。いまではみんな幹部の、生

え抜き天使は、黙って、泣きながら走っていた。昔の仲間はみんな、あのころのかわゆいスミレのことが好きだった。

小豆はノーヘルでまっすぐ前を見て走っていた。護送車の鉄格子越しに、やがてスミレの青白い顔が覗いた。痩せた手を鉄格子に絡ませ、怖い顔して前方を睨む小豆の横顔をみつめた。

「小豆ちゃん……？」

返事をせずに、小豆は唇をかんだ。

「小豆ちゃん……」

それでも返事をしなかった。

「小豆ちゃぁん……」

甘くて、か細い声。声だけじゃなく、ほっぺも、首筋も、見る影もなく痩せちまっていた。小豆は返事の代わりに、切れ長の瞳から涙を一粒、零してみせた。涙はキラッと光って、秋の風にさらわれて後方に消えていった。

「約束……」

スミレの声がかすかに耳に届いた。

「覚えてる……？」

それでも小豆は返事をしなかった。

「百年経ったら、ハイウェイでまた会おうって。４６４９号線は、そのときもまだ、燃えているかなぁ……」

（当たり前だぜ、スミレ）

小豆は真珠みたいな涙をぽろぽろ、ぽろぽろ零した。

すべては夜の風に奪われて後方に飛んでいった。

(時なんて越えるぜ。だって、だってよ……)

護送車と護衛するバイクの列がゆっくりと県境を越えた。ここはもう広島だ。

(だって、あたしら、えいえんなんだ……)

製鉄天使の支配下に下った広島の道路では、小豆に守られる護送車にちょっかいをかけることもなかった。夜の道は静かに冷え切っていた。

(ほんとだぜ、スミレ。信じてくれ。頼むぜ、スミレ……)

広島の山奥にそびえる少年院。荒くれ不良が集まる、鉄筋コンクリート製の恐怖の館。

夜のうちに伝令が下ったため、新しく入ってきたちゃらいアマっ子、新聞沙汰になった少女Aには誰も手を出せなくなった。新入りをかわいがったろうと待っていた牢名主じみた古株も、支部も含めればすでに二百人を超える巨大組織、製鉄天使の総長白ら、鳥取くんだりから徹夜で護衛してきた相当ワケありのメスガキですぜと教えられると、触らぬ神にたたりなしと震えあがり、少女Aの血まみれ歓迎会を取りやめた。少年院の職員達だけがなにも知らず、痩せた新入りの少女がほかの少女から恐れられ、遠巻きにされている様子を不思議そうにみつめた。

小豆はその日、朝日が上がるころまで、名残惜しそうに少年院の前にバイクを停めて佇んでいた。だが、花火とハイウェイダンサーに右と左の肩を叩かれ、

「やるだけのことは、やったぜよ」

「おめぇが目ぇ光らせてっから、スミレのやつも、生きて出てこれるさ。誰もあいつに手ぇ出せねぇはずだ」

「元気だせぃ、総長」

「二年の辛抱だ。それぐれぇで出てこれるらしいって話だからよ。また迎えにこようぜ。二年なんてよ、きっと瞬きしてるまに経っちまうぜ」

いつになく強く励まされ、未練を残しながらもバイクに乗った。

朝日に不吉に照らされる、灰色の館をふりかえり、

（スミレ……あばよっ）

後ろ髪引かれながらも、生まれ育った赤珠村に向かってゆっくりと走りだした。

そのまま家には帰らず、朝からいつものサテン〈宇宙人来襲屋台〉に引きこもり、腰を老婆のように曲げてインベーダーゲームに興じながら、

「なぁ。山口制圧、行こうぜ」

「えっ、いいぜ。いつだ？」

「いまだよ、いま。猛ってんだ。地獄の、炎みたいによぉ」

人差し指をピストルみたいに尖らせて、自分の胸を指差し、バンッと引き金引いてみせる。幹部連中が真似して、人差し指の空気ピストルで互いに「バンッ！」「あぅっ、やられた！」「もひとつ、バンッ！」「やられたぁ……と見せかけて、やられてねぇ、ハハ〜ン。バンッ！」と遊びだす中、通りすがりのレディだけが思案顔で小豆を見下ろしていた。

「いますぐ行きてぇんだ。猛ってんのヨ。おい、わかるだろ」

一人だけ真顔でいてくれるレディに、小豆は気弱そうに訴えた。

「おめぇ、参謀だろ。作戦立てろよ」

「そんな、急には無理です。下調べと思考に時間がかかりますから」

「硬いこと言うなよ。これまでだってなんとかなってんだ」

「あのねぇ、小豆さん。山口って言ったら中国地方一の大都会ですよ。眠らない街だし、道路の車線だって……」

話す二人の周りを、空気ピストルを振りまわす仲間が、「バンッ！」「バンッ！」と叫びながら走りまわった。眠ってないのと、悲しみで混乱したためにやけにハイになっているようだった。

「一人でだって行くぜ。いま、無性に血を見たい気分なんだ。こんなときこそ、敵と戦う底力があるってもんだ。おぅ、戦争日和だぜ」

「ばかっ」

「なんだい、総長に向かってばかはねぇだろ」

「もう、パンでも食べて寝てください。あたし、作戦考えますから」

メロンパンを渡されて、小豆は空気ピストルの人差し指をしおれさせ、がくっとしょげた。

帰り道。

たらたらと歩いていた小豆は、小石に蹴躓いて転んで、そのままあぜ道でごろんと寝っころがった。空は曇って、重たい灰色に垂れこめていた。

「リボンちゃん？」

声がして、ちらっと見ると、頭脳高のぽっちゃりボーイ、トォボが心配そうに顔を覗きこんでいた。

「おぅ、おめぇか」

「なにしてるの？　日光浴？　だけど、服が汚れちゃうよ」

しゃがんで、枝でつっついてくる。

「いま、ほっといてくれ。トォボ」

「う、うん……」

ぽっちゃりと立ちあがって、足音を忍ばせて遠ざかろうとする。それを横目で見て、

「いや、やっぱり行くな」

「うん！」

また駆け寄ってくる。

カァァ……と、鴉が飛びすぎた。

風が吹いた。

いつもとちがい、赤珠村に吹く風までが、不吉な湿り気を帯びているようだった。小豆はいつまでも黙って寝転がっていた。

やがて、トォボがおそるおそる、小豆の手の甲に、自分の肉付きのいい真っ白な手を重ねた。そのあまりのあったかさに小豆はあっと息を呑んだ。それから、涙をこらえるように、ぐっと唇を引き締めて、

（不思議な、もんだな……）

と、ひとりごちた。

（悲しいときのほうが、人肌ってぇのは、あった、けぇんだな）

鴉がまた鳴く。

風はとてもつめたい。やさしい心を骨まで凍らすように。

トォボはずっと手を乗せ続けている。

（ありがとよ、ぽっちゃりボーイ。だけどよ、知りたくなかったよ。悲しいときに、こんなにも

一人になりたくて、だけど、こんなにも、狂おしいほど人恋しいなんてぇ、ことは。あたしは、あたしは、悲しいガールになんて、なりたくなかったのさぁ……）

小豆は急に起きあがった。

「リボンちゃん？　大丈夫？」

「……おぅ」

小豆は片頬でかすかに笑った。

それから、トォボに背を向ける。

まだまだ、とぼとぼ歩くのはいやだった。ここで走らなきゃ女じゃねぇのだと知っていた。だから小豆はいきなり、後も見ずにあぜ道を走りだして、ぽかんと見送るトォボをおいてきぼりに、夕日に吸いこまれるように消えていった。

「走ると、転ぶよ。気をつけてねぇ、リボンちゃん！」

「おぅー……。ありがとよー……」

あぜ道を走って、走って、舗装された道路に出ると、そこに真っ赤なバイクが待っていた。小豆はそれに飛び乗ると、無言で国道を駆け抜け、そうして坂道を上がって赤緑豆家にもどっていった。

風が吹いた。

なんだか平和でさびしい、いつもの赤珠村の風景だった。


つぎの週。

ふいの通り雨に赤珠村はしっとりと濡れて、案山子も、ぼろぼろのアスファルトも、古い家々も、なにもかもがさびしく輝いていた。

人の通りはいつもどおり少なくて、鴉がときおり、どっかで鳴いていた。

そんな、ほんとにいつもとおんなじような、その日。

――スミレが死んだと知らされた。

夜中に赤緑豆家の電話が鳴った。縁側で月を見上げてぼんやりしていた小豆は、すぐに立ちあがって受話器を取った。

少年院にいる不良の一人が内緒で外に教えてくれたのだった。もとは広島のレディース裸婦のメンバーで、去年、天使の配下に下り、その後パクられてあの館の世話になっていた。

「小豆さん……。たったいまのこと、らしいです。職員がばたばたしてて、でももう手遅れらしいって」

「そう、か……」

「パンストで首、くくったんす。あんなシャンがよ、十七で。もったいないことです。あ、いま、家族に連絡がいくところです。切ります、やべぇ、みつかっちまう」

「ありがとよ。恩に、きるぜ」

「あたしにも親友がいます。小豆さん……。あの子、せめてもあんたって子がいてくれて幸せだったと思いますぜ。だってあんなにケンのある、それなのに寂しそうなオンナ、あたし、族の世界じゃ見たことなかったですもん。……マジ、やべぇから切ります。さいなら、小豆さん」

「おぅ……」

簡単に、人のこと、幸せだったとか言ってんじゃねぇや、と洟を啜りながら、小豆は受話器をもどした。

また縁側にもどり、しばらく座りこんで、庭の木々を照らす狂ったような月を見上げていた。今宵、いま、この月の光を浴びながら狂っちまおうか、と小豆は思った。

ついさっき、スミレは一人であっちに行っちまった。

あっちって、どこだよ。

死の世界……。それがえいえんの国なのか。

ちがう。生きてる世界にそれはあるんだ。そこに二人で行くはずだった。いつの日か。

もう生きてる甲斐がねぇよ。

あぁ、いま、狂いてぇ。

しばらく月を見上げて、小豆は甘えていた。自分一人のことならこれきり戦わず、月の光に吸いこまれて消えていってしまいたかった。

だけど、ほんとのとこ、もうそうは行かなかった。

小豆総長はじじぃみたいなのろのろした動きで、十数秒もかけてなんとか立ちあがった。強い風が吹いて、小豆ちゃぁん……と呼ぶように剣の髪を舞いあげた。赤いリボンが血の色に暗く燃えた。

ゆっくりと廊下を歩き、玄関から出た。バイクにまたがると音もなく坂道を降り、製鉄天使の幹部それぞれの家を一軒、一軒回っては、小石で窓をかち割って起こした。

どの天使も、小豆の顔色を見ると事態を悟った。

「死んだのか。まだ、生きてんのか」

「……死んだ」

「そう、か」

「行くよ！」

「もちろん、あたしも行く。製鉄天使はいつだって一心同体だぜ。地獄の門まで送らにゃあ、嘘だ」

隊列ができ、それは音も光もなく、国道４４９号線にひろがる古代の女王の葬列のようだった。真ん中に、小豆。左右を守るのは、中学から走り続ける、丙午印の、いかれた生え抜き天使ども。小豆は無言で白い旗をばっと広げた。真っ赤なペンキで製鉄天使と書かれた旗が、月の光に怪しく照らされた。はたはた、はたはたとはためかせ、無言で走る。

狸も、狢も、珍しいものを観察するように、山道の左右に並んで製鉄天使の無言の葬列を見送った。

また山を越え、県境をすぎて、広島の山奥に到達する。

朝になり、やわらかな朝日が鉄筋コンクリートの館をそっと照らす。

警察の車が数台、見えた。小豆達は山肌に隠れてずっと見ていた。

昼になり、夕刻になり、日が暮れたころにようやく、スミレと、駆けつけた家族を乗せたらしい車が館から出てきた。

家族にもみつからぬよう、製鉄天使の葬列はすこしの間を空けて車を護衛した。旗がはためき、夜の静寂《しじま》に声のない涙が花びらみたいに散った。

（楽しいね。毎日、なにやってても楽しいね……）

三分間のスピード写真撮りながら、はしゃいで笑ってた横顔。

（友情、成立だね。赤緑豆さん）

初めて会った入学式の朝、教室で笑いかけてきた、まんまるで人懐っこい瞳。

（だって、あたし、頭脳派なんだぁ……）

威張って、そう主張してた。

「ケッ」

小豆は、スミレの魂に聞こえるように声に出して言った。

「頭脳派だぁ。笑わせらぁ！」

答える声はなかった。

「頭なんてよぉ、悪くたってよぉ。地位も、名誉も、カネも、学歴も、なんにもよぉ。ろくにもてない人生だってよぉ」

涙がまた花びらみたいに瞳からもげた。

風に奪われて後方に消えてく。

「生きてりゃ、御の字よ。そうだろ、スミレ。生きて、大事なやつらと笑いあっていられたら、後はなんにもいらねぇんだぜ。人生なんて、所詮、そういうもんなんだぜ。そうだろ、スミレ」

答える声はなかった。

「ちがうのかよぅ。そうじゃなかったのかよぅ、スミレ。スミレ。スミレよぅ」

背中のほうから、夜がゆっくりと明けてきた。

光に照らされた小豆の細い肩には、いまや、右に悲しみ、左に責任がずっしりと背負われていた。

山脈の向こうから金色の光が現れて、さきほどまで暗い闇に沈んでいた山肌をやわらかく染め替えていった。製鉄天使の旗も眩しくきらめいていた。スミレのいない新しい世界が容赦なく始まろうとしている。小豆は、やっぱり昨日、月を見ながら狂っちまったほうがいっそ楽だったぜと思ったけれど、そんな呟きを聞かれたらスミレに鼻でつめたく笑われそうで、口には出さなかった。ただ、氷のようなため息だけをついた。


その夜。

朝から部屋にこもってドロのように眠り続けた小豆は、スミレのいない、暗い、新しい世界で目覚めた。

夜は重たく垂れこめて、黒煙のように小豆の周りに満ちていた。けむたくて気味の悪い臭いを感じるほどで、指をのばせば、いまにも夜に直接、触れそうだった。

小豆は起きあがり、だるさのあまり頭を抱えた。

それから、

「なんか……臭くねぇか？」

夜の気配とはまたべつの異臭に気づいて、鼻をクンクンと蠢かせた。

部屋の中に、かいだことのない酸っぱいような甘苦いような、それでいて重たくて、不気味な……臭いが垂れこめていた。四つんばいで部屋中を歩き回り、クンクン、クンクンと鼻を鳴らし……やがて、わかった。

臭いのもとが自分だということに。

小豆はあわてて立ちあがり、自分の手の甲と、腕と、それから座りこんで膝頭を臭った。どこもその未知の香りで満ちていた。すえたような、いやな臭い。

部屋を飛びだし、母親にぶつかったのに気にもせずに、廊下を風のように駆けて洗面所に飛びこんだ。父親が腰にバスタオルを巻いて髭をそっていたが、気にせず鏡を覗きこむ。

「どした、小豆？　にきびか？　にきびは別名、青春の証って言うんだぞ」

「……」

「ん、なんだ？」

「……うぅぅぅ」

小豆は鏡の中を見て、絶望に、空気が漏れるような声を立てた。

とぼとぼと廊下を歩いて部屋にもどる。

それから異臭の籠もる部屋に座りこんで、頭を抱えた。

……大人に、なっちまった。

小豆が鏡の中に見たのは、瞳が濁り、どろりと歪んだ大人の面差しだった。臭いもまた、そういやかいだことのある、いわゆる大人の体臭だった。

小豆はこのとき、まだ十七。大人になっちまうまで、つまりは子供のフィクションの世界の寿命は、あと二年もあるはずだった。

二年の猶予をとつぜん失ったのは、親友をなくした、おおきな悲しみからだろーか。

やべぇ。

小豆は冷汗をぬぐった。ぬぐってもぬぐっても噴きだしてきた。

いまや小豆は中国地方最大のレディース、製鉄天使の初代総長だった。仲間達、そして死んだスミレとともに見た夢、せかい統一の実現はすぐそこに迫っていた。しかし、小豆の燃える子供の魂はいまや風前の灯《ともしび》なのだ。魂潰しのファイヤーフラワーの攻撃を受けて倒れた敵のように、小豆はとつぜん儚《はかな》くなっていた。

昨日まで、古代の凶戦士の如く、狂って燃え盛っていたというのに……。

小豆は立ちあがると、ぐるぐると部屋中を歩きまわった。

（長い戦いになるぜよ……）

遠い昔。

揺れる改造車の上に立った、いかしたボーイが叫んだあの声がよみがえる。

（覚悟して、走れや……）

見上げて胸を熱くした。憧れの強さに、鉄のハートがダンスした。

あれから、幾年月。

巨大化した組織と、責任と、胸の中に揺れ続けた甘い夢。いつの日かハイウェイスターになって、えいえんの国に走ってく、小豆っ子とスミレっ子の、あまりにも遠すぎた、薔薇色の未来。

そして、始まった戦争。せかい統一という、ぴかぴかの、もうひとつの夢――。

（人を倒した手には、責任ってやつが宿るんだぜよ。それが、暴力ってぇものの本質なのよね……）

あの夜、あんなに輝いてたボーイもいまは遠いお空の下だ。大人の世界で、毎日、大人の臭いの汗水たらしてる。

小豆の肩がまた、責任ってぇものの重さにズシンと音を立てて沈んだ。床まで沈みこむほどの強さでみんなの期待が小豆を押さえこんだ。

部屋の中では、黒煙のような闇とすえた臭いが、悪夢そのものの醜悪さで、この世の終わりの日の海みたいに暗くのたうっていた。

「ねぇねぇ、お姉ちゃん、ちょっとケープ貸して。……お姉ちゃん？」

妹が障子の陰から顔を出して、異様な空気に気づいたように言葉を呑みこんだ。

　ゆっくりとふりかえった小豆は、「おぉ」と、化粧台からヘアスプレーの缶を投げてやった。それから、低い声で、

「なぁ」

「……うんっ？」

「前にさぁ、姉ちゃん、青春っていつ終わるんだろって言ったの、覚えてるか」

「えー、そんなこと言ってたっけ」

「おぉ。わかったんだぜ。それはなぁ」

　小豆は寝転んで、つぶやいた。

「とりかえしのつかない別れが、あったときさ。おめぇも、覚えとけ」

「……ふーん？」

　妹の足音が遠ざかっていくと、小豆はぎゅっと目をつぶってまるで胎児みたいなポーズでちいさく縮こまった。

　そして――、
　翌日の夜。

「おわっと、どうした、総長。イメチェンか？」

「おぅ。ちょっとなぁ」

　ディスコ〈ダイアモンド・ストッキング〉に現れた赤緑豆小豆は、夜なのにいかしたグラサンをかけていた。それに、香水を頭からじゃぶじゃぶかぶって人工的な香りを発散させている。すさまじく甘いその香りに、近づいてきた仲間はつぎつぎエビのようにのけぞった。

小声で、

「恋でもしたんだろ」

「立ち直るにはいちばんじゃな。……なぁ、知っとるか？　頭脳高のいかしたぽっちゃりボーイが、一人、無謀にも総長をデートに誘い続けとるんだが」

「マジかよ。すげぇな。命、いらねぇのか」

「総長のこと、なんて呼んどるか知っとるか」

「知らねぇ」

「……リボンちゃん」

「ぶほっ」

仲間は腹を抱えて笑い、本人に聞こえないように「確かにリボンはついとるから、日本語として間違いじゃねえが……」「小豆総長なら、かわゆいリボンちゃんなんかじゃねぇ。泣く子も黙る、灼熱のリボン野郎だぜよ」「いやはや、恋は盲目。なんだよ、そいつとつきあえばいいじゃねぇかよ。総長はなんであんなにつっぱっとるんだ」「それがよ、まんざらでもなさそうだったってよ。ニタニタにやけてぽっちゃりボーイと歩いとるところを何人も見とるだが」と噂しあった。

そんなことを言われているとは知らず、小豆はグラサンで濁った目を隠して踊り狂っていた。ディスコが閉店する明け方までフロアでステップを踏み、香水まみれの汗を飛ばした。追いだされると、雲雨横丁の路地で音楽もないのに狂ったようにボックスステップを踏み続けた。そういや、こいつを教えてくれたのもあの子だった……。明け方の路地裏で、踊るポニーテールの少女を、雲雨のヤー公どもも「うわっ、ビックリした。なんだ、小豆っ子か」「天使の頭《カシラ》かよ。ま、今日も元気でいいのぅ」と、のすでもなくかわいがった。雲雨の若手の中でも一目置かれるイチの、お気に入りのガキだとみんな知っていたし、単純至極で元気一発、いつだって特攻命の小豆っ子のことを、とくに嫌う大人はいなかった。

小豆は朝になっても、狂ったよーに踊り続けた。

野良猫と鴉がその姿を見守っていた。動物は、鼻がいいから、大人も子供もまだ気づかない小豆の異変を見抜いていた。おやおや、こいつもか……と、失いつつあるめずらしいものを惜しむように、散らかるゴミバケツと電柱の上から小豆を見守っていた。

この街でイチにーさんと出会い、せかい制覇の夢を与えられたあの春から、気づけば四年半もが経っていた。小豆は踊りながらしょっぱい涙を流した。時間が流れたことに。戦い続けて得たものもあったが、あのころ予想もしなかったほどたくさんの大事なものを、容赦なく失ってしまったことに。ずっと一緒だ、えいえんに変わらないと子供の心で信じたものが、手のひらからこぼれるつまんねぇ砂粒みたいに、どっかにどんどん消えちまったことに。追悼のダンスはいつまでも終わらなかった。路地裏がステージだった。涙がライトだった。そして悲しみだけが小豆の音楽だった。

小豆自慢のボックスステップ。

踊りつかれて、へたりこむ。

もう昼の光が垂れこめていた。大人の夜の街、雲雨には人の気配がない。小豆はふらつきながら立ちあがり、待っててくれたかわゆいボーイたるバイクにまたがると、すごすごと家に帰った。

赤緑豆家の門をくぐると、珍しいことに、穂高、と名札をつけた老いた職人が玄関先に立っていた。スミレの伯父だ。

小豆はガキだし、これまでこの男と二人で話したことなんてなかったが、なんとなく二人並んで縁側に腰掛け、ぼんやりと庭の木々を見上げた。

二人とも黙っていた。

きっと、同じ人のことを考えながら。

と、

「あの木から……」

スミレの伯父がとつぜん、庭の真ん中にあるおっきな百日紅を指差した。

「あんたのお母さんが、飛び降りてきたことがあったの」

「へぇ、木から」

小豆は不思議そうに聞きかえした。

「受けとめて、と言って。あれはなんだったのかの」

「……へぇ」

しばらく二人は黙っていた。

秋の風が吹く。

赤く朽ちた葉が舞って、足元につぎつぎ落ちてくる。

「そういや、スミレも」

ようやくその名を、小豆から出した。

勇気を出して、心の奥底から絞りだすように。

「飛び降りてきたことが、あったな。あたしのバイクに向かって。三階の教室の窓からだぜ。目ぇつぶって。ぜったい受けとめてくれる、あんたが受けとめなかったら死ぬまでヨって、危険な目ぇして」

「そうかの」

「受けとめたんだぜよ。あたし、あたし、あれほど幸せな瞬間はなかったんだぜよ。おじさん！」

えいえんの一瞬。

どこ、ではなく、いつ、にだけ存在する、儚い楽園。

そう、あのとき確かに、二人は、あの伝説の国の、住人だった――。

「あの子が死んで、みんなが悪く言うから家族は辛くての。そりゃあいかんことをしたし、迷惑もかけたし、それに、子供が一生を棒に振ったと怒っとる親御さんが毎日、やってきての。そりゃあ本当のことだ。あやまらにゃならんし、あの子も、償わにゃならん。わかっとる。だけどなぁ、小豆っ子。スミレっ子は、それでも、ほんとはいい子だった。ちいさいときからよぅく知っとる。あの子はいい子だった。それさえ否定されたら家族はもう生きていけんだが。わしらはこの先、生きていけんだが。どこにもいけんだが。それでも、この村で暮らしていかんと、いけんのよ……」

「おじさん」

小豆はグラサンの下から濁った涙を流した。

大人しかいないから隠さなくてもよかった。スミレの伯父にはただの、少女の可憐な涙と見えただろう。

「誰がどう言おうと、スミレを愛してたやつらの心の中で、あいつの姿はいつまでも変わることはないぜよ」

「小豆っ子……」

「人の噂は、七十五日だ」

つぶやきながら、小豆の胸に在りし日の友達の姿が浮かんだ。それはここ最近のすさんだ、遠い横顔ではなく、ぴかぴかに輝いていた中坊のころの、スミレの蕾みたいなかわゆい笑顔だった。あんちくしょうめ、あんちくしょうめ、と思いながら、小豆はちいさな声で、

「だけどよぉ」

と、つぶやいた。

「だけど、好きは、永遠なのサ」

「あぁ。よぅ言ってくれたの……。のぅ、小豆っ子……」

スミレの伯父は背中を向けて、作業服の袖で顔を拭った。

それきり二人はなにも言わなかった。

言葉はいらなかった。

そういうときもあるのだった。

それに二人は、そろって口下手。だから黙って、おっきな百日紅の木を見上げてじぃっとしていた。

暗く、重苦しい闇に覆われた、その空間。

壁際にしゃがみこむたくさんの人影は、相変わらずあまり動かない。真ん中に座りこんで話しているほうと、聞いているほうの二人だけが時折だるそうにからだを蠢かせる。カサカサ、カサカサ……とへんな音がする。きっと鼠かなにかだろう。と、どっからか蝙蝠《こうもり》が飛んできて、二人の目の前を不吉に横切った。

「俺ぁよぅ」

聞いていたほうが頭をかいた。

「そのニュースなら、聞いた覚えがあるぜ」

「あん？」

「女子高校生が捕まって、死んだ話さぁ。おどろいたんでよぅく覚えてる。名前も知らねぇ、ただの少女Aの事件だが、そうか、そいつがスミレだったのか。おかしな話だと思っただけだったが、中学んときからの姿を聞いてると、胸に刺さるね。おぅよ」

「そうか？」

「でも、この話をしてくれてるおまえさん自身は、じつぁ、スミレに会ったことがない。……ちがうか？」

男が聞くと、周囲の闇に紛れたほかの人影がゆっくりと蠢いた。

聞かれたほうは不思議そうに、

「なぜだ？」

「聞いてるうちにわかってきたぜ。おまえ、この話に出てくる暴走族雑誌の記者かなにかだろ。製鉄天使の戦いを取材しまくってさ、だからそんなに詳しいんだ」

「うむ……」

「だけど、おまえが取材を始めたのは、天使どもが高校生になってからのことだ。だから、中坊んときの仲間、スミレには直接、会ってないってわけさ。どうだ」

「まぁ、そんなとこだ」

「やっぱりな」

男は納得したようにうなずいた。それから傍らにおいていた黒い、細長いものを重たげに持ちあげた。話していたほう――雑誌記者を名乗っている――が、あわてたように腰を浮かせて、

「おいっ。物騒なもの、触るなよ」

「え？　あぁ、いや、なんとなく。すまん」

「おまえがそんなもんもってるから、だいたい、こういうことになったんじゃないか。忘れたのか。わかったら、それをそこにおけ。……おけったら！」

怒鳴られて、男は渋々といった様子で、黒くて、物騒なもの――猟銃のように見える――を床に下ろした。

「わかったよ……」

「話の続き、聞きたいんだろ」

「あぁ、そりゃあな。手持ち無沙汰で、無意識に触っただけだよ、他意はねぇ」

「あってたまるか。……さて、で、どこまで話したっけな」

「親友のスミレがおっ死《ち》んだせいで、泣く子も黙る小豆総長が、なんと一夜で大人になっちまったってとこまでだよ。それで、どうなったんだ。丙午印の、いかれた製鉄天使どもは、その後……」

「あぁ、わかった。話すよ」

闇の奥で、膝を抱えたほかの人影が一斉に、声もなく笑ったような気配がした。男は、なぜ笑う、と不思議がるように辺りをそっと見回した。

重たい闇はますます強まり、もはや煙のようにもくもくと充満している。

男が傍らにおいた黒いもの——いかにも物騒な、猟銃一丁——も、闇とからまり、ますます重たげに輝いた。

五章　えいえんの国、さ！

「〈ムッターケルン〉からエドワード族が出てきた？　なぜだ？」

その冬。

牡丹雪が日本海につぎつぎと舞い落ち、濃い灰色の波が氷のつめたさで寄せては返す、とりわけ寒い夕刻のこと。

白い息を吐きながら〈宇宙人来襲屋台〉に入ってきた仲間に向かって、小豆が聞いた。

相変わらずの、でかいグラサンに真っ赤なリボンのポニーテール。むせるほどの香水で身に起こった異変をかくし、煮詰めたようなコーヒーを飲みながら、欠伸交じりにインベーダーゲームに興じている。

曲げた背中は、じじぃそのもの。

かったるそうに貧乏ゆすりして、

「んあ？」

と、顔を上げる。前歯でがじがじとタバコを噛み、どう見ても寝不足の顔つきで仲間を見上げた。

「どうしてかなんて、あたしにだってわからんだが」

仲間は小声でささやいて、向かい側の席に座った。カウンターの中で競馬新聞に顔をうずめているマスターに、「あたしぃ、お汁粉」「……へいよ」新聞をたたむ音が聞こえてきて、それから、ものすごく煮詰まって、地獄の風呂釜からすくってきたように見えるお汁粉を持ってマスターがやってきた。

それをずるずるすすりながら、

「中坊のメンバーが、学校帰りに見たって言いはってる。ものすげぇ不細工なオンナが何人か、人目を忍んで出入りしてたって」

「残党がいるのかね」

「ずいぶん前に、潰してやったはずなんだけどのぅ。小豆総長」

「でもよぅ」

小豆はインベーダーゲームに興じながら、だるそうに答えた。

「そんなことあるかいな。だってよぅ、〈ムッターケルン〉って、パン屋じゃないか。パン屋と言やぁ、うちの参謀、レディが居候してるうちだし、いくらあいつがぼんやりしてても、自分の家にエドワード族のドブスどもが出入りしてりゃあ、すぐ気づくだろ。だいたいドブスどものほうだって、どうしてパン屋に用があるのさ」

「ドブスだって腹ぁ減るだろ」

仲間がお汁粉をすくいながら、哲学者のように重々しい声で答えた。

「……」

小豆はしばらく宙を見上げて考えていたが、やがて納得したように、

「そりゃ、そうだな。……あっ、しまった。負けちまったい」

「ははは、総長はほんとにゲームへただな。喧嘩は強いのにねぇ」

「それを言うない。ちっ。どうもこういうチマチマしたのはいけねぇな。ゲーム機ごと壊したくなっちまう」

「おぅおぅ、物騒なこと言うなよ。お嬢ちゃん達」

水を注ぎにきたマスターが、歯の溶けた口でカッカッカと笑った。つられて小豆達もカッカッカと笑いあう。

それきり二人はその話題を忘れ、喧嘩の技自慢をしあった。小豆の飛び蹴りは月まで届くかというぐらい高くて、その軌道も目を見張るようなうつくしさだったし、仲間のパンチも、漫画みたいに星が飛ぶほどすごかった。げらげら笑いながらじゃれあううちに、最初の深刻な話題はあっというまに百億光年の彼方に去った。

カラコロカラコロ……と、ドアの上に飾られた古い土鈴が鳴った。白いマフラーとミトンで冬支度したレディがゆっくりと入ってきた。

こうやってみるとレディはぜんぜん暴走族の参謀に見えなかった。現に、カウンターに座って、

「マスター、ミルクティひとっつ」

「今日もそれかい」

「んっ。紅茶のおいしい喫茶店って、最高ネ」

ぽやっと微笑んでる横顔は、どう見ても普通のネンネの女子高校生。ダッフルコートを脱ぐと、ぜんぜん改造されていない制服が現れたし、鞄から出てくるのも教科書の束とノート。ま、それからパンの山だ。

そのくせ、お砂糖たっぷり入れたミルクティを飲みながら小豆のほうをふりかえり、真っ赤なポニテにグラサン、改造制服の上から蛍光レッドの昇り龍柄スカジャンを羽織った小豆総長に、

「作戦、立てました。山口制圧、特攻一番、……ヨロシク晴れ姿っす」

と話しかけるときの声は、たっぷり二オクターブも下がった。目つきも気合の入った三白眼、まさに人殺しのそれだ。

「おめぇは、二重人格かよ」

「んっ？」

「オンナってすっげぇなぁ。つくづく思うぜよ。で、どんな作戦だ？」

「よくぞ聞いてくださいました」

いそいそとやってきて、甘ったるいミルクティのカップ片手にノートを広げる。授業中に書いたらしく、日本史のノートの真ん中に山口県の地図がでかでかと描かれていた。そういやこいつ、今日は教室でもやけにまじめにノートを取っていたぜよ、と思いだしながら、

「山口って、広《ひれ》ぇなぁ。おい」

「戦国時代そのままに、ちいさな族がちまちまと競りあってるのが現状です。中途半端に広いとこって、たいがいそうですよね。でも、ちいさいとこは気にしなくていいはず。潰すのは下関を牛耳る老舗のレディース、その名も〈下関トレンディクラブ〉！　そうとう強ぇって話です。歴史もあって、しかも過去には死人も出てる。噂じゃ、死神クラスのお嬢ちゃん達っすね」

「死神クラスぅ？」

トイレから出てきたハイウェイダンサーが、長い髪で濡れた手を拭きながら、

「とはいえこっちは鬼神だぜ。ま、敵じゃねぇ」

「油断は禁物！　なんせ中国地方で最大の勢力です」

レディの声はあくまで冷静だった。

小豆はさきほどの話をふと思いだし、これだけしっかりしたオンナが、自分の家にエドワード族の残党が出入りしてることに気づかねぇわけないかとまた納得した。

土鈴がまたカラコロカラコロ……と鳴った。つぎつぎに仲間がやってくる。狭い店に入りきらない奴らは、店の外で缶コーヒー片手に、開いた窓から聞こえる総長達の声に耳をかたむけている。車二台分のちいさな駐車場いっぱいに不良少女がぎゅう詰めになり、みんな、窓の向こうでタバコくわえる、いかした小豆総長を、憧れのあまりむしろ怒ってるようにも見える顔でみつめていた。

小豆はいまや、生ける伝説だった。

暴走族雑誌で見る、かっこいいユーメージンのオンナノコにして、教科書に載ってる戦国武将じみた存在感。それがなんとすぐ近くにいて、息を吸って、思考して、いきいきと動いてるのだった。

小豆は、古くからの仲間にとってはただの小豆、いかした丙午の一人だったが、新しい、年若い天使どもにとっては動く武将、まさに歴史的人物だった。

遠巻きにされ、憧れの視線にさらされながら、小豆はというとひたすら責任を感じていた。みんなのフィクションを背負って走る責任をだ。グラサンの奥で、ちっく、たっく、ちっくたっくちっくと、時の時計が音を立てて小豆の瞳を濁らせていた。もう時間がなかった。小豆は夢をかなえるというより、ただ己の責任を果たすために、のっそりと立ちあがった。

「行くぜ！」

「もう、ですか」

「作戦はおめぇが立てたんだろ。信じるぜ、人殺しの目をした、ミルクティまみれの、真っ白ミトンの参謀レディさんヨォ」

「でも、どうしてそんなに急ぐんですか。秋からずっと不思議でしたけど。小豆さんがなんだか焦ってるように、見え、て……」

「しゃらくせぇこと言うなよ、総長が行くって言ってんだ。こういうときのあたしらの返事は、ひとつだぜよ。がってんだ、地獄の一丁目までご同伴しますぜって。な、レディ」

花火がにやにやしながら立ちあがった。そして、

「景気づけだい！」

と、カウンターの中に手をのばし、汁粉を大鍋ごと一気に飲むと、鬼女の笑顔で空の鍋をほうった。

壁にぶつかった大鍋が、飾られた絵画の額を粉々に割った。

その音に、みんなスイッチが入った。それぞれの席から立ちあがり、

「うぉぉぉぉ」

「うぉぉぉぉ」

「ご同伴、ご同伴だぜ！」

「一丁目といわず、二丁目までも、三丁目までもついていくぜ！」

「戦争だ、また戦争だぜよ。うぉぉぉぉ」

数秒の時間差で、「今日、遠征らしいぜよ……」というささやきがひろがり、窓の外の駐車場でも若い天使どもが立ちあがった。

缶コーヒーの空き缶が宙を舞い、「おぉ！」「おぉ！」と雄たけびを上げる天使どもの顔面にゴンゴンと音を立てて落ちてきた。興奮のあまりささいな痛みは感じず、天使どもはますます興奮

して、

「殺すぜ、山口」

「いかれたトレンディクラブの死神ども！　地獄の底までご同行いただきやすぜ！」

口々に叫ぶと、それぞれのバイクや原付やチャリンコに飛び乗り、ぴたっと口を閉じてじっと待った。

しばらくすると、カラコロカラコロ……と音がして、サテンから幹部を引き連れ、小豆が出てきた。肩には鉄パイプ。手の甲には凶戦士の証、ばかでっかいメリケンサック。昇り龍の輝くスカジャンを景気よく羽織って、足元は地下足袋。

グラサン越しにこっちを見て、……うむ、とうなずく。

途端に若い天使どもは、

「総長だぁ！」

「本物だぜ、生きてるんだぜっ、いま、このとき、あたしらと一緒にいてくれるんだぜっ」

「小豆総長っ、いっしょに死なせてくだせぇっ！」

まるで男のアイドルに向けるような、悲鳴じみた黄色い声を上げて駆け寄った。

と、小豆が片腕上げてそれを制し、グラサンをちょいとかたむけて、

「いっしょに死ぬんじゃないやい」

と、低い声でささやいた。

「人と、人ってぇのはな。いっしょに生きるために出会うのヨォ！　天使チャン達」

「……小豆ぃ、おぃぃ」

となりでハイウェイダンサーが、絞りだすようにつぶやいた。

なにより大事なものを失った、いまこのときの小豆にしか言えない言葉だったのだろうか。若い天使どもは両手で胸を押さえ、ゆっくりとうなずいた。

「そんでもって、生きることは、走ることとサ。だろ、天使チャン達？　あたしら爆走女愚連隊はよぉ、走ることでしか命の花、燃やせねぇ。そんならいっしょに走るだけだ。走って、走って、そんでもっていつの日か、みんなしてたどり着くのヨ。……えいえんの国ってやつにさぁ」

小豆は真っ赤なボーイにまたがると、エンジン吹かしてふりかえった。

「天使チャン達、おまえらも、明日の……ハイウェイスターを目指すんだぜぃ」

ほんとうは、鉄のバイクのささやく声も、いまではときおりうまく聞こえない瞬間があった。小豆の魂は風前の灯だった。真っ赤なボーイはそれを察して、老人を支える孫のように優しく小豆をフォローしてくれていた。十三歳の夏からの、ボーイとの恋愛みてぇな蜜月は時とともに通りすぎ、いまでは、バイクと小豆の間にはただ情ってぇものが残っていた。バイクは小豆を支え、小豆はバイクにどっしりと頼った。またがると二人の心は通じた。ボケちまっても、そんでもって声が聞こえなくなっても、小豆は、こいつとこんなすげぇ時間があったことだけはけっして忘れたくねぇと思った。記憶がなくなるのがいやだった。だけどボーイは、いいのヨ、消えちまったっていいのヨ、そこにその時間があったことだけが俺達の真実なのサと言うように、

うぉん……

うぉぉん……

うぉぉぉぉん……

静かで優しいエンジン音で、小豆の瀕死の、いまにも冷えていく真っ赤な魂を愛撫した。

小豆は、熱い眼差しで己を見守る天使どもに、

「ハイウェイは、まだ、おまえらに優しいはずだぜよ……」

「うぉぉぉぉ」

「総長、総長っ、行くぜっ。あたしらも行くぜ」

「そうかよ。頼りにしてるぜ。さてと、出発だ」

小豆が花火に旗を放る。

花火は、なんだよぅあたしに持たせてくれんのかよぅと、不思議そうに首を傾げながらも旗を受け取り、製鉄天使の真っ赤な文字が躍る旗をはたはたとはためかせて、一番乗りで国道464 9号線に飛びだした。

途端に、小豆を止めようと飛びだしてきた影があった。危うく花火に轢かれかけ、「きゃっ」と叫んで路肩に避けた。

小豆がブレーキを踏み、

「なんだよ。またおめぇか」

「リ、リボン、ちゃん……」

「おぅ！」

でっかい花束抱えたとぼとぼトォボが、なぜだかぽっちゃりと立ちつくしていた。幹部達もバイクを停め「なんだ、なんだ。こんなときに」「あっ、あいつだよ、頭脳高のメガネ野郎。無謀にも総長を口説いてるいかれたボーイさ」「おいおい、ほんとにリボンちゃんって呼んでるぜ。総長も返事してるじゃないか。どーゆーことだ」と小声で噂しあった。

トォボはふるふると震えながら、

「今度こそデートに誘おうと思って。ここの喫茶店にいつもいるって噂を聞いたからさ。オンナノコばっかりで喫茶店にいるなんて、かわいいね」

「あぁ？　デートぉ？　悪いがその話は明日にしてくれ。こっちはこれから戦争なんだ」

「だめだよっ」

トォボは意外なほど強い口調で小豆を止めた。

「だめじゃねぇよ。おまえには、わかんねぇんだ。オンナにはどうしても行かなきゃいけねぇときがあるんだ。止めてくれるなメガネ君、背中の昇り龍が脂汗流しちまうぜっ。ほら、どきな」

「だって怪我をしちゃうぢゃないか。オンナノコなのに」

「おめぇ、いつか轢かれるぞ。どいてな。話は明日、聞くよ。いや、そうさな……。明日か、あさってか。いや、そのつぎかな」

「聞く気ないだろっ、それってばさ」

「しゃらくせぇ。花火、ちょいとこいつを轢いてやれ」

「よしきた」

「きゃーっ」

トォボはあわてて避けて、片足立ちになり、そのまま開いたコンパスみたいにくるくる、くるくると二回転してうつ伏せに転んだ。手のひらをすりむいて、

「あっ。怪我した。もうシャープペンシルがもてない。受験生なのに……」

「あばよっ、とぼとぼトォボ。あたしがいつか、とぼとぼ歩いてゆっくりどっかを目指すようになったらさぁ、どっかでまた会おうぜ。いまは、あたしは、走るしかねぇのよ……」

そう……。

天使は、走るしかねぇのよ……。

……ブロォォォォォ！

爆音響かせ、爆走女愚連隊、特攻一番、晴れ姿の不良少女達はつぎつぎ走り去っていった。まるで増えすぎた鼠がある日一斉に海を目指し、飛びこんでしまうように。死に向かって一直線に走るように。

その爆音と、遠ざかっていく真っ赤なバイクと、少女達の狂ったような危険な目つきを、トォボは呆然と見送った。

「リボンちゃぁん！　すごく危ないったら、リボンちゃぁん！」

その声にあわせるように、国道沿いの、鴉避けの丸い飾りがくるくると舞った。


「リボンちゃ……あれっ」

しばらくめそめそと泣いていたトォボは、顔を上げた。

とうに走り去っていった爆走天使の真っ赤な隊列を、そうっと追うように、見慣れないバイクが十数台、国道を同じ方向に走っていくところだった。

どの顔も、ドブス。

ノーヘルで赤茶色の髪をなびかせ、怖い顔して飛ばしている。

ブロォォォォォ……。

ちーん……。

ぱらっぱー……。

喇叭かなにかか、なぜか楽器の音も響かせながら通りすぎていった不吉な集団を、トォボは首をかしげて見送った。

「誰だろ。オンナノコたちだけど、でも、リボンちゃんの友達じゃないや。いったいなんなんだろ……」

雪がはらはらと舞って、灰色の空を見上げたぽっちゃりボーイのメガネにたちまちずっしりと積もった。

くしゃん、とかわゆいくしゃみして、それからトォボは寂しげに肩を落とした。

「あーあ。大丈夫かな、ボクのリボンちゃんは……」


夕刻に鳥取県赤珠村を出た製鉄天使の爆走は、翌朝未明まで続いた。

日本海沿いに走ること、数時間。

真っ赤な鉄の川のように、その姿は山口に向かって流れ、注いだ。

ドライブインでの目撃談が、山口を牛耳る老舗レディース、下関トレンディクラブの耳に入るのに時間はかからなかった。それも参謀のレディィの作戦に入っていた。小豆は山口県に入る直前まで国道を走り、それから、中坊の天使ども十数人を国道に残して、山道に入った。

鳥取の、一車線しかなくて歩道さえない、国道とは名ばかりのチンケな道路。

それとはまるで別格の、四車線もあるでっかい、山口の、本物のハイウェイ。

そこをまっすぐに下関トレンディクラブの隊列が走ってきた。ハイウェイを走りなれたプロパガンダじみた配列で。真正面から突っこんでくる製鉄天使どものほうは、横に広がってるから、もっとたくさんいるように見えた。まさか、若いの十数人しかいなくて、後ろはカラとは思えなかった。チェーンを振りまわして、隊列を崩さず近づいてきたトレンディクラブを、若い天使どもは「それぃ！」と掛け声一発、ジャンプして飛び越えた。

「えぇっ？」

「いないぜ！」

「なんだよ、一列だけだったのかよ、どういうこった!?」

飛び越えきれずに、トレンディクラブの五列目辺りに落下して、そこから戦闘になる。そのつぎの瞬間、ハイウェイ真横の山肌から、真っ赤な鉄の雪崩のように古参の製鉄天使どもが滑り降りてきた。

珍しく、無言。

雄たけび一つ上げず、見上げたトレンディクラブも、一瞬、幻かよと疑うほどに静かだった。ただその顔つきだけは、狂った鬼神そのものだった。振りあげた鉄パイプが、振り下ろされると同時に敵のバイクをくの字に曲げた。その鈍い音に、トレンディクラブもはっと気を取り直した。隊列を崩されたまま、山に引きずりこまれ、ぐちゃぐちゃの乱闘になる。

舗装されてねぇ道路での喧嘩なんて、初めての、トレンディな死神どもだった。雪混じりの泥に足を取られ、転ぶ。凍ったようにつめたい木の枝も、柔肌をおそろしいほどやすやすと削った。

おしゃれな紺ブレに金ボタンの戦闘服も、どろどろに汚れて重たくなった。

「ちくしょう、いかれた野猿どもめが！」

「野猿でけっこう、喧嘩上等っ、こちとら噂の製鉄天使でぃ！」

「噂にたがわぬ無茶苦茶ぶりだなっ、いてて、やめちくりっ」

今夜の小豆は、真っ赤なスカジャンの上から、闇の騎士の如き鋼鉄の鎧を身につけ、製鉄天使の旗をはためかせて登場した。鎧がいかにも重たげな音を立てた。地獄の底からよみがえった、中世のジャンヌ・ダルクのような、その姿！　小豆は寄ってくる敵をつぎつぎ血祭りに上げた。

「しっかし、人数、多いぜ。小豆っ。さすがは下関トレンディクラブだ！」

「へへっ、そんなことにゃあビビらねぇぜ。いくぜっ」

小豆は叫んだ。

自在に形を変える鉄パイプを両手に一本ずつ持ち、ぐっと腰を落として構えると、二刀流でもってどんどん敵を倒していく。小豆の戦闘方法をあらかじめ研究してきたらしく、敵は動きを予測しては避け、小豆に近寄っては角材で殴ることを繰りかえした。血にまみれ、痣だらけになりながらも、小豆は一人、また一人と敵をのした。

甲高い怒号が響く。

戦闘は、五分五分から、次第に天使有利に転びつつ、あった……。

と、そのとき……。

「やべぇ、小豆総長！　もう一連隊、きちまった！」

レディの悲鳴に、小豆はつめたい剣みたいな目つきでふりかえった。

アスファルトでできた巨大な川みたいな、すげぇでかさの国道。その向こうからライトを右に左にユラユラさせて、戦闘態勢そのままの気合で、隊列つくったトレンディクラブの第二陣がやってくるところだった。

「思ったより、でかいぜ。そうだ。こいつら人数だけは大陸的に多いんだ！」

「なに、大陸だぁ？　ふかしてんじゃねぇ、ここはぁ島国。泣く子も黙る、中国地方だぜ」

「でもよぅ、すげぇきたぜ」

「……あ」

若い天使の一人が、鬼そのものの形相で目を凝らし、なにかを指差した。

ハイウェイのでっかい信号機だ。

誰かがよじのぼり、信号機に細工をしている……。

「あん、誰だ？　なにしてやがる？」

人影は青い服を着ていた。

その信号機の周囲を、製鉄天使でもトレンディクラブでもない黒ずんだバイクが十数台も取り囲んでいる。

やがて信号機が一斉に赤になり、巨大な十字路で車が動きだして、トレンディクラブ第二陣の隊列はとおせんぼされた。

「いまのうちだっ」

「なんだかわからんが助かったぜ」

天使どもは戦闘を再開した。

鉄パイプが再び、形を変えては敵を倒す。二刀流のまま、小豆はその場でくるくると回転し近寄ってくる敵を血祭りに上げた。

血と泥にまみれて第一陣を倒しきったところで、ようやく第二陣が、赤のままいつまでも変わらぬ信号に隊列をかなり崩されたまま近づいてきた。
一四、一四、順繰りに、製鉄天使どもは敵を倒していった。
朝になるころには、紺ブレ姿のトレンディな死神どもを配下に降した。

小豆は潰した車の上によじ登ると、旗をふりあげて、

「製鉄天使ぃ、ただいま制圧に成功いたしやしたぁっ。ありがとうございやした！」

と、やくざの啖呵のように叫んでみせた。

「うぉぉぉぉ」

「小豆さんっ、小豆さぁんっ」

「やったぜ、最高！」

「愛してるぜぃ」

小豆はグラサンを直し、香水の匂いを振りまきながら、

「田舎モンの野猿軍団に倒された、山口のみなさん。めちゃ、かっちょわりぃぜよ。製鉄天使！ヨロシク鳥取！」

その声と仲間の雄たけびは、マイクもないのに街中に響き渡った。鎖に繋がれた高価な飼い犬どもも、うっかりつられて狼のように遠吠えを始めた。わぉぉぉん……、うぉぉぉぉん……、と犬どもが鳴く中、製鉄天使はぱらりらぱらりらとでっかいハイウェイを走りまわってはもどってきた。ペンキでかかれたハイウェイダンサーのアジテーションが、月の光に真っ赤に照らされた。

小豆は叫び終わると、興奮など幻だったかのように静かな横顔を見せ、叫んでは飛び跳ねる仲間達を見渡した。

車の上にあぐらをかき、それから睨むように空を見上げる。

夜空には、星がひとっつ、ふたっつ、みっつ……。

お月さまは、ひとっつ。

あれ。

まだ、雪が舞ってるぜ。

厳しい顔つきで夜空を見上げていると、その視界にゆっくりとなにかが飛んできた。

白い……。

いつか見たことのある……。

そう、遠い日に、こうやって、あいつが……。

小豆は片手を上げて、それをはっしと受けとめた。

ちーん……。

遠くから、聞き覚えのある不吉な音がかすかに響いた。

小豆は眉間にしわを寄せて、手の中のものをぐしゃっと握りつぶした。

花火が近づいてきて、肩をたたき、

「やったな、小豆。とうとう中国地方を統一したぜよ」

「……いーや」

小豆は首を振った。

「まだだぜ」

はっとしたような顔をして、花火が「どーゆーことだ？」と聞く。

小豆は握りつぶしたそれをじっと睨んだ。

確かに見覚えのある、紙ヒコーキ。遠いあの日、中坊になりたての小豆をイチにーさんの武器屋に導いたのがこれだった。そして壊滅したあいつらと、そこから現実化した、せかい統一の夢。

騙されていた、と小豆はじわじわと感づいた。低い声で仲間にむかってささやいた。

「まだ、敵がいる」

「なんだって。そんなわけあるかよ、これで終わりだぜ」

「ちがう。最初にして最大の敵を、あたしってやつは……倒してなかったんだぜ」

「最初にして最大の敵？　いったいなんだよ、そりゃあ」

「わかるだろ、花火。おい、ハイウェイダンサー、おまえもよ」

小豆は立ちあがり、血に染まった車の上から、ひらりと身軽に飛び降りた。

夜空と、さきほどまで誰かがよじ登っていた信号機を見上げた。

絞りだすように叫ぶ。

「ドブスの巣窟、エドワードだぜよ！」


帰り道。

ハイウェィ全体が、まるで幻みたいに揺れていた。

人工的に赤いテールランプが、右に、左に。

小豆は製鉄天使の旗をはためかせ、鉄の武器をくくりつけた腰をすこぉし浮かし、バイクの上で鼻歌交じりだった。

今宵はなぜか、海の上を走ってるみたいに静かで、エンジンの音だけが規則正しく聞こえてきた。仲間も口数が少なくって、走る天使どもはまるで過去の情景が風にふわりと揺れてよみがえったかのようにみんなして儚かった。

空は群青色に沈んで、月だけがハイウェィを白々と照らしていた。

「……あっ、しまった」

物思いに沈む小豆につられてぼんやりしてたというように、バイクが滑って、鉄橋から真っ逆さまにとつぜん落下した。風に舞う木の葉と、その上にいた蛙のように、バイクと小豆はひらひらと落ちて、ぼちゃんと鉄橋の下を流れる川面に消えた。

「……エッ？」

「総長？」

「あれっ、消えたぜ」

天使どもはそれぞれの乗り物を停めて、あわてて、口々に小豆を呼んだ。

「小豆ーっ？」

「な、なにやってんだ？　どこ消えた？」

「こんだけの戦闘の後で、伝説の総長がよぉ、溺れて死ぬなんて、なしだぜ」

「おーい、小豆っ。ちょっと、おい、これってマジでやばくねぇ!?」

「総長ーっ」

ぶくぶく、ぶくぶく……。

そのころ小豆は、はるか上空で自分を呼ぶ仲間の声も届かぬ、重たく暗い川底にいた。目は見開いたまま、口からちっちゃな泡を吐きながら。はっと我に返り、やべぇ、泳ぐぜと平泳ぎのように両手を動かした途端、ぶくっとおおきな泡が弾けて、目の前に過去の情景が浮かびあがった。

（あっ……）

おもわずつぶやく。

口からまた泡がぶくっと出た。

暗い水底に、いつのまにかたくさんの死者がよみがえっていた。それは遙か昔の人びとの幻で、その証拠に着ているものがすべて使いこまれた普段着の着物ばかりだった。

長い黒髪を後ろで結んだ、母によく似た大柄な女が歩いてきた。

母ちゃん、と思わず声をかけそうになったが、女は小豆に目もくれずに通り過ぎていった。

目を凝らすと、遠くに広々とした鍛冶場が広がって、鉄の火の粉に目をやられた片目の職人達が、掛け声とともに鉄を打っていた。

(中央からの、お達しだとよ……)

男の一人がささやいた。

(徳川家に、献上する刀、だそうな……)

(いい刀は剣士を選ぶという。そんじょそこらの人間には、鞘から抜くこともできん、すげぇ刀にしてやろうぜよ)

(おう、そうだ)

(それでこそ献上品だ。そうだ、そうだ……)

男達は叫びあいながら、鉄を打つ。

汗と火の粉が飛び散って、溶けた鉄の真っ赤な匂いが水底にぶわりと漂った。

小豆は水の中で瞬きした。

すると過去の鍛冶場は煙のように消えうせて、こんどはそこに、着物姿の、小豆とよく似た女と、そうして……。

背の低いかわゆい女が二人立ち、野原のような場所をやけにゆっくりと、いつまでも歩いていた。

(あっ……)

小豆は背の低いほうの女の横顔に、スミレの面影を探した。

探すとすこし、みつかった。

あの世みたいな野原を、着古した着物姿の貧しげな二人が、あてどもなくふらふらと歩いている。

日はかたむいて、背の低いほうの女が、その夕日を指差してなにか言い、笑う。自分に似たほうは返事をするでもなく、うなずいただけで静かにとなりを歩く。

小豆はその光景をぼんやりと眺めた。

背の低いほうが、小豆に似た女の手を取って、走りだした。夕日がやけに眩しく輝きだしたその方角へ、あてどもなく、二人きりで。小豆に似た女は、手を引かれて仕方なくというように、しかし次第にスピードを増して遠ざかっていく。

(なぁ、スミレ……)

小豆はまた目を閉じた。

水が見せた幻、やさしい過去の情景が遠ざかっていった。

(いつか、あたしがくたばっちまう日にはよぉ、必ず、おめぇが迎えにきてくれるよなぁ?)

ゆっくりと目を開けると、そこはなにもない真っ暗な川底だった。となりでバイクが、水をかくように左右に激しく動いた。

(三途の川なんざ、きっとつまんねぇ場所でよ。あんなとこ、一人で渡るもんじゃねぇ。誰だって、サ、先に死んだ誰かが、心配して迎えにきてくれてるもんだろよ。友達って、家族って、恋人って、そうだろサ。……聞いてるか、頭脳派の、ひとりぼっちの、さびしい、スミレっ子ちゃんよぉ)

答える、か細い声は、聞こえなかった。

(おめぇだって、じーちゃんか、ばーちゃんか……誰かが待っててくれたんだろーが。だから、渡れたんだろーが。なぁ……）

　バイクが動きだし、小豆はあわててハンドルに両手をのばした。水を蹴って、バイクが昇り龍みたいに川面に向かって上がっていく。

（忘れるなよ、スミレっ子）

　小豆はバイクごと、思いっきり、川面から飛びだして夜空を飛んだ。真っ赤な龍が生まれて、天に昇るように。

（4649号線は、そのときも、きっと、燃えて、いるんだぜい！）

　天使どもが「ばかだぜ、小豆は！」「やったぁ、飛んだぜ！」と鉄橋の上から歓声を上げる。月まで届けと飛んだ小豆は、ゆっくりと落下してきて、うぉんっとおおきなエンジン音を響かせると同時に、鉄橋に着地し、

「おぅ、すまねぇ。川に落ちた！」

「ぼんやりしてんじゃねぇよ。川の中に、なにかいたかよ」

「河童がいたぜ」

「エッ!?」

「うそだよ、ばぁか。あんなとこ、なんにもいやしねぇ」

　小豆は片頬で笑った。

　それから声にせずに、心の中だけでバイクに話しかけた。

（メランコリックな、思い出ちゃんが、待ってただけさ。だろ？）

　うぉん、とバイクが返事をした。

　鋼鉄製の、真っ赤なボーイもまた、やつだけの思い出ちゃんってやつを、水底でそっと見たの

かもしれなかった……。

　そうしてそのまま、隊列は再び、故郷の鳥取に向けて静かに走りだしたのだった。


　翌日。

　夜の始まりの時間。

　灰色に染まる日本海と、その身に古代の森を内包する謎めいた中国山地の間に沈みこむ土地、山陰地方にはこの冬いちばんらしい寒波が押し寄せていた。雪が降りそそぎ、海に落ちてはぶるると震えて黒く解けた。山肌も凍りつき、何人たりとも入ることを許さぬ険しい自然に満ちていた。

　その山肌を滑り降りてくる影があった。年季の入った、しかしよく整備された真っ赤なバイク……。

　小豆だ。

　背後から不良少女どもが適当な隊列作って追ってくる。ぶぉんっ、と音を立ててバイクが飛び、凍った月と重なって、夜空の不景気な雪を蹴散らした。

　隊列は国道を走り、ゆっくりと雲雨横丁に入っていく。

　酔客と若いオンナが絡まりあって歩いている。若者のグループが喧嘩に興じている。ヤー公が一人、だるそうにぷらぷらと歩いている。和風の飾り窓から、今夜も、老婆の幽霊みたいな白塗りの顔が路地を見下ろしてる。

　野良猫がさびしげに鳴く。

　いつもの夜。

ぶぉんっ、と真っ赤なバイクの隊列が入ってくると、路地の大人達が一斉に、無言で避けた。さいきんでは、夜の街で、危険なレディース、製鉄天使のことを知らないやつはいなかった。大人の縄張りを荒らすような阿漕《あこぎ》な商売はしねぇが、その代わり、走り一筋、特攻命で夜毎突っこんでくる。小豆っ子とその仲間をかわいがってはいたが、しかし、命が惜しくねぇ子供の魂のことが大人達は怖かった。それは、見えないけど確かにそこにある、でもけっして認めたくねぇ……もう一つの恐ろしい世界が在ることを示すのだった。大人達はほんとはそんなもの見たくなかった。今夜は様子がおかしいことを察して、ヤー公どもも夜のオンナも遊びなれた酔客も、みんな揃って真っ赤な隊列をすばやく避けた。

隊列はいつも通りぐにゃぐにゃしながら、〈鉄の武器屋　貴婦人と一角獣〉の前にたどり着いた。

小豆が代表して、中に入る。

後ろ髪伸ばした子供を二人、あやしながら、イチが顔を上げた。真っ赤な特攻服をはためかす小豆を見上げると、眩しそうに目を細める。

「終わったかい」

「いや、まだっす」

「……そうなのか？　確か、昨夜遅く、山口を制したって噂を聞いたぜ。おめぇのことだ、律儀に挨拶にきてくれるもんと思ってはいたが。その顔つきはどうも、ちがうな」

「まだっす」

小豆は繰りかえした。

イチはのっそりと立ちあがった。「それにしても、ずいぶん遠くまできたもんだな。あんとき、エドワード族のドブスどもに落書きされて泣いてたメスガキが、いまじゃこんなにでかくなって、鬼神の顔して、いっちょ前に武器の調達にきやがる。県内を制圧してから遠征に乗りだし、島根、岡山、広島、そして強敵、山口までも……。キミは、すげぇな。ここまで何年かかった。せいぜい四年半ってとこか」と、独り言のようにつぶやきながら奥の部屋に入っていき、やがてずっしりと重たい日本刀を抱えてもどってきた。

「にーさん……！」

小豆は思わず息を呑んだ。

その刀にはどっかで見覚えがあるような気がした。

鉄橋から川に、真っ逆さまに落っこちたあのとき、水の泡がみせた幻の、過去の情景の中で……。

まぎれもない小豆の先祖が、うっていた、刀。これは、あれとおんなじやつなんだって気がしたのだった。

イチにーさんは不敵に笑ってみせ、

「もってけ、ドロボー。これまで誰にも売ったことがなかった。銃刀法違反だしよ、だいいち、本物の刀なんて扱えるガキがこの街から出てくるとは、到底思えなくてな。自分のことも含めてだぜよ。だけどよ、キミになら預けていい。徳川家に代々、伝わった妖刀って触れこみでよ。これぞってやつにしか、鞘から抜くことさえできねぇらしいぜ。ま、ほんとかどーかは知らんがな。恐ろしくよく斬れるのは確かだ。キミが使やぁ、鉄の車も真っ二つよ」

「にーさん、恩に着ます……」

「それにしてもあっというまの四年半だったなぁ。小豆よ」

小豆は黙ってうなずいた。

それから堰を切ったように、とつぜん、

「人生なんて一瞬なんすね、にーさん。あたし、あたしっ、瞬きするまにここまできちまったんだぜよ！」

誰にも言えないあの苦しみを言葉にする代わりに、低く叫んだ。

小豆は物心ついたときから、なぜだか赤緑豆家のバカお嬢と呼ばれてきた。喧嘩だけがとりえの、世の中にいてもいなくてもぜんぜんかまわねぇ、ほんとつまんねぇメスガキだった。そうしていままでは、胸に空いたまんまるい穴から、大切ななにかまでが漏れだして消えてしまった。小豆の子供の魂は、現実という、強大な敵の手のひらで無残に握りつぶされようとしていた。

だけど、だけどよぅ。

ちくしょうっ。

負けてたまるかよぅ。

国道はハイウェイなんだぜ。ハイウェイって書いて、自由って読むんだぜ。４６４９号線は、百年経っても、真っ赤に燃えてるはずなんだぜ……。

大事なものまで、失って、たまるかよぅ。

イチは異変を感じたように、一瞬、目を細めた。グラサンかけて伏し目がちの、そういや今夜はちょいと挙動不審な小豆を、じっと見守る。

それからイチは、なにもかも察しているのか、どうなのか、黙って日本刀をほうった。目は伏せたまま、腕を伸ばし、がしっ、と力強く小豆は受け取った。

イチが低い声で叱咤した。

「行けよ、俺の鉄女。中国地方統一の、見果てぬ夢。確かに、俺に、見せてくれよな。せかいはもうすぐそこまでキミを迎えにきてるはずなのさ」

「にーさん……」

小豆はうなずいた。

日本刀を背負い、グラサンの奥に隠れた濁った瞳を、ぎらっと輝かせた。

「わかってます。命に代えても、約束……守りますぜ。うぉぉぉぉ」

「やっぱりキミは最高のメスガキだぜ。ほらよっ、ついでにこれももっていけってばよ！」

「うぉぉぉぉ？」

小豆はイチから鉄の武器を山ほどもらい、ずっしり抱えて、よろめきながら武器屋を出た。

待っていた仲間達に、

「ほらよ、好きに使え」

「すっ、すっげぇなぁ。総長。鉄の山じゃないすか。いったいどういう関係なんすか、デキてるんすか」

「アホかい。デキてなんかいるかよ。きっと、だから優しくしてくれんのさ。あたしはにーさんの……」

日本刀を握りしめて、血気盛んなオトコみてぇに振りまわしながら、小豆は独り言っぽくつぶやいた。

「真っ赤な、弟分なのさ。あたしもイチにーさんをほんとの兄貴と慕ってるのさ。名誉なことさ。すげぇ人だからよぅ、にーさんは」

顔を上げて、

「……って、おめぇら、人の話を聞いてんのかよ？」

「総長、このチェーン、あたしの！」

「イヤーン、あたしが先にみつけたのにぃ！」

「三秒ルール！　三秒ルール！　三秒以上、手から離したら貴殿の所有権はまるっと消えるっとよ！」

「消えるかバカ、殺すぞオラ、歯ぁ食いしばれっこのアマが！」

天使どもは鬼の形相で武器を取りあっていた。

小豆はため息をついて、

「はやく行くぞ。みんな、バイクに乗れよ。本物の地獄の一丁目こと、立体駐車場エドワードまで、今宵はご同行くだせぇよ」

「おぉ！」

「がってんだ。行くぜ、総長！」

仲間も顔を上げ、それぞれ気に入った武器を抱えてバイクに飛び乗った。

ブロォォォォォ……。

鉄の武器を振りまわすぐにゃぐにゃの物騒な隊列は、雲雨横丁からあっというまに走り去っていった。


夜に沈むアーケード街は、あのころとまったく変わらぬ、相変わらずの廃墟ぶりだった。すべての店舗のシャッターはつめたく閉まり、透明アクリルの天井から、月明かりと、積もりかけた雪の青白い輝きが汚れた床に降り落ちていた。

シャッターには、『お線香をどうぞ　木下仏具店』やら、『お洒落な美術サロンはこちら　斉藤美術』やら、『清潔な台所がママの居場所　台所用品の山一』など、古いセンスの煽り文句が躍っていた。そしてその上から、エドワード族のドブスどもがペンキで施した下品きわまる落書きがどぎつい原色の花を咲かせていた。真面目なオンナノコならキャッと赤面して逃げだすような単語ばかりで、それはもちろん、異邦人の来訪を防ぐという呪術的な意味合いもあってのことだった。だが、この夜アーケード街に突っこんできた製鉄天使の隊列は、高校生も中坊もそんなものじゃあ顔色ひとつ変えなかった。

揃いの赤い特攻服に、サラシ。鉄の武器をぞろりとひきずり、片手には真っ赤に燃える松明を手にしている。一人だけ松明を持っていないのは、旗をはためかせる小豆総長で、黒いおおきなグラサンに仲間が掲げる炎がちろちろと映っていた。気が遠くなるほど昔から、村の山肌で燃え続けた、たたらの火が今宵よみがえったように。天使どもは誰もが無言で、まるで、魔的な力で現代の廃墟に突如現れた、古代の凶戦士の群れの如く見えた。

今夜も、先頭を行くのは、魂潰しのファイヤーフラワー！

交差点に突っこんでは幾多の対向車をスピンさせ、敵の腰を抜かさせ、狂気の走りを見せつける我らが特攻隊長、花火だ。あのころ、短かった髪はだいぶ伸びて、背も高くなり、大人の横顔に近づいてきた。

特攻隊の後を行くのは、ハイウェイダンサー率いる親衛隊だ！　今宵もバイクとの自在のダンスで言の葉を繰りだし、仲間を鼓舞しちゃあ、魂に力を注ぎこむ。

続いて、走るは、総長の小豆！　周りを若い天使どもに囲まれ、まっすぐ前を見てただ走る。背中には日本刀。掲げるのは製鉄天使の真っ白な旗だ。

その後ろを参謀のレディが続き、油断なく周囲に目を光らせている。

ぐにゃぐにゃした隊列はそれなりの秩序を保ちながらアーケード街を進んでいった。

目指すは、立体駐車場エドワード……。

（そう……）

小豆は一人ごちた。

（なにか引っかかってたんだ。最初に島根を制圧した夜。危ねぇところを誰かに助けられた。青い服を着た、通りすがりの知らねぇオンナが助け船を出してくれた。礼を言おうと声をかけたら、自ら漆で顔をかぶれさせて、逃げちまった。……あいつ、いったい誰だったんだ？）

隊列はまっすぐに走り続けている。

夜に濡れる廃墟を。敵陣に向かって。

（そして昨夜。最後の山口制圧も、これはヤバイぜって時に、青い服着た誰かとその仲間が、信号機を操作してあたしらを助けた。でも、誰だ？　いったいなんのためにあたしらを助ける？　すげぇ不思議だった。だけど、わかった）

ポケットに入れた、それ……。

山口でどこからか飛んできた白い紙ヒコーキ。気づいて、怒りのあまり握りつぶしたそれこそが答えだった……。

（緑ヶ丘中学に入学した最初の日。エドワード族にコテンパンにやられちまったあたしに、あの武器屋のことを教えてくれたのは、誰だった？）

と、歯軋りしながら考える。

（遠い昔のことで、記憶もすっかりあいまいになっちまったが、あのときのオンナは確か、逃げ

遅れて泣いてたエドワード族のオミソだった）

　立体駐車場ののっそりとした建物が見えてきた。

　月に照らされ、雪に覆われて、石でできた古代の砦のように見えた。小豆は静かに興奮した。これまでの熱い滾りとはすこしちがう……真の強敵のもとにようやくたどり着いた、安堵交じりの……初めて味わう興奮だった。

（製紙工場〈青色ノ涙〉のお嬢ちゃんだって言ってたな。見逃すお礼に、内緒で鉄の武器屋を教えてくれた。それでイチにーさんに会って、せかい統一の夢を与えてもらったんだ。だけど……あいつ、ほんとうにオミソかよ？）

　あのとき、武器屋の地図を書いて、オンナが飛ばした紙ヒコーキ。

　紙なのになぜか鉄の刃に見事に突き刺さった。

　そう……。

　そんなことができる、あいつは、ほんとにオミソだったのか？

　小豆は鉄を扱える。

　製鉄所の娘で、鉄に愛されてる。あいつは製紙工場の娘だ。紙ヒコーキ飛ばしたら、鉄にも刺さるほど紙を自在に扱える。

　あいつこそ、あいつこそ……。

　ぶぅんっ……！

　見上げた立体駐車場エドワードのあちこちから、おおきな雪が舞ってきた。

　そう思ったのもつかのま、それは雪ではなくて無数の鋭利な紙ヒコーキだった。風もないのに飛んできて、下に集まった製鉄天使どもに向かって突っこんできた。ビシッ……と音を立てて、花火の柔肌がざっくりと切り刻まれた。

「ぎゃーっ！」

あちこちで野太い悲鳴が上がる。

「飛び道具だ、飛び道具だぜっ」

「あわてるな。隊列崩さず、このまま進め！」

レディが叫んだ。

それでも動揺した天使どもは、若いのから順番にバイクを停めてしまう。

その頭上を飛んで、小豆がエドワードに一番乗りした。あっというまに立体駐車場に消えていく総長の真っ赤な背中に、天使どもはあわてて気を取り直し「うぉぉぉぉ」と、血潮を滾らせて後に続いた。

小豆は走りながら、背中にしょった日本刀を、これぞってやつにしか抜けないらしい鞘から、あっさり抜いた。

ぎらり、と抜き身の刃が月明かりを反射した。

小豆は咆哮した。

「中国地方統一っ。これが終わらにゃ死んでも死にきれんぜよ！　出てこい、ドブスども！　そしてドブスの元締めヨッ！」

入口のバリケード代わりに、トーテムポールのように四台も積まれていた四輪を、バイクのハンドル握って一回転しながらくるくると飛び、上から、

「セイヤッ！」

と、ぶった斬る。

一瞬の、あきれかえったような静寂の後、四輪四台は真っ二つに割られて、右と左にゆっくりと崩れ落ちていった。

開けゴマ……とアラジンが唱えたかのように、鉄の扉の如き四輪バリケードが開く。勝手に辺りを一周して、ちょうど小豆の落下にあわせて真下にもどってきた真っ赤なバイクが、しっかりと小豆を受けとめた。

「ありがとよ。愛してるぜっ」

うぉぉーんっ……。

俺もだぜぃ、忘れんなよぉぉ、とささやくように、古女房たる真っ赤なボーイが今宵もエンジン音で笑ってみせた。

小豆が押し開いたドアから、天使どもが爆音唸らせ、エドワードに侵入していく。小豆も不敵な笑みを浮かべて後に続いた。

松明が放られ、そのたびあちこちの四輪が火を噴いた。

一階も、
二階も、
三階も、
そして四階も……。

飛んでくる紙ヒコーキが天使どもに襲いかかったが、松明がふられるとジュッと燃えて煙とともに消えた。

そのうち、外から見ると立体駐車場エドワードはあちこちに炎が揺れて、暗闇の中を運ばれてきたバースデーケーキみたいに燃え盛った。雲雨横丁の路地を歩く大人の酔客が数人、足を止めて呆然とエドワードを見上げた。「なにかが起こっとるようだが……」元エドワード族のドブスでいまはスナックに勤める女が、店からフラリと出てきて、ため息交じりにタバコに火をつけた。立体駐車場に目を凝らして、疲れた目を細め、かすかに笑った。

「出てこいやぁ、くそのエドワード族！　四年半もの間、隠れていやがったのはわかってるぜぃ！」

小豆の怒声が、その立体駐車場いっぱいに広がっていた。するとどこからか、くっくっくっ……とオンナの笑い声がした。

四階に通じる通路から、紙吹雪のように大量の紙ヒコーキが現れて一直線に小豆を狙った。天使どもが松明を振りまわして燃やしていく。

小豆のもとまで届いたそれを、日本刀で真っ二つに割ると、床に落ちた紙ヒコーキは命あるものの断末魔のように不気味に震え続け、しばらくすると息絶えた。床に幾つもの紙の死体が散らばる。燃えあがったものは赤子のような声をあげて煙となり、床にジュワッと落ちた。

「出てこいよ、エドワード族の総長。陰に隠れて君臨してた……そう、トライアングルちゃんヨ！」

途端に、

……ちーん！

と、聞き覚えのある不思議な音がまた響いた。

四階から、ゆっくりとカーブしながら一台の四輪が降りてきた。目が覚めるほど青いマークⅡ。運転しているのは若いドブスだ。

車の上に、御輿に乗るようにちょこんと腰かけて足を組み、トライアングルをちーん、ちーん……と鳴らしているのは、見覚えのあるあのオンナ！

エドワード族のオミソのはずだった、トライアングルのオンナだった。

あちこちから顔を出したドブスどもに、オンナが低い声で、

「あんたたち、だらしないわよ。はやく殺しちゃってよ」

とつぶやくと、ドブスどもは恐怖に囚われたように肩を震わせ、武器を振りまわして小豆に飛びかかってきた。

小豆は床を蹴って飛翔し、上から日本刀で、ドブスどもの背中を自在に彫った。たちまち悲鳴を上げて敵が倒れる。しかし落下するとき、飛んできたでかい紙ヒコーキに斬られ、小豆も腹を押さえて悶絶した。

床に着地し、痛みに呻く。

グラサン越しにオンナを睨む。

「久しぶりねぇ、バカお嬢」

「やっぱり、おまえだったか。島根であたしを助けたのも。山口で信号機に細工したのも。そして、そして……」

小豆は絞りだすような声で、

「鉄の武器屋に誘導して、あたしを、強くしたのも……」

「そうよ。いまごろ気づいたの？」

「パン屋〈ムッターケルン〉に、エドワード族の残党が出入りしてるってぇ噂があった。だけどあれはパン屋じゃねぇ。隣の文房具屋〈紙ヒコーキ〉のことだったんだ。見間違えたんだな。エドワード族はあたしらの力で壊滅させられたんじゃなかった。早めに地下に潜っただけだったんだ」

「えぇ、そうよ」

オンナはにやにやと笑った。

「中国地方統一は、誰もが見る、でも、見果てぬ夢……。あんたに会ったとき、こいつならできると思ったわ。だからあんたを強くして、暴れさせて、ほかの強い族を壊滅させて……弱ったところで当のあんたを倒す。そうすりゃ、中国地方はわたしたちエドワード族の天下になる。あんたたちが戦ってる間、わたしたちは地下でじっと力をためてたのよ。どうやらあんたたち、夜毎の戦闘でだいぶ弱ってるようね。とくに、総長の、赤緑豆小豆が……」

「ばかなこと言うないっ」

「総長は無敵だぜっ。この人ぁ、地獄で悪魔と取引したんだっ」

仲間が叫んだ。

小豆は黙ってグラサンに手をやった。

なにもかも見抜いているかのように、オンナはその目をにやにやとのぞきこんだ。

「総長さん、そのおかしなグラサン、はずしてみせなさいよ」

「……い、いやだぜ」

「あら、どうして？」

オンナはますますにやつき、天使どもは不思議そうに「なんでだよ。グラサンにこだわって」とささやきあった。

「ねぇ、バカお嬢。わたしにはよくわかってるわよ。あんただってさ、いつまでも、夢見る少女じゃいられないんだって」

「うるせぇ……」

小豆はすごんだ。

腹から流れる血にかまわず、日本刀を振りあげ、マークⅡに向かって駆けた。

あちこちからエドワード族が、おどろくほどの頭数、飛びだしてきた。紙ヒコーキが自在に散り、天使どものからだを切り刻んだ。

仲間の悲鳴が力を与えた。

最後の、命の、ともし火だ。

今夜死んだって、ほんとうに、もう、かまやしないんだ。なんの遠慮もいらねぇのさ。

天使は、走るしかねぇのよ。

たとえ最後の夜とわかっていても。

いや、それならなおのこと。

走るだけさ。特攻命だ。

小豆は鬼神そのものの残酷さで日本刀を振りおろした。

敵のバイクが真っ二つに割れ、炎上した。乗っていたドブスは転がり落ち、火達磨になってぎゃあああと悶絶した。ふりかえりざまにもう一人倒した。結んだ髪が刃の一振りでちょん切れて、むなしく宙を舞った。

「オンナの命の、黒髪がぁ！」

「ばぁか。髪なんざ命じゃねぇ。走り屋魂こそが命の花さぁ。貴様ら、しゃばいぜよ！」

小豆が吠えた。

「製鉄天使！　今夜も参上！　中国地方最強レディースじゃい。なめたら、ヌッ殺すぜよ！」

うぉぉぉぉ、と、天使どももつられて吠えた。床を蹴って飛翔し、鉄の武器でドブスどもをのしていく。

エドワード族は天使どもの鉄拳によって倒せたが、なぜだか、呪われた紙ヒコーキだけは、小豆がかまえる日本刀でしか斬れなかった。ほかの武器では、殴っても、潰しても、燃やしても、いつのまにかじわりと復活してまた飛んでくるのだった。

力がみなぎった。小豆は天かけるように飛んでは日本刀を自在に振りまわした。人によっては鞘から抜くことすら叶わないらしいその刀は、小豆のために自在にのびては遠くの敵を切りつけ、鎌に形を変化させては首を刈らんとした。小豆も、刀も、血に飢えた悪魔だった。小豆は片頬でにやりと笑った。

走れ。

斬れ。

叫べ。

燃えてしまえ。

青春。

ここでいますぐ終わってもいい。燃えて死ぬなら本望だぜ。

自慢の親友は少年院で落ちぶれ死んで、すげぇカレシも、ある日、一人で大人の階段のぼっちまった。もうすぐ終わる。中国地方統一。せかいでいちばん。走るしかねぇ、ほかになんもねぇ、貧しい天使の、見果てぬ夢。伝説のメスガキになってやるんだ。みんなでよぅ。初めての偉業を成し遂げたすげぇオンナになってから、死ぬんだ。今夜ここで終わっていい。どうせみんな大人になるんだ。魂、なくすんだ。あたしの子供の本物の魂よ、今宵、この戦いの舞の中で……燃えて死ね！

小豆は紙ヒコーキを燃やし、四輪を斬り、襲いかかるドブスどもの顔や背中を切り刻んでは文字を記した。

「ヌッ殺すといったら、ヌッ殺すんだよぉ！」

小豆は日本刀をかまえると、謎の力で紙ヒコーキを操る、トライアングルのオンナにつっこんでいった。

だが、
ちーん……。

トライアングルが鳴ると、なぜだかからだがしびれた。

「うぅっ……」

「大人になれ、大人になれ、力をなくせ……。小豆っ子」

オンナは不気味な声で唱えている。

「ただのつまらない大人になってしまえ……。いますぐ……。いますぐによ……」

なんだよ、こいつにはやっぱりばれてるのかよと、悔し涙がグラサンの下からあふれた。

スミレを失ったときに胸にあいたおっきな穴から、砂がさらさら零れるよーに、大切ななにかがまた漏れだしていくのを小豆は感じていた。

あの子の死が、あたしをはやく大人にする。あの子の死が、あたしを壊す。青春の寿命ってやつをガリガリと削るんだ……。

仲間の悲鳴と怒号が遠く聞こえた。

小豆はぐっと歯を食いしばった。

統一は小豆の青春、唯一の夢だった。オトコにも夢なんざ見なかった。ベンキョだってできやしなかった。喧嘩だけがとりえだった。そしてその時間ももうすぐ終わる。あたしは死ぬ。大人になる。

だが、その前に！

小豆は日本刀を振りまわし、四肢を切り刻む、無数の紙ヒコーキをつぎつぎに切り裂いた。そうしてそれから、刀をセイヤッと振り下ろし、頭痛や不安の原因となっている、銀色の三角、トライアングルを真っ二つに斬り裂いた。

オンナが息を呑み、白目を剝いてばったり倒れた。

「やった……」

その長い黒髪をつかむと、小豆は日本刀で乱暴に根元から切った。生きているかのように、切り落とされた黒髪が床でうねり、ゆっくりと死んだ。

「やったぜ……！」

仲間のほうをふりかえり、誰かマジック貸せや、と命じようとしたとき、仲間の一人が悲鳴のように「小豆さんっ！」と叫んだ。

足元を見ると、白目を剝いたままのオンナが、足首に嚙みつこうとしていた。間一髪でとびすさると、ガチンッと大きな音が響いてオンナの歯が宙を嚙んだ。小豆はその顎を容赦なく蹴りあげた。気絶したオンナの青白い顔に、マジック受け取り、醜女やら汚濁やら瓢簞やら、あらん限りの漢字を書いていく。

厳粛な横顔に、天使どもも固唾を呑んで見守った。

マジックを渡された仲間もつぎつぎに、空いているところに好き勝手に落書きしていく。

「おぅ、小豆ぃ……」

呼ばれて、小豆はふらふらとからだを揺らしながら立ちあがった。同じく立ちあがった花火とハイウェイダンサーが、血まみれの顔に鬼神そのものの笑顔を浮かべていた。

右と左からぎゅっと抱きつかれ、

「やっぱりおめぇは、最高の走り屋だぜ！」

「ほんとに、地獄の一丁目までいっしょにきちまったなぁ！」

遠いあの日と……スミレも含めてたった四人で製鉄天使を旗揚げし、大和タケルに背中を押されて、雄たけび上げて国道をぱらりら走りだした、あの日と……同じポーズで肩を震わせた。

二人とも血まみれの顔に涙をだらだら流していた。

「……おぅよ」

「なんだよ、元気ねぇなぁ。どうした、小豆」

「いや……。みんな長らくご苦労だったな。ほんとに、ずっといっしょに走ってくれてよ。感謝してるんだぜ。ほんとだぜ」

絞りだすようにそう言うと、小豆は静かに二人に背を向けた。

「おぅ、小豆？　どうした、おセンチになっちまって？　こんなときに恋かヨ？」

「……ちがわい」

笑って首を振る。花火達がはっと気づいたときには、立体駐車場の五階からすでに、ひらりと特攻服をひるがえして飛び降りていた。

ひらひらひらり、と、脱げた真っ赤な特攻服が床に落ちた。ハイウェイダンサーが駆け寄って拾うと、血にぬれてずっしりと重たかった。

真っ暗な地上に軽々と着地した小豆の姿を、立体駐車場の二階、三階、四階、五階の……あちこちから天使どもが見下ろした。

その姿がいつになくちいさく、華奢に見えたのは錯覚だったろうか。

「おい、どこ行くんだよぅ。小豆っ子?」

五階から身を乗りだして、ハイウェイダンサーが叫んだ。

小豆は黙って立ち去ろうとしていたが、意を決したようにゆっくりとふりむいた。

震える手で、そろそろとグラサンを外す。

「大人に、なりにサ」

その濁った瞳に、天使どもは一斉にあぁっと叫んだ。

誰に説明されるでもなくわかった。ついに寿命がきたのだ。まだ高校二年生の冬。十九になるまでには一年以上も猶予があるのに。誰よりも勇敢で、誰よりも狂ってた、子供の魂のカタマリ――、丙午の鬼神――、伝説のメスガキ――、赤緑豆小豆が誰よりも先に大人になった。

若い天使どもは事態に怯えて後ずさったが、古参の仲間はそうひるまなかった。つぎつぎ、立体駐車場からひらひらと飛び降りてきて、地上で、濁った瞳で異様な体臭を撒き散らす、不吉な小豆を囲んだ。

手を触れることはできず、それ以上近づくこともできず、だが、あきらめきれずに友情いっぱいに叫んだ。

「行くない、小豆。まだ早い……!」

「悪いな。ずっと隠してたんだ。じつはスミレっ子がおっ死んだあの夜から、あたしゃずっとこうだったんだよ……」

「だけど、小豆。行くなよ、小豆。踏ん張ってくれよ、もうちょっとだけ……」

花火がオンナ泣きに泣いた。

見たこともないほど、盛大に。親をなくした子供のように泣きじゃくりながら、

「もうちょっとだけ、あたしらといっしょに走ろうぜぃ……」

ハイウェイダンサーもおいおいと泣きだした。

両手の甲で顔を覆い、ロンリー・ピンク・ハートを抱えて、女子小学生二人かと思うような泣き方で、

「ハイウェイは、まだ、メラメラと、燃えているんだぜよ……」

「ごめん。ごめんよ。おめぇらにまで隠していてさ」

「小豆ぃ。……たったいま、あたしらついに中国地方統一したんだぜ？　たったいまのことだ。なのに、あんただけどこに行くっていうんだよ。走ろうぜ、小豆。あたしらついに本物の伝説になったんだ」

「いっしょなら、どこだっていい。中国地方じゃなくたっていい。どこでもいい。あんたといっしょにハイウェイをいつまでも走るんだ。それだけがあたしらの望みなんだ。どこにも行くな、あたしら、だって、これからじゃないか……」

「花火、ありがとよ。頭は譲るさ……。今夜からおまえが製鉄天使の二代目総長だ。みんな、いいだろ。ハイウェイダンサー、こいつを支えてしっかり走ってくれ。そうして、あたしのことはさ……」

小豆は大人の目をしてうそぶいた。

これまでしたことのない自嘲的ないやな笑い。確かにそれは大人のしゃばい横顔ってやつだった。

「あたしのことは、ハイウェイの、夜の、風になったと思ってくれよ……」

「小豆ーッ」

花火が叫んだ。

ハイウェイダンサーはその場に崩れ落ち、黙って肩を震わせた。

地面に日本刀をブッ刺す。ビーン……と涼やかな音を立てて、刀が揺れた。

歩きだすと、いかれた天使どもは、おそれるように、でも未練がましくじっとみつめながらゆっくりと道を開けた。花火が血まみれの小豆の特攻服を肩にかけられ、そのずっしりとした責任の重さに初めて気づいて、あっ……と息を呑んだ。

小豆の真っ赤なバイクが立体駐車場の出口に停まっていた。その前を小豆は、バイクに乗ってきたことを忘れてしまったように、ちらりとも見ずに通りすぎた。バイクが悲しそうに、音もなくかすかに揺れた。愛する女に無言で別れを告げたのだろうか。運命的だった一人と一台の、今生の別れを、月明かりだけが見ていた。

すっかりボケちまった小豆は、ボーイのことなど見向きもせずに、最初から歩いてきたかのように、真冬の空の下、サラシいっちょでてくてく歩いて、国道の、白い線引いただけの狭い歩道を遠ざかっていった。

後ろ姿はしょんぼりちいさくて、大人ってぇのはずいぶんちっちゃなもんなんだねと、見下ろす月もあきれてるよーだった。

小豆は、忘れちまったんだろうか。

いつもの国道４６４９号線。夜に燃える、爆走花道。

と、小豆がかすかに鼻歌を歌いだした。

「ぱらりら、ぱらりら、ぱらりらら一……」

紙ヒコーキで切り刻まれたからだ。十七歳の、傷だらけの柔肌。
横顔には、大人のあきらめ。
流れでる血からは、確かに、大人の体臭ってやつがした……。

エピローグ

——翌朝。

中国山地の山肌に吸いつく真っ赤な屋敷、赤緑豆家はいつになく不気味な静寂に包まれていた。
庭先にはちっちゃな冬の渡り鳥が止まり、鳴くでもなく黙って羽を休ませている。池の錦鯉がぽちゃりと水音をたてたほかは、静かで、枯れた木々の灰色の枝が、昨夜の雪の名残を重たそうに抱えている。

その赤緑豆家の立派な門柱にもたれて、もじもじしているメガネのぽっちゃりボーイがいた。学校指定の紺色のコートに、白いマフラー。手袋をはめた手を合わせて、はぁっと寒そうな息を吐いた。

それから勇気を出したように、

「リボンちゃん！　おはよ！　デートしよっ」

声を張りあげた。

カァァァ……。

と、鴉が鳴きながら門柱に止まった。

誰も出てこない。

トォボはもう一回、おっきな声で、

「リボン、ちゃー！　……わぁ、びっくりした」

いきなりガラガラッと乱暴な音とともに玄関が開いた。トォボはぱっと目を輝かせた。グラサンはずして、真っ赤なポニテは相変わらずの、泣く子も黙る赤緑豆小豆がのっそりと出てきたのだ。

おニューの赤い特攻服に、ニッカボッカ。足元は金ラメの地下足袋でキメて、肩にはなぜかでっけぇスコップを背負い。

背後から母親らしき年配の女性の、

「小豆っ、こんどはどこに行くんだが。昨夜、引退したぜって言っただが。なのにそのおかしな恰好は……」

という悲鳴のような声が追いかけてきた。

続いて妹の、

「やだー、お姉ちゃん。相変わらず、ウルトラ、ダッサーい！」

と、ばかにするような声。

大股で出てきた小豆は、朝靄に揺れる影に気づいて顔を上げた。もじもじしながら立ってるトォボを見て、チッと舌打ちし、

「なんだよ。またおめぇか……」

「どっか行くのかい、リボンちゃん？」

「おぅ。まぁ、な」

スコップを抱えたまま、朝日が眩しいというように目を細める。トォボはその後ろをくっついて歩きながら、

「そういやさ、昨夜、ボクの友達の友達の友達……がさ、こんな不思議な光景を見たんだって。夜の霧の中、国道４６４９号線を音もなくバイクが走ってきてさぁ、でも近づいてきたとき見たら、なんと、誰も乗ってなかったんだって。無人のバイクが走って、角も曲がって、遠ざかっていったんだって。すごいねぇ、もしかして透明人間ってほんとにいるのかな？　見た人によると、バイクは人間が泣いてるみたいに、エンジンから、うぉぉ、うぉぉ……って不思議な音を出してたんだって。なぁんて……信じないだろ、こんな話。リボンちゃんはリアリストだからねぇ」

「……信じるぜ」

低い声で答えて、小豆は角を曲がった。

門柱の外に、昨夜、小豆に忘れ去られて立体駐車場エドワードの前に乗り捨てられたはずの真っ赤なボーイが停まっていた。鍵はぶらぶらつけたまま。俺達の間には何事もなかったのさと、よりをもどしたいオトコがつらっとシラを切るよーな、いつも通りの鉄の横顔だった。

「……忘れたりなんて、しなかったんだぜ」

小豆の甘い囁きが、聞こえたのか、どーか。

バイクは音もなく一度だけ震えて答えてみせた。

朝靄が風に揺れた。

吐く息は白くって、まるでもう夢の世界にいるみたいだ。

バイクにどっしりまたがると、小豆は乱暴にエンジンを吹かした。あわててトォボが駆け寄ってきて、不思議そうに、

「いったいどこに行くんだい？　ようやく帰ってきたとこなのにさぁ。それに戦いはようやく終わったんだろ。ボクと、デートの約束……」

「止めてくれるな、メガネ君。オンナにはなぁ、行かなきゃいけねぇ時があるんだ。そしていまが、その時よ。ひとまずバイナラ。縁があったら、また会おうぜ」

「いったいどこに行くんだよっ」

エンジンがうぉんっと唸った。

スコップを担ぎなおし、小豆はつめたい横顔のまま嘯いた。

「決まってるだろ」

「えっ、決まってないよ。いったいどこさ？」

「……赤城山だぜよ！」

「えぇぇぇぇぇ？」

トォボが鞄を取り落とした。

強い風に吹かれて、マフラーが空に飛ばされていった。

「え？」

「お次は、埋蔵金探しじゃあ！　待ってろ赤城山！」

「えぇ？」

「待ってましたぁ、小豆総長！」

「そうこなくっちゃあ、嘘だぜよっ」

「ぱらりらぱらりら！」

少女達のだみ声がどこからか響いた。

トォボがきゃっと肩をすくめて、門柱に隠れた。

同時に、風に吹かれて朝靄が嘘のように晴れていった。

そこには……。

泣く子も黙る、特攻丙午、その名も製鉄天使の初期メンバーの面々が、それぞれのバイクや原付、チャリンコにまたがってずらり勢ぞろいしていた。坂道いっぱいにぐにゃぐにゃの隊列を組み、真ん中には花火が、製鉄天使の真っ白な旗をはたはたと冬の風にはためかせていた。

鉄パイプやチェーンの代わりに、どうやら家から盗んできたらしいスコップに、鋤に、鍬。揃いの真っ赤な特攻服にニッカボッカの戦闘服で、にたにたと不気味に笑いながら、

「あたしら、小豆とどこまでも一緒だぜよ」

「ともに走れりゃ御の字なんだぜ。ぱらりらぱらりら！」

「お次は地獄の二丁目だ。しっかし、赤城山？　それってどこだい？　近ぇのか？」

「知らね。ともかく中国山地を越えてよぅ、この中国地方を……つまりはせかいを出なきゃだめさぁ。行こうぜ、総長」

「この世の果てまでご同行いたしやすぜ！」

小豆はしばし黙って、真っ赤なボーイにまたがっていた。

坂道の下に向かって、年若いやつらも含めたおどろくほどの人数が押し寄せ、「うぉぉぉぉ」「うぉぉぉぉ」と雄たけびをあげていた。

製鉄天使の旗が風にばさっとなびいた。

小豆はやがてゆっくりとうなずいた。おおきく息を吸いこんで、渾身の叫びを上げた。

「うぉぉぉぉ。行くぜぃ、あたしの血まみれ天使チャン達！」

「よしきた、総長！」

「ぱらりらぱらりら！」

「鉄のお次は、金だぜよ。待ってろ、赤城山。幻の徳川埋蔵金、大判小判の山とやら、うっかり、がっぽり掘ってやらぁ！」

「うぉぉぉぉ」

「うぉぉぉぉ」

小豆が真っ赤なボーイに、走るぜ、と告げた。声には出さず、胸に轟かせただけなのに、ボーイはうぉんっと返事をして天かける馬のように宙を飛び、坂道に飛びだした。

ぱらりらぱらりら。

ぱらりらぱらりら。

天使どもも雄たけびを上げながら後に続いた。不良少女達の真っ赤な特攻服が冬空にたなびき、国道４６４９号線は今朝もまた、燃える鉄の川のように命いっぱい滾った。

門柱から顔を出したメガネの男の子が、震えながら、

「リボンちゃーん！」

と、呼んだ。

「ボク、待ってるからね。いつまでも、キミの帰りを待ってるんだからね。リボンちゃーん！」

声が遠のいていく。

ハイウェイは、真っ赤に燃えてどこまでも続いていた……。

ぴちょん。

ぴちょん……。

水音が不気味に響いている。

重たい闇に覆われた空間。どうやら洞窟かなにかのようだ。長かった夜はそろそろ明けようとしていて、外に立ちこめる朝の光に、舞い散る雪が時折白く照らされている。

洞窟の中にも吹きこんでくる靄が、この世ではないかのようなふわりとした空気で辺りを包んだ。

「……と、いうわけで」

話し続けていたほうが、聞いていた男の顔を正面からみつめて、言った。

「いま、この赤城山にいるってわけさ」

「ちょ、ちょっと待ってくれよ」

男は洞窟の外をちらりと見た。夜の間、吹きすさんでいた雪もやんで、どうやら外に出られそうだ。

山奥の夜の暗闇は、ほんとうに黒そのものの重たさで、夜中、話している相手の顔なんざほとんど見ることはできなかった。

いま朝靄に覆われて幻のように傍らに座っているその相手――声からして、若いオンナだってことだけわかってた――を窺い見る。

男はあっと息を呑んだ。

夜中、聞いていた声は、ずいぶん低くて独特の迫力があったが、こうして朝の光の中で見た横顔は、まだ十代のあどけなさ。切れ長の瞳は傷ついた動物のように輝き、長い黒髪はまるで剣の如く光って、頭頂部には、燃える鉄を思わせる、真っ赤な、リボン……。

赤い特攻服にニッカボッカ。

地下足袋は泥に汚れていた。

「まさか、まさか、俺が夜中、話していた相手……おまえが、赤緑豆小豆、ご本人なのかよ？」

「親爺、夜中の山歩きもたいがいにしろよ。このあたしを、よりによってしゃばい鹿なんかと見間違いやがって。あやうく死ぬとこだったじゃねぇかよ」

話していたほう——泣く子も黙る丙午、特攻命の愚連隊、赤緑豆小豆があきれたように嘯いた。

男の傍らには鹿撃ちのために購入した猟銃が無造作に転がっていた。男はすまなそうに首をすくめ、

「だってよぅ、こんな真冬の赤城山の奥でよぅ。動いてるモンがいたら、まず鹿じゃないか。人間の、しかもオンナだなんて思わなくてよ。ま、悪かったな」

「その後、吹雪にもなったし、いっしょにここで夜を越えることになったのも、まぁなにかの縁さ。退屈な話だったろ。話してるこっちだって、まさか一晩かかっちまうとは思わなかったけどよ」

「いや……なかなか楽しかったよ。ほんとさ、小豆総長」

男はうなずきながらそっと辺りを見回した。

おおきな洞窟の隅に、数十人の人影がのっそりと座っていた。いずれも真っ赤な特攻服。スコ

ップや鋤を傍らにし、それにもたれて眠ったり、花札やあっちむいてほいで時間を潰している。

（これが……）

と、男は一人ごちた。

（これが本物の製鉄天使……。生きて、動いて、いま俺のそばにいる……！）

洞窟の外から朝靄が入ってきた。

また、彼女達の姿が幻のように歪んだ。

（山脈を越えて、走って、走って、ついにせかいの外に出て……こっちまでやってきたってわけだ……）

「はっくしゅん！」

小豆がくしゃみした。

つられてほかの天使どももくしゃみをし始めた。

立ちあがった小豆が「朝だぜ。起きろや。おぅ、まずここらへんでも掘ってみっか」と、洞窟の奥のほうに乱暴にスコップを突き刺した。

花火らしき少女が、欠伸交じりに笑って、

「どうしてそこなんだよぅ、小豆」

「勘だぜよ、勘」

「おいおい、総長。赤城山は広大ですぜぇ。勘で掘ってみつかったら、探検隊はいらんぜよ」

「おまえらなぁ、言っとくけど、山の民の子孫を甘くみんなよぅ。あたしの母ちゃんはなぁ……って、うわぁぁ、なんか出た！」

小豆が叫んで、尻餅をついた。

「どうしたどうした」

「なに、朝一番で腰抜かしてんすか。熊でも出た、ん、す、か……うわぁぁぁぁ」

「やっべぇ。真っ赤な川ならぬ、金の川だぜ……！」

天使どもは一斉に立ちあがると、小豆のいる辺りを指差して、

「うぉぉぉぉ」

「うぉぉぉぉ」

雄たけびを上げた。

スコップで突き刺した洞窟の壁が崩れて、小豆のからだを押し流すように、黄金色に輝く大判小判がざっくざくと飛びだしてきた。

天使どもはきゃあきゃあとはしゃいで、

「金の川だ」

「大判だぜ、小判だぜ」

「どうするどうする」

と、背中に火を放たれた狸の軍団のように辺りを駆け回った。

小豆が気を取り直し、

「皆の者！」

「おぉ？」

「埋蔵金だぜ！」

「うぉぉぉぉ？」

「みつけたぜ！」

「うぉぉぉぉ？」

混乱しながらも、天使どもは外に停めていたバイクや四輪にさっそく大判小判をつめ始めた。外は霧がすこしずつ晴れて、雪も解け、山道は金の川になって朝日にジパング色に輝いた。

雪に覆われた木の陰から、鹿が一匹、不思議そうに騒ぎを眺めていた……。

金色に輝き、ずっしりと重たくなったバイクにまたがり、四輪に乗ったやつらはもちろんハコ乗りし、製鉄天使の旗をはためかせる。

「よっしゃ！　そんじゃあ、行くぜ……」

小豆が叫ぶと、天使どももうなずいた。

「行くぜぃ！」

「特攻命の爆走女愚連隊！　走るぜヨロシク！」

雄たけびを上げ、エンジンを吹かす。

「なるほど、これが……」

びっくりして見守っていた男が、ようやく声を出せるようになり、つぶやいた。

「中国地方を股にかけ、大暴れしたものの、とつぜん、一夜にして鳥取県赤珠村から消えた……ばっかりの……」

枯れ枝から雪の塊がずさっと音を立てて落ちた。

「製鉄天使！」

……答える声はなかった。

冬の赤城山は灰色に沈みこみ、ただ天使どものいる辺りだけが、この世ならぬもののように黄金色に光り続けているのだった……。

ぱらりらぱらりら。

ぱらりらぱらりら。

ぐにゃぐにゃの隊列がまばゆく光りながら走りだす。朝日とは逆の方向に向かって。まだ朝がやってきていない、暗いほう……夜の気配を残す山道に向かって。その後ろ姿がなぜだかあんまり儚く見えて、男は思わず大声で呼び止めた。

「総長、よぉ！」

「あん？」

呼ばれて小豆がふりかえった。

その顔は朝日に照らされて、笑ってるのに、陽気な憂いとでもいった不思議なニュアンスを漂わせていた。

「これからいったいどこに向かって爆走するつもりなんだよ。お嬢ちゃん達だけで、しかもそんな大金持ってさぁ……」

するとと小豆は、明けてくるお空を見上げて、

「バーロー、決まってるだろ」

と、つぶやいた。

カッカカッカ、と笑う。それからちょいとせつない横顔を見せながら、照れたよーに答えてみせた。

「……えいえんの国、さ！」

製鉄天使

2009年10月30日　初版

著者◆桜庭一樹（さくらばかずき）
発行者◆長谷川晋一
発行所◆株式会社東京創元社
〒162-0814　東京都新宿区新小川町1-5
電話：（03）3268-8231（代）
振替：00160-9-1565
URL　http://www.tsogen.co.jp
Book Design◆岩郷重力+WONDER WORKZ。
印刷◆モリモト印刷
製本◆鈴木製本所

乱丁・落丁本は、ご面倒ですが小社までご送付ください。
送料小社負担にてお取替えいたします。

ISBN978-4-488-02450-5　C0093

SHAMROCK TEA * CIARAN CARSON

たくらみに満ちた摩訶不思議な物語

シャムロック・ティー

キアラン・カーソン　栩木伸明訳

　ことによるといつの日か、自分が最初にいた世界へもどれないともかぎらない。だからとりあえず今は、そちらの世界について書きつけておきたいと思う。

こんな言葉ではじまる奇妙な手記。

めくるめく色彩の万華鏡、聖人たちの逸話、ヤン・ファン・エイクのアルノルフィーニ夫妻の肖像、アーサー・コナン・ドイル、G・K・チェスタトン……。

読み進むうちに、詩人カーソンが紡ぎ出す、交錯し繁茂するイメージの蔓にいつしか絡め取られる、摩訶不思議な物語。

▶カーソンの本は、遙かな古代と近い過去と未来がちいさく神話化されてぎゅうっと詰めこまれた、変な色をした密室のようだ。著者が好き勝手に書いてるのだから、こっちもいろんな動物になって好きに読めばよいのだ。
——桜庭一樹（解説より）

四六判上製

MR MEE * ANDREW CRUMEY

文学界のエッシャー登場！

ミスター・ミー

アンドルー・クルミー　青木純子訳

書痴老人ミスター・ミーは、謎の書物、ロジエの『百科全書』の探索のため、パソコン導入に至る。ネットの海で老人は、読書する裸の女性の映像に行き着いた！　彼女の読んでいる本の題名は『フェランとミナール――ジャン＝ジャック・ルソーと失われた時の探求』
十八世紀のふたりの浄書屋フェランとミナールと謎の原稿の物語、ルソー専門の仏文学教授が教え子への恋情を綴った手記、老人ミスター・ミーのインターネット奮闘記、三つの物語がロジエの『百科全書』を軸に縒《よ》り合わされ、結ぼれ、エッシャー的円環がそこに生まれる！

▶読み終えるやいなや、一ページ目から読み返したくなる稀有な小説だ。　――ワシントンポスト・ブックワールド
▶クルミーはカルヴィーノ、ボルヘス、クンデラといった大きな流れの中で、また一味違った小説世界を作り上げた。
――パブリッシャーズ・ウィークリー

四六判仮フランス装

ENGLAND, ENGLAND * JULIAN BARNES

テーマパーク・イングランド。レプリカが本物を凌駕する！

イングランド・イングランド

ジュリアン・バーンズ　古草秀子訳

ロンドン塔、マンチェスター・ユナイテッド、紅茶、ガーデニング、ハロッズ等々。イングランドのすべてがある、すべてを体験できるワイト島、名づけてイングランド・イングランド。王室も島の宮殿にやって来れば、「タイムズ」も発行されるようになり、オールド・イングランドと呼ばれるようになった本物のイングランドは……。子供時代、イングランド全州のジグソーパズルに熱中したマーサは、この一大プロジェクトに参加する。『フロベールの鸚鵡』で読書人の心を摑んだバーンズの、アイロニーと風刺にみちた傑作。ブッカー賞最終候補作。

▶見事だ。強烈なテーマ性と強固な構成、これぞヴィンテージ・バーンズ！　――「トロント・スター」

▶バーンズ氏のこの作品は、イングランドについてのみならず、世界についての、すこぶるおかしい風刺だ。
――ウォールストリート・ジャーナル

四六判並製